陈应松长篇小说

猎人峰

陈应松 著

凭借我的血管和我的嘴。

通过我的语言和我的血说话。

——聂鲁达

目　录

第一章　红　表

一

山邪了，山上的所有野物都成了精。

这年的春节，北风呼啸，气温陡降，狂怒的山冈上到处是惨白的冰凌，闪烁着令人绝望的死尸般的气息。山峰和森林残酷的线条里，好像没有了生命的痕迹。正月初一，老打匠（猎人）白秀的二儿子白中秋一出门就碰见了两头野猪打架。

山上的树都冻死啦，路都冻断啦。有一天早晨人们起来，就看到山上那个吼天的咕噜瀑布一下变成了一块冰疙瘩，惊天动地的流淌声突然不见了；人们吃水要到潭里架木材烧上一天才能化开个口子。那山顶上，住着两孤老宗七爹和七婆，又冷又吓的，朝山下坳子里莫名其妙地呐呐大喊："啊哟——啊哟——"有人看见，那喊出来的话从空中跌落下来，是两个长长的笤帚般的冰碴子，就像天上横过的扫帚星，落到村主任毛普通面前，叭的一下破碎了，后来才发出"啊哟——啊哟"的声音。村主任听出是宗七爹的喊叫，就来喊白中秋，让他上去看看。

白中秋无所事事，像条狗蹲在火塘边烤得又沉又软，加上连日酗酒，大脑严重萎缩，就像一罐糨糊，迷迷糊糊地听见村主任要他上山，从墙上取下他爹的那杆老枪就往外走。可他爹大声喊住他，说："别拿家伙。"白中秋说：

"山上诡哩。"他爹叱骂："狗杂种，畜生也有三天年！"

白中秋受了一肚子委屈，心想又不是我要上山的，这日子上山，不拿个家伙心虚着哩。他朝地上啐了一口，嗓子被冻得硬邦邦的，话翻腾了半天出不来。正月是忌月，打匠们叫红丧月，兽好打，人会遭殃。他又不是个娃子，老大不小了，他知道这个。他多大？比他爹小，比儿子大。儿子多大，爹多大？他都不知道，也不需知道，知道了也记不住。在这鬼不生蛋的神农架深山老林里，树上爬满了苍苔，屋前屋后的田土中滚动着死人的骷髅；牛羊的叫声像野兽一样孤寒，屋顶上落满了树子和雀屎。这里的人没有时间概念，没有年龄概念，没有生死概念。过日子就是个估数。活到哪一年了，活到哪个岁数上了，这有什么要紧呢。反正日子差不多，每天太阳从东边出、西边去。进进出出就是那么些人。自收自吃，自伤自疗，自死自埋，生死在一起。死了的人还可以回来。大约是前年，白秀徒弟舒耳巴的爹死了，前几天大家看到他还在村子里乱蹿；舒耳巴家门口时常会有一捆柴火，谁打的？不知道，反正那柴烧出来一股棺材味——这是舒耳巴儿子糟蛋说的。白秀的另一个徒弟扈三板的丫头去挖药材，亲眼看见林子里有十几个过去村上的老人，围着一块长苔的石头打牌。见她来了，轰地就散了。那丫头拿回来一张牌，是椴树坪上刘细娃老爹的一块灵牌。

不过，不晓得年龄与两点有关：一点是村主任毛普通仅有的一份村民花名册，被老鼠啃得七零八落了。这是村人生生死死唯一的一份档案。另一点是这里的人都高寿，活到一百岁简直不算什么。有人怀疑山上的宗七爹和七婆，是世上活得最久的人。因为在去年约一百二十岁上死去的巩杵子就说过，他来白云坳做上门女婿时，宗七爹就是老人了。巩杵子的年龄是镇里的民政干事给推算出的。可前几年，这样的老人与人一起喝酒时，人家还灌他，与他划拳，根本不把他当老人看。神农山区有酒规一百零八种，最奇怪的是敬酒自己先喝，然后把自己的杯斟满了递过去，让对方喝。桌上若十人，就是十杯，加上自己的门杯，就是十一杯。酒杯摆在被敬者的面前像一堆毒药，里面盛满了敬酒人阴险的祝福。这叫"赶麻雀"。如酒过三巡，就是三十三杯。可没有喝死的。都是八十多度的苞谷老烧啊——叫"刀子烧"！这巩杵子年轻时杀猪，干的是白刀子进红刀子出的营生，也不信什么佛啊菩萨呀，却轻轻松松活到了高寿。村里十有八九都是打匠，把山冈上连飞带跳的东西全杀光了，也没见什么报应，还是天天围在人家里“赶麻雀”喝酒过神仙日子。

糊里糊涂地活到又一个春节的白中秋被村主任指派后，心脏一阵腾飞，感觉有点不大对劲，坚持着背上枪出去，踏出门槛就滑了一跤，头震得麻了半天，分不清东南西北。走到沟里，听见一阵撕心裂肺的猪叫，就看见林子里有两个黑家伙。走近一看，是三个，三头野猪，两头咬一头，咬得天昏地暗。白中秋一个激灵，感到裆里有一线热意，看得发了呆，哪敢打啊！三头猪，三头门板样的野猪，顶好些老虎狗熊，一猪二熊三虎。猪可是真正的林中之王。你若惹了它们，一枪没死，三头猪就轰上来定把你五马分尸。就算这日子能开枪，这杆老爹的老铳又没个准头，除了爹会用，没人能用，捏在手里就壮个胆。

白中秋头皮发紧，心里头好像炸裂开了，噼噼啪啪地乱跳。好歹跑回来，进门就对他爹说了这事。他爹一听猪吃猪，这可是闻所未闻的怪事。说，动不得的。他爹白秀是猎人峰一带最老的打匠，创造过无数的神话，在他没死之前，已经成为传说。他爹作为一个长苔的人物，现在坐在一家人的面前，神色凝重，像丢失了什么宝物一样的揪心。爹吃烟，胸前挂着的那只虎爪烟袋发出生铁一样的寒光，跟他的脸一样。他把手抠进烟荷包里——那是把虎爪掏空了。他抠着那虎爪，抠出一撮烟丝。虎爪的指甲像玉石一样冰凉，虎毛却顺着生前的长势完好如初——那已至少有四十年了。“噢……唔呃……”大家看着，这个打死过无数野兽的老人在新的一年来临之际，为什么这么一副样子？不就是猪吗？不就是猪咬猪吗？他们看见白秀老人的脸色越来越难看，突然变得像一个死人，而且垂下脑袋，惶然无措，嘴唇哆嗦，就像天塌下来一样。家人从来没见过老人这么一种状态。

“别出去啊！”老人吼道，像无路可走一样。

没有人敢吭声，没有人敢出去。

这天晚上，沟里的猪叫声一夜未断，像噩梦折磨着白家一家人。白中秋听见他爹在床上辗转反侧。家里的两匹猎狗紫花和石头刨着草垛在外头狂嗥。

早晨，一阵猛烈的拍门声，说“开门开门”，是住在对面坡上的白秀的大儿子白大年，他进门来就哑着嗓子叫说：“三、三头野猪两、两头吃一头，爹还不去、去逮！”

白大年也上了年纪，给人的感觉就像他爹白秀的兄弟，可眼珠子灵活，像月亮一样在云端里滚动。穿着一件老了年头的猴皮袄，两只手飞舞着比画。可看家里，都没有动静咧。他就噤了声，看着家人。他是个单身汉，看着这一窝人，热气腾腾也死气沉沉的这些人，心里猜到了七八分。

“甭像疯了一样，”他爹白秀说，“今日个别理牲口！”

神农架的人把野兽都叫牲口，也叫野牲口。

可正当大家吃早饭的时候，一泡尿出去的时间，二儿子白中秋竟把一头死野猪背回了，且是头无脑袋的野猪。

当大门被白中秋撞开时，全家人都清楚地看到压在他身上的那个黑沉沉的家伙，像一块坚硬的花岗岩，一块焦炭，冻得异常完美。细瞧时，是一头麻栗色箭毛的野猪，脑袋却没了，齐整整地断了，身上裹着乌黑的血污、杂草和冰碴儿。白中秋将那野猪往地上一扔，那猪从断掉的气管里发出一声哼叫。白中秋的儿子白椿吓得打了一个冷噤，就想到了爷爷给他讲的传说中披了蓑衣的无头鬼。“那就是个鬼！”白椿想。

“还不快扔了！”白秀一下从椅子上跳起来，手和烟杆朝外头拼命一指，声音就跟从烟囱里出来一样，就像号叫，就像遭遇了忍无可忍的灾难。

他的胡子颤抖着，大家看他的胡子颤抖，嘴巴哆嗦，站立不稳，黑漆漆的中山装就像从猪身上扒下来的一样。至少让孙子白椿是这么突然古怪联想的。可不识时务的白秀老伴白娘子这时说话了：“少说有两百斤肉。”白娘子说话的时候翻着白眼，她是个患着老年痴呆症的老太婆，一个瘦得比绳子还细的妇人，说话的声气像是从石头缝里冒出来的一样；记忆时好时坏，坏时连水和火都分不清楚。

“可不是！”“就是！”

跟着当娘的起哄。是呀是呀，两百斤肉啊，没错，就是两百斤肉，就是一头一年含辛茹苦天天割草垫圈喂出的家猪的分量。咱这个家，翻过年来这大的冰凌，甭说是洋芋、苞谷薄膜下种，人出去转一圈，也会把脚指头冻坏。地头上的石堰都冻裂了。三个月没见着太阳，春荒是一定了的。这一头白白捡来的野猪，凭什么不要？就是当洋芋吃，半个月也活活胀破一家人的肚皮。

“甩出去啊！狗杂种！甩出去！”白秀老人那双枯叶般的大耳朵涌进了一盆鲜血，脸却白得像纸。他发疯了。家人看他发疯了，深眍的眼里是无以复加的不被理解的孤愤，仿佛这一辈子就是被人误解的可怜虫。

“甩出去啊！甩出去！”他依然孤苦地大喊。

没人理他。没人动手。后来他就自己掀了，两条猎狗左跳右跳，不停地狂吠，不知是阻止老人还是给他帮忙。儿孙们都不敢动手，老伴白娘子却冲上来阻止了，只见她一声长啸，捋起袖子就来抢白秀手上的野猪，那是块石头，冰碴子抢得四处飞舞。可白娘子只抢了一把猪毛，还有一块刀一样的冰凌，猪给扔到了门外。白娘子不服输，也因为愤怒，挥舞着冰刀就要上来割白秀的喉咙，被一群儿孙给硬拉住了。但白娘子的手在与老伴的争夺中受了伤——被冰块割得鲜血直流。

两个老人一场恶架，这是正月初一。两个老人打架，这些年没有过，年轻时经常发生。因为白椿去拦爷爷，被爷爷揍了一老拳，鼻子都被打歪了，老人打起架来比虎狼都烈，出手重。白椿鼻子淌着血。白秀已经累趴在地上了，呼呼地喘着气，一副竭尽全力的样子，在满屋子的尖叫和哭喊和狗的鸡的飞飞跳跳中，坐在地上怒指苍天道：

“你们……都白养了！白活了！你们，是些什么东西啊，敢要正月的死物，山邪了哩！人邪了哩！你们不信，我不信，天信！……”

人只有那么多的气力，对老人尤其如此。有些事情是不可避免的。比如这天——

这天猪除被狗啃了几口，还是被大胆和固执的儿孙们抬了进来，并被悄悄地埋进了腌缸里。

这天傍晚，有点异样，爆晴的晚霞把整个冰山染得通红暴烈，天空好像泼血一般。大家都出来看这个奇景。到了晚上，北风像撒泼的婊子呜呜怪叫，村子摇摇欲坠，山好像要被人掀起盖子，峡谷里的森林像遭遇了洪水一样咆哮，天黑得像锅底。鸟无缘无故地从天空栽跌下来，仿佛有恶神在天空横扫。先是一只狗忍不住叫起来，接着所有故意忍耐的狗冲溃了极限，像泥石流一样畅快不已地狂叫起来。

——两头野猪闯进村来了。

猪径直来到白家，对着白家的干打垒墙就拱。两条猎狗没见过这么狂的猪，就去咬猪。可两头野猪根本没把猎狗当一回事，一对一，又拱又咬，狗咬伤了，墙拱虚了。狗躲进草垛里呜呜地舔伤哭泣后，感觉颜面大伤，就去刨大门给屋里的主人报信。

大门里，白秀一家并没有睡着，倒是都聚集在堂屋里。但门被白秀守着，枪他拿着。对屋外狗与猪的撕咬和狗的刨门熟视无睹，无动于衷。他认了死理：不让家人出去，别伤猪。猪也无所顾忌——它们似乎捏到了打匠们的软：定不敢在这个日子放枪。这些灵牲啊！

墙在摇摇晃晃，屋在瑟瑟呻吟。椽子发出咔嚓咔嚓的崩裂声，瓦在屋顶上一块一块往下梭，掉到地上发出叭叭的碎裂，墙皮哗哗地剥落，地动山摇，老鼠吓得吱吱乱跑，连墙头的蛇也从冬眠中醒来，簌簌地到处爬行……

这样不行呀，爹！爷爷！儿孙们喊。

“哪个敢动！”白秀就这么句话。大家的眼都瞪得大大的，生存的世界越来越小，大家局促在一个四面受敌的环境中，大难临头了。

惹事的白中秋拿眼去找能帮他说话的娘，他的娘白娘子正在和死人说话。每夜都是这样。“……往咕噜溪的高山向外走，那就是我们逃难的方向……中元呀，你回来做什么？……”中元是她死去许多年的一个夭折的孩子。

“只有枪。”白椿说。

“把缸里的肉扔出去。”白秀对儿孙说。

“不是肉，不是这个。”白中秋说。

“不是哪个？”白秀牙齿咬得紧绷绷地响，“你断了它们的粮，它们找上门来了。”

大家觉得这也许是脱身的一个办法，把猪肉还给它们。可现在这节骨眼上，大家去掀缸盖，野猪的肉冲出来一股肃杀的森林莽气，透了盐水的尸体更像尸体，更像一桩悲哀的故事中的一环。“往哪儿扔呢？”他们说。窗户不得开，门不得开，肉往哪儿扔给这些讨食报复发了疯的野猪？

“干脆给它一枪！”白椿说。

“枪一响，血一见，什么都完了。红丧月红丧月，见血就丧……”

“猪不是流完了血嘛……”

“咱也流了血。”白椿说。

“是牲口的血。”

说这话时，屋在加速晃动，猪在与狗搏斗，狗在哀哀尖叫，大家依然束手无策。这样下去，绝对凶多吉少。吓得满头大汗的白中秋一句“我们去哪儿啊”，话没完，一块瓦片从瓦楞缝里掉下来，刚好砸在他头上。他突然一矮。蹲下时，见他的妈蜷在装苞谷的黄桶边打摆子一样发抖。

“咋……咋的啦？……”老婆子眨着血红的眼睛，望着屋里的人问。

屋摇晃得更剧烈，墙出现了一个洞，猪把墙拱穿了，一股冷空气和猪腥臭像喷泉一样涌进来。接着，一个面目狰狞的兽头从洞子里闪现了一下，几个人操起门旯旮的扁担、锄头站在了洞两边。后来，白椿想了想，倒过一张小方桌，就朝洞口堵去。可洞口越来越大，裂缝伸展，头上的瓦在继续往下掉。迫使白秀不得不再次摘下已挂在了墙上的枪。墙上是枪，还有装子弹的蓝布袋子、大砍刀（黄牛皮鞘）、牛卵子皮用火漆上过的火药囊、镶铜边的香签筒（香签点燃夹在香签子上点引信的）、牤筒（吹的）。枪是一件古老的凶器，百十年了，可枪膛光滑，每一个重要的部位都不含糊，虽粗糙陈旧，在白秀手上，对付一两头猪，是小事一桩。不用时就用白椿小时系过的红领巾将香签夹子缠住，那红领巾也陈旧了。

“打呀，爹！”

都在催促！这让白秀没有了别的选择。他表情痛苦绝望，就像要献身一样，拉开门闩，对准黑咕隆咚的黑夜就放了一枪。枪的威力大呀，一道耀眼的红光挟带一团烈火撞了过去，硝烟顿时像焰火一样盛开，两头野猪从光焰中凸显出来，像两尊神像，镀着青铜的亮光，獠牙森寒。猪没伤着！照理，猪这时会呛着硝烟来伤放枪的人。可是，奇了，猪拔腿就跑。两头猪一声哼叫就弹跳到坡上，往林子里奋蹄跑去。

“是猪吗？”他问，白秀问。他没看清，应是猪，他发现他的眼睛有些模糊。这天晚上，他发现白内障在他的眼里开始蔓延，像一道苍苔在荒凉的原野上爬行。

是野猪。早晨起来看，自家栏里的家猪被咬死了一头，另一头小新花母猪正蜷在角落里哼叫，一看，母猪的阴部淌着血，阴道已撕裂了一道口子，还没成熟的新花母猪给强奸啦！这野猪有多壮啊，这野猪好蛮啊，裆里的家伙有多粗多大！再一查看那墙脚，全拱虚了，拱出了一个大坑，里面呼呼地往外冒白气。白秀赶忙叫儿孙们挖土来填，里面放石头。这再往下拱，一定会拱出个大泉眼，一家人就会被淹死。老老少少一阵挖土打硪，终于把那屋基下的白气给压下去了。

二

（农历）一月之后，红丧月结束。白中秋和白椿父子上山去准备收拾那两头野猪。白秀老人自春节受了风寒，一直咳嗽，老肺病犯了，整天咳喘不已。他对二儿子白中秋说：“上山去寻寻。”就把枪交给了他。村子里的人看着白中秋父子在白悠悠的太阳下上了山，一个月来诅咒的口舌有了片刻的歇息。白家杀生太多，连头死猪也不给山上的兽留。想当年，二十世纪六七十年代，白秀打的猪每天用一百人往镇上抬。猪总是记恨的。杀了它们的祖宗，现在又断它们的粮食，这些瘟神你招惹它干什么。猪自吃自，这是野牲口疯了，你一动它，见了血，这一年谁知会咋样啊。到今天冰雪还不融化，山就像打了个铁箍，不能苏醒，世界死了一样。就算有太阳，也是像冰一样冷的太阳，莫非太阳就这么蔫了，像从冰窟里拖出来似的。

这是一个阴阳怪气的晴天，树林泛着幽幽的青光，太阳像条垂死挣扎的狗在云层里蹦跶，寒气逼人。白中秋父子穿上防滑的脚码子走出门去，就见猪圈里的新花母猪跳出栏来叼草了。

这母猪怀上孕啦？！

母猪叼草，侵犯了狗的领地，两匹猎狗本来是准备跟主人一起上山的，见猪来拆窝，就去咬猪。母猪不服咬，反过来咬狗。狗以为猪是闹着玩的，猪是吃糠菜的家伙，生性温驯，哪来有尖锐的牙齿。狗就没在意。哪知，这猪突然龇开牙齿一口就咬进了狗的肉里。狗伤得不轻，猪嘴一拱，一块皮就掉了，拉扯得嗞嘎嗞嘎响，红生生的肉就暴露在清冷的初春里。狗是猎狗，不轻易动怒，这就动了怒，朝猪下了毒手。猪哪一点怕这两只狗，它体内因灌了一泡野公猪的骚浆，发生了奇特的反应，牙齿突然锐利，精神突然狂乱，脾气突然暴烈，身手突然敏捷，简直像一头豹子，两三个回合就把狗的肉三片五片十片地咬在了嘴里。总算把猪狗拉开了。两条狗遭受如此羞辱和袭击，连叫都不敢叫，咽下剧痛，装作不发抖的样子，去寻屎吃。

狗是唤不走了。它们有虚荣心,还在悲惨的自尊。这两条狗甭说去咬野猪，就是去咬老鼠，也要费一番气力了。白中秋父子叹着气就上了山。

白秀看到了这一切。他想，不对啊。他想：这母猪怕不是野猪吧？

这是有可能的。

野猪和家猪产下的第一代，完全看不到野猪相。这杂交第一代的母猪再与野猪交配，产下的才有三分像野猪，到了第三代四代，就完全恢复了野猪血统。所以，他家里的这头从镇上买来的新花母猪，是第一代杂种野猪也不是没有可能的。现在大家的猪都在山上放养，野猪四山乱窜，互相交配一下非常正常。

他看着猪，狗看着他。狗是在哀求主人惩罚那浑蛋猪吗？看着两匹伤痕累累的狗，看着胜利高歌的猪，想着现在的野猪也比过去凶狠多了，鬼得你头疼，好像带着什么秘密。他忽然想到：孙子白椿他们上山打猪不带狗，危险！立马也穿上了脚码子，携上一把挠钩，强力唤上两匹伤狗，循着儿孙们的脚印追去。

山上白雪皑皑，河流封冻，冰瀑垂悬。猎人峰在粉青色的雾霭中时隐时现，高不可测。这猎人峰过去叫打匠峰，看起来像有个打匠拄着杆枪站在万年荒静的天空下，经受着漫长残酷的风吹雨打。“打匠”有时候在风雨雷电中喊叫，可心变成了岩石，这就是打匠峰。在长期风雨和岁月的冲刷下寸草不生，成为传说。后来，地名普查时让县里的人给改成了猎人峰。在神农架，猎人就是九佬十八匠中的一匠：打匠。打兽，就是做匠人的活儿。做好了，命保住了还有肉吃有皮卖；做不好，命丢了，七伤八残。白秀的一帮徒弟，活下来的至今还有十多个。平时也看不出杀气腾腾来，也是做田的农民。只有一个扈三板专司打猎——在三峡一个度假村，给人表演打猎，就是打鸡，家鸡。偶尔也打一两只羊子。扈三板回家就哭：师傅啊，这不是咱打匠干的营生，杀鸡是流氓地痞干的呀。另一个舒耳巴，也是本村的，活过来了，可半边脸给老熊扒没了，下巴也没了。老是漏涎，涎把胸前的衣裳全沤烂了，他老婆只好像照护奶娃子一样给他围了个大涎兜儿。

狗的尾巴垂着，这怎么行呢？狗嘴里咝咝啦啦喘气，白秀也咝咝啦啦喘气。追上一个垭口，一股浓烈的猪屎气味扑面而来，正想喊白椿他们，狗就吠了起来，它们精瘦的腿肢往上高举，滴血的伤口拼命弹动，白秀心想怕不是猪截他的道儿来了？

果不其然，两条伤狗一阵虚张声势地乱嚷，竟然从灌丛沟里咬出来一头惊心动魄的猪，有一头小牛长，全身黑滚滚的箭毛，三尺长的坡形嘴，像深渊一样的吻豁，两对獠牙，就像银子打的刀。两条狗啊，可帮了我的倒忙，我手中无枪，你们也歪歪倒倒，如何是好！

猪，猪面对狂吠的两匹伤狗只差笑出声来了，堂堂站着，倚着长长的峡谷，可进可退。它已经看到白秀手上的挠钩了。它的位置在挠钩钩不到的地方。钩住了又如何？一个八九十岁的老人能拉住它这头气壮如牛的猪吗？

“哪个山里长成的猪怪啊，吃什么长成这样的身坯！”白秀在心中大喊，“莫非不是头百年猪精？！”

猪拱了你的老墙，就是它！你见了猪血，就是它咬死的那头猪，红丧丧定了。猪挺着两只奇小的耳朵，瞪着两只奇圆的眼睛，张着一张奇大的长嘴，奇深的眼神中，具有飘远的神秘，跟山一样难测。

白秀细看，竟看到猪身上的毛有许多（甚至无数）的白茬子！特别是在脊上、两肋间。

一头老猪！一头白毛猪！一头快死毬的猪！都说神农山区有白色动物，白熊、白狼、白麂子、白狐、白乌鸦、白蛇、白金丝猴，现在又有白野猪？不，不是的，就是一头老猪，苍天在上，它是一头老山猪！

老山猪盯着他，两个老家伙比眼电，看谁刺死谁。

冲过去啊，钩住它的心肝！……白秀只是恨得牙痒，继而浑身痒，达心，达肺，达肝脾，里面痒得一塌糊涂。又不能上树，莫非今日我会断送在这老猪嘴里？必须把心虚刹住。我能，我不能杀死你，我也要逼退你。他攥着挠钩，把两匹狗拢在腿前。狗就是狗，是猎狗，赶山狗，轻伤不下火线。猪把它撕成八块，八块也要与之拼命。这个他不担心。“我如果放你一马，你能放我一马吗？”是这么想的，这想法能传导给猪。猪是山里最灵的灵性，精明过人，你心里想啥它一眼就能看出来。猪不仅能猜人心思，还懂人语。赶仗围猎时，坐仗口的人传话，从来不敢说人话，只能打鸟语。还要变换鸟语，杜鹃鸟叫有时是“来了”，有时是“走了”；山喳子叫有时是报数，有时是提醒，不能让猪摸到规律。这些年，野牲口越来越鬼，越来越精，只能打暗语。猪还能闻风，能闻方圆五里的风，有人没人，有香烟味没香烟味，有人汗味没人汗味，一闻便知。猪你根本见不到。可这猪今天朝他直瞪瞪地示威，没一点儿怕的意思，这是啥搞法？为啥哩？越想越不对劲。

好在，一抬头，猪没了。

白秀冲进灌丛中，一摊臭熏熏的猪屎。用挠钩扒拉开来，许多小兽的骨头。

猪可是吃草的，如今的猪变成豺狼虎豹啦！

三

白秀悄悄叫来了几个徒弟。连远在三峡的扈三板也召回来了。他先让儿子白中秋给各位敬酒，自己罚了三巡。白秀说：中秋闯了祸，把猪引进村里来了，我知道大家恨我。那两头猪，也不是什么好猪，有一头老猪，还恁凶，有什么道理，咱能上山把它们做了，这活儿村主任也不让知道，事情就算了了。我寻思，是误到白云坳的，咱这坳子暖和，林厚，山也低。

几个徒弟说，好，借酒劲这就上山去。

一行人从白秀的屋后贼一样上了山。

这依然是冰未化冻的日子，而且雪越下越大，山头的雪雾像白鸟一样惊散。天空低低的，像压了一扇磨子在人头上、心上。山坳里扎着厚厚的雪，触目惊心。山像个吓傻的哑巴，嘴里灌满了风雪。这样的日子甭说大牲口活动，就是找一只蚂蚁也是难的。

几个人在山上转悠了一天，一根猪毛也没见着。第二天又去，又一无所获。

扈三板待不住了，要回度假村去了。

第三天，温热的太阳出来了，太阳张牙舞爪地照在雪地上，给人带来了新鲜。整个神农架群山好像过节一般，神采奕奕地欢呼着，溪水马上哗哗解冻，羞涩地在山林里流淌。但因为太阳很矮，没几下就滑走了，鸟又噤声了，空气又凛冽起来，天空像死人的脖子，冷冰冰地闪射着青光。

舒耳巴就出事了。

一个外地的采药人来给他们说，在山上亲眼见野猪用蹄子击打山上的冰盖，就像开荒的人使镬一样。猪那是在刨吃的。那人说得有鼻子有眼，白秀就带着徒弟们上了山。

在采药人说的那片地方，舒耳巴吊在一棵崖边的树上朝峡谷里张望。他说他听见了一阵响动，在峡谷的箭竹丛里，确有兽或者兽群在走动。他以为是豹子或獐麂，可他分明听见了隐隐的猪叫声。他一阵兴奋，更低地探下身子去细瞧，哪知那树根松动了，人随着那树一起掉下崖去。

事情非常悲惨，一根竹子不偏不倚地正好捅进他的肛门。崖上的人也在各自的地方张望，根本没发现有人掉下崖去，也没听到舒耳巴的叫声。可以想见，这样的刺伤还能活命吗？舒耳巴当即就昏死过去。

过了很大一会儿，大家到处找舒耳巴，到处喊舒耳巴，没人应。这样在人眼皮子底下失踪的事，在神农架经常发生，活活地被鬼吞吃了一般，生不见人，死不见尸。神农架真是个凶险奇怪的地方啊！大家当然得找，到哪儿找去？打了火把找，还真找到了。

舒耳巴醒来时，天地昏瞑，不知自己身在何处，旷世的疼痛搅翻了他的五脏六腑。他不知道自己怎么了，就想，费力想，就想到是有东西刺入体内才昏死过去的。就想起是在下身，妈呀，一根竹子刺入屁眼。我的妈哟！舒耳巴就自救，就用手去拔那竹子。手一触去，就像刀子割，细细地摸了一番，还是要拔，就用手拔，那个疼啊！竹子慢慢地从肛门里拉出来了，就像拉出来一百把刀。拉时里面分明拖泥带水，盘根错节，连屎带血往外拔，血像喷泉一样往外射。捂住屁眼，就发现问题严重：拔出了一截，是大的。肛门里面还插着许多枝枝戳戳的小竹苗。他就喊师傅，喊大家，向前爬。爬了几步就昏死过去了，醒来后又爬，一路全是臭熏熏的猪屎。猪给他铺了路——一条生死路。是重刑呀，比死还难受，人受这种折磨的又有多少？当年被熊扒了脸皮也没这么个疼法啊，天啊，人会下套子套猪，猪就不会下套子套人吗？这就是猪下的套子！

两天以后，舒耳巴被运到县医院。

可以想见这样生不如死的漫长折磨吧。舒耳巴的老婆哭得像疯了一样，儿子舒糟蛋恨白家所有人恨得牙痒。村里从来没有出过这样的伤法，村主任仰天长啸：天下奇闻，天下奇闻！痛苦还在后头——这舒耳巴，晓得前世做了什么恶人，要动手术，麻醉师又不在，到乡下吃喜酒去了。舒耳巴在医院里长号短叫，每一个见了的人都会落泪，独有医生护士不落泪，还劝他：忍着点儿。在路上、山里流的血不算上，在医院又流了一盆。没钱输血，输了四百毫升就止了，看着看着这人就跟纸一样白了，血管越来越细，半边漏涎的嘴里因日夜悲号，已经干巴巴的了。他老婆就给他冲红糖水喝。他奄奄一息地喊：“让……我……洗（死）……洗了……好些……”

做手术。

从肛门里取出七八根小竹枝，膀胱、直肠、结肠全捅破了，大小便只好插管子，半年后才拔掉，自是后话。

村里就传出白秀带的人去灭猪，碰上了头猪精，把人毁了。也有趁火打劫的。鬼脱岭有几个流打鬼听说白云坳子出了事，正在打听，舒耳巴的儿子糟蛋回来给爹妈拿衣服，他恨，还恨爹的师兄包胜。包胜在送他爹去医院的途中，曾冷嘲热讽地说将他爹舒耳巴掀到河里，说不如这样让他万世轻松。就对流打鬼们说，去偷包胜的党参苗换烟抽。

包胜有个党参大棚。可流打鬼们不知道包胜在里面埋了雷管，那雷管一是唬小偷；二是想炸野牲口的。包胜棚子门口明明竖着牌子，上写：小心雷管。可那些小哥哥不信。不信可有他们的好了。钻进棚子，就听见一声爆响，一死一伤，其他人作鸟兽散。

四

白云坳子出了大事。这个素来平静得跟苍苔白云一样的坳子，今年咋的啦？

“炸得好啊！”由毛村主任陪同的镇派出所文寇所长叉着腰，气愤地赞叹说，腰里的手铐发出叮叮当当的笑声。

“往那边去搜，抓住其余的盗窃分子！更大的雷管还在后头呢——我要让比雷管更难受的虱子咬死他们！”所长像一个阴沉沉的幽灵指着山后众多的喀斯特岩溶山洞，那里散发着碳酸钙的气味。

文寇所长平生最恨的是盗窃分子。在他初来乍到这个镇的时候，派出所的公章竟被人偷跑了，不得不在县报上刊登作废声明并向县局做检讨。近来，水布镇各个村组都有大肆盗窃的案件，大到耕牛，小到食用蜗牛。党参苗盗窃案更是层出不穷。可我的警力有限，七八个人。我不是专门抓强盗的警察啊，我还有许多事。另外，更让他伤心的是，他发现几个警察一个比一个懒惰，案子太多，见怪不怪。就应了一句老话：虱多不痒，债多不愁。可包胜的雷管不是为我帮了忙吗？我应该感谢他，说：炸得好！炸得好！我就是这么说的。这可是仇痛亲快的好事，大长了遵纪守法者们的志气，大灭了盗贼们的威风。

文寇所长高兴地处理了死人的事情，还威胁鬼脱岭的死者家属说，这事就算了了，死了这样的孽子，是你们家的福气。文所长亲手扶起那个“小心雷管”的牌子，把它插在了村口。对村主任毛普通说：

“嗯，你的村子这就清静了。”

五

血花一次一次地飘起，村里哪来的清静呢？

人们开始砍各种各样的木人，用针扎。这些木人依次是白秀、白中秋、白椿，还有白娘子——那个老年痴呆症患者。

可怜的白家一家人的生辰八字都被人写在锅底，人们架了柴猛烧，来除灾祸。生辰八字都是估的。白家的母猪叫得可慌了，就跟野猪的叫声一个模样。给木人扎针的人晚上扎针，白天还是一样，亲热地喊白秀白大爷。

村子的路开始往外通了，因为村里闹猪的事慢慢向外面扩散。人们记起来，白云坳子里还有个未死的猎王白秀。人们突然想起了这样一件事情，一个人，他与猎人峰有关系。他有十二个失踪的战友，变成了金毛大虎，在猎人峰顶。他带着一干人马上了猎人峰，说是当了土匪，大叫“杀了县长当县长，杀了镇长当镇长”；“官逼民反，不得不反”……这是很令人亢奋的传说。

三月杏花迟梅开放的一天，细雨蒙蒙，一股清香的腐殖质气息扑面而来。山路化冻了，路上的残凌裹着牛屎和乱草，被牛蹄踩得一片狼藉。山冈铺展在春天中，蠢蠢欲动。从山外走来了个不老不少的女人，一脸恓惶。这女人按指点来到白秀家，前后看看，见了老人，傻痴痴地看着他。

“请问你有什么事？”

那女的坚挺的鼻子，深邃的眼睛，零乱的头发，就那么呆看着白秀老人，从上到下，从下到上。

“你可是打虎英雄白秀？”

“你可是打猪英雄白秀？”

“你可是猎人峰打匠宗师？”

“你可有九十岁了？”

问过之后，在颇感尴尬和凝滞的氛围中，那女人突然一膝跪下双手一伸道：“白大爷，求您来了，救救我儿子！”

村里人纳闷，就把她扯起来，替她拍去膝上的浮土。一问，才知她是来找白秀讨一副野猪心肺的，她儿子患哮喘多年，听说只有到神农架弄一副野猪心肺才可能根治此病。于是，这女人千里奔波，走穿了鞋底，打听到白秀的白云坳，总算找到了要找的人。

找到了，可没有野猪心肺呀。为猪已让白秀头疼了，灾难连连，还欠了舒耳巴至少两千元医药费，人不晓得是不是废了。全是猪闹的，猪可是恶兽，害了这些人，猪影子也没见着了。猪啊，猪！

白秀就与村主任去商量，那女人也就去了村主任家，一见村主任老婆繁英在推磨，磨懒豆腐，就扯过推把要推，拦都拦不住。这女人推磨可是圆活了，一副石磨在她的手里滴溜溜乱转。女人说：“磨槽用整木雕啊，这是啥木？”繁英说是根桦木，女人说大几百年的树了。繁英说这磨槽砍了也几十年了。就问女人山外还推磨不？那女人说山外早就没磨了，都是用机器。女人就叹气说：“敢情村主任就是这么艰苦朴素两袖清风啊，山外的村主任一个个穿得……啧啧，不说了。村主任还穿力士鞋抽毛把烟胡子都不剪。山外是个啥样子了你们晓得不？山外呀！……”

山里的人淳朴，人家一心要谋到一副野猪心肺，就应该尽快满足。村主任说：我已经安排白大爷去打了，打到后一定把心肺给你。可女人住哪儿呢？村主任就说：“白大爷，跟你大儿、二儿过去，哪一个他们哥儿俩抓阄儿。”因为村里的光棍太多，约有二十条光棍。可白秀不答应。看这女人有些警惕，就说这次舒耳巴的事亏欠太多。那二儿子白中秋现在正和鹞子峡一寡妇打得火热。就算没有鹞子峡那女的，今年坏了那么多事，他有什么资格找女人？大儿子犯傻，自己都讨不来吃的，把这女人关在家里给她啥吃，喝西北风呀？再者大儿子白大年一身臭味，连虱子都不爱他，山外的女人会爱他？

众人合计去合计来，就把焦点对准了鲁瞎子。摸摸索索一个人过活的鲁瞎子，尚有些魅力，能唱得一口好歌，是猎人峰一带公认的大歌师。有人听他唱过全本的《黑暗传》——听说要唱七天七夜；还有《红暗传》《鸿蒙传》《神农老祖传》。他又能掐指算命，还能做道场法事，经济活泛。

女人走进鲁瞎子的家，跟他握了手。鲁瞎子把女人的手一摸，就知道人了，就同意了。女人对大家也对他说："借你的屋檐躲几天雨，一弄到猪心肺我就走，决不多赖这儿半天！"这女人说话非常干脆飒辣，事情就这么定了。

到了晚上，鲁瞎子家就传来了女人的叫唤声，像挨鲁瞎子的打。可在这深深的坳子里，无灯无火，外头是黑压压的大山，这妇人的叫声哪是痛苦，分明是快活。鲁瞎子还有一把劲儿啊，大家说。而这女人真能叫，咱白云坳里的小媳妇也没哪个敢叫的，好像都不会叫，没跟男人快活过一样的。不是不会叫，山里的人，住的是土坯房，四避透风，打个屁满屋子都能听到，公公婆婆、小姑小叔，还有以后的儿子女儿住在一个屋檐下，你叫啊！就不会叫了，一代一代，叫的功能就丧失了。可这个山外女人这大年纪了还直截了当地叫，心无旁骛地叫，厉害啊。

第二天，鲁瞎子坐在门口的太阳下，吃着豆腐花，脸上红通通的。那女人也突然白净了，不那么丧魂落魄，眯着眼笑着，在给鲁瞎子补衣裳哪！

要说风和日丽，这一天就是风和日丽，白云坳就是风和日丽。好像那惨烈的猪祸没有发生过一样，猪远去了。

先是舒耳巴回来了。

舒耳巴腰里吊了一个塑料袋，说是用装大小便的。舒耳巴本来没了半边脸和下巴，这下又没了屁眼和尿道口，大家啧啧称奇，都来看舒耳巴是怎么用腹部拉屎的。臭熏熏的舒耳巴一阵恶吼，才把那些浑蛋吼散。接着，他就号啕大哭，儿子糟蛋没来接他——儿子在镇派出所给关起来了。舒耳巴真正伤心的是这个。

可是，下午的时候，他的儿子糟蛋也回来了。这小子给文寇所长放出来啦！二十来岁一脸嫩相的糟蛋，在阳光可人的初春踏上了回家的路途。山上一片化雪氤氲的水汽，野樱桃紫花灼灼，八角莲香飘十里，草绿莺飞，牛哞羊叫。走到鬼脱岭与白云坳交界的垭子，就碰见了一个陌生女人。那女人就是与鲁瞎子一起住的讨野猪心肺的女人，笑时露出一颗黄灿灿的金牙。金牙女人拉住他说：

“你可是舒家的相公糟蛋？”

糟蛋就点点头。

那女人说：

“哎哟，侄子，在号子里吃了不少苦头吧？瞧你脚指头都在外头，等明天你姨我给你买双好解放鞋。”

不过她说了个条件，就是要糟蛋赶快给她弄一副野猪心肺；她还夸奖糟蛋说他神通广大。

“……你想做什么跟姨说。”那女人眼热辣辣地看着他，看着他闪闪发光的光头。光头透着英武之气，光头表示：“老子什么也不怕，跟局子打过交道的”。

“我……我只想当兵。”糟蛋就嘟囔着说了。

那女人的头摇得像拨浪鼓：

“你进了派出所，你就有了前科，部队可不要这样的人……我听到猪叫了，你能帮我去捉猪吗，侄子？……”

那糟蛋不知怎么就跟这女人走了。就走进一个洞子，里面黑咕隆咚，他忽然想到这就是水洞子。洞子里有口深潭，野猪未必……

不自觉就与那女人相拥着走到潭边，潭水反射过来一些朦胧的亮光。糟蛋知道这潭是口怪潭，水边时常会出现人和兽的脚印，等水抹平了，第二天来一看，那人兽脚印又会出现。

“我看见猪进这里面来了。”那女人用山外的口音颤颤地说，身子一阵阵发抖。

糟蛋本开始发抖的，可那山外女人一抖，他就不能抖了，就强止住了，用一种极男子汉大丈夫的口气说：

“哪来的猪啊，这里面……”

可一声水响，不知是什么砸进去了，那女人就拉着他爬上洞口，一个趔趄，倒在了地上。地上是打草人放在洞里的枯芭茅，又被过路歇脚的人铺散开了。糟蛋倒下就压在了那女人身上，那手不知怎么就掏进了女人衣内，掀开了那衣服。女人面相虽不经看，里面却白爽爽的像刚洗过的萝卜。糟蛋又吸又摸，那女人却小声地拍打着他说：

“该死的，该死的侄儿，小时候缺奶……”

几声该死的捶打，衣服散了，连裤子也蹬脱了。糟蛋急吼吼的，下身火烧火燎的。糟蛋在草堆里激情万分地拱啊动啊，不几下，一阵快意，就风平浪静了。

“出了事吧？出了事吧？……”

“屁，”那女的说，“要你给我打野猪的。”

糟蛋一身在看守所里憋出的臭汗，不知为什么嘟哝着说：

“我是要当兵的，我要当……”

糟蛋好像丢失了什么重要东西，往村里走，一路咕咕哝哝：

“我要当兵……我要当兵的……”

他碰见了白椿，问白椿想不想当兵。他突然哭了。白椿觉得很奇怪，回去就给他爷爷白秀说了。说糟蛋回来了，约他一起去当兵。

白秀事后听他徒弟舒耳巴讲，糟蛋回去后狠狠地洗他的下身，舒耳巴刚开始没在意，哪知道这儿子刚从派出所回来，又做了如此见不得人的事呢。

舒耳巴看着泪流满面的儿子从外头回来了，头上青光灿烂，两个面颊瘦得可以填进鸡蛋，牙齿黄黄的，一个劲儿地说他要当兵。

“挨了打吗？”舒耳巴急急问儿子。

儿子冒着汗，看自己的衣裳有两颗扣子没扣。

“打洗（死）你！”舒耳巴伤心地恶狠狠地说。

舒耳巴接着就听见鲁瞎子在门口唱歌子：

昆仑之山分东西，
东西南北极乐府。
洪水之时妖魔现，
四十八祖动刀斧。
山崩地裂洪水后，
重整江山分九州……

他唱的是《黑暗传》中的“玄黄歌”，歌中唱的是茫茫宇宙中天精地灵的产生。

那糟蛋在厨房里此时舀起一桶冷水，兜头就朝自己身上浇去，嘴里发出一声“啊”的惨叫。

六

青黄不接的日子。

黑暗的山谷死气沉沉。春风像呼啸的箭镞，背阴的坡田里冻土如石，猕猴在树上缩着肩膀发出咿咿的怪叫。白椿走进自己的山褶去种苞谷。他是个制种专家——虽读书不多，却爱动脑子，就试验出了白苞谷和红苞谷的杂交。白苞谷是父本，红苞谷是母本。这苞谷种制得不多，一年就百十斤，价格六七元，这样就可以弄些钱给他爹白中秋抽烟和给爷爷奶奶买些吃喝用的东西。制种就是人工授粉，把红苞谷顶上的天花拔了，用白苞谷的天花撒到红苞谷的红缨子上。为啥要拔红苞谷天花？因为苞谷是雌雄同株——这个连村主任毛普通都不懂。白椿必须同时种下这两种苞谷，并且要它们同时开花，花期相遇，才成。

白椿在山里点种他的苞谷，那糟蛋就来了。糟蛋的爹舒耳巴要他出坡干活，也是种苞谷。可他哪还有心思种苞谷，只想上山去杀野猪取心肺来讨那山外女人喜欢。糟蛋成天在山里钻，背着他爹的那杆“猛一搂”，也是根自制土铳，村里铁匠六指的作品。背上枪也是做做样子，就是碰上野猪他也不敢打啊。这样那女人还是让他近身，且那女人总是在山洞里等他，还给他嚼羊吃的一种草。说是吃壮实了好给她打猪。一来二去，这糟蛋就渐渐地消瘦了，脸色青黄。这天，他要死不活地踅到白椿地头，就说：

“白椿啊，今年的日头不对，你种的那苞谷出不了芽。”

白椿说：“家里等我制了种，好还你爹的医药费。”

糟蛋看白椿埋头掘地，就有点傲慢起来，就对他说：

“白椿，你看看我从镇上回来有什么改变没？”

白椿不知他说的是啥意思，看他，也没什么改变，就是头发长起来了，但脸瘦成根驴屌了，青乌乌的，连眼珠子都像是被人打了，就像几年没睡觉一样。

“你如果……套头猪，那药费就免了。”糟蛋说。

“你家里你能做主啊？”白椿摇头。

“不，我能做主了，我现在是大人了，你还不晓得吧？”糟蛋得意而又神秘地靠近他说。

“大人？”这使白椿很惊奇。咱神农架的“大人”就是过了“会头”的人。过“会头”就是结了婚睡了女人的人。这糟蛋睡了女人？怪不得他问我有什么改变没的。

“你跟我来。”

痛苦让人独品，幸福是需要人分享的。这糟蛋替他背上挖镢，提上苞谷袋，将自己上山套猪的几根钢丝套也一并塞进去，拉着他就往垭子上跑。

白椿不知道糟蛋想干什么，以为他是约他一起去下套子的。可糟蛋带着他进了洞子。

白椿一进去就被洞里的情景吓呆了：那个找他爷爷白秀讨要野猪心肺的女人敞着白呲呲的怀在朝他们笑哩。白椿明明看着那女人又是朝他们招手又是朝他们笑的。可是一到跟前，那女人看清了有白椿，却一下变了脸，大声詈斥道：

“哪来的不要脸的，看我洗澡哩！”

“姨啊！”糟蛋求饶似的喊。可那女人根本不听，拢了上衣，依然大声呵斥糟蛋道：

“你带了白大爷的孙子来欺负我啊？山里的人老少不分像畜生哩！……”

又说：

“分明是英雄的孙子，这是你打的猪给我捞的猪心肺呀？骗人的！”

上来就掼给了糟蛋一个耳巴子，然后风一样地跳出了水洞子。

糟蛋被那一扇铁掌给打蒙了，嘴巴立马就肿了起来，就大哭，一边哭一边委屈地嘟囔。

白椿知道是怎么一回事了，他朦胧地感到是怎么回事，也往外跑，脸红红的，就像被太阳烤了两个小时。

白椿没有出卖他。这事情捅穿是在多日以后。糟蛋的爹舒耳巴见儿子无心稼穑，整天神神鬼鬼地在山里下套子或拿着枪游荡，人却变成了一张糨子糊的纸壳子。有人给舒耳巴说你家糟蛋没让猪精迷了，小心讨老狐狸迷了呢。舒耳巴就起了警觉。

有一天，舒耳巴就跟踪儿子。来到水洞子，果然看到自己年轻的儿子和那个与鲁瞎子同居的老女人抱在了一起。当即一声大吼，取下自己腰间的粪袋子就向那女人砸去。那女人顶了一头人粪尿，抓住衣裳就跑。舒耳巴满山追赶，大骂那女人道：

“老妖婆！你这老妖婆，装妮子来勾引我儿子啊！”

那女人一脚踩进了糟蛋套猪的钢丝套子，勒破了脚踝，爬起来解开套子又往村里跑。

这天正好是包胜假释出狱，怀里还揣着文所长示意他买的一大堆雷管。包胜看到师兄舒耳巴在追赶一个陌生的女人，甚是好奇，就一把将那女人逮住了。可那女人的劲儿也不小，好像有拳脚之功，挣脱了他的手。包胜庆幸没撞上他怀中的雷管，否则又是一场大案。

舒耳巴追到鲁瞎子家里，被鲁瞎子山一样挡着了。鲁瞎子说：“你听我唱一段。”鲁瞎子就阔声唱给舒耳巴听：

自然生成有妙用，
分开阴阳配五行。
阴阳交媾二气化，
才使万物来赋形。
……

舒耳巴要进去，鲁瞎子不让进，还想唱。舒耳巴说：“你这死瞎子甭唱了！

这阴阳交配要般配啊，你屋的那老狐精多大年纪了？我儿是个童男身咧！”

鲁瞎子心平气和地说：“我自会来整她的肘拐。”

当天晚上，鲁瞎子那千脚落地的剪夹棚里，就传来了女人的另一种叫唤声。是挨揍的叫唤声，惨哩，就像杀年猪一般。鲁瞎子唱一句，打一掌。他唱的是《荒唐歌》：如今世界大不同——叭！媳妇拿棍打公公——叭！公公拿着拐棍拐——叭！……

七

长话短说。到第一百一十四天的时候，即闹猪过后的三个月三星期又三天，白家的新花母猪下了一窝猪崽，八只。一律坡形嘴，长腿，身上有着惊心动魄的一条条灰白色花纹，缀在那一身麻栗色毛的身上。

——这不是野猪吗？

猜想应验了。那新花母猪正是第一代杂种猪，只要这猪与野猪交配，三代四代就完完全全是野猪了。具体示意如下：

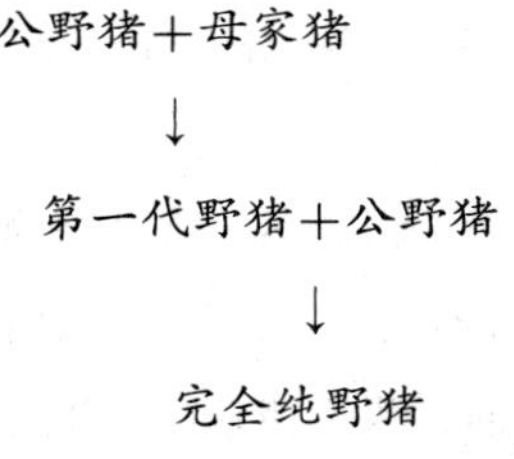

白秀白大爷家生了一窝野猪的消息很快就在坳子里传开了。

第二天早晨，白秀打开猪圈门一看，两只猪崽倒在血泊里。那死猪被人剖了，刀口划得笔直，而且一刀下来，两边的皮肉光滑异常，齐整整的。有人早从里面取出了心肺。白秀便要中秋去鲁瞎子家看。哪还有那山外女人的影子，早跑得没影了。

于是，白中秋与舒耳巴加上包胜带了猎狗去追。没追上那女人，猎狗追着追着就追迷糊了，四山咬。十几里路，空荡荡的。

这么算来，应是农历的五月了。天热似火，天干如灶。自打春节以来就没下过一场正经雨。在舒耳巴的强烈要求下，白秀只好将这剩下的六只猪崽交与他赶快背到镇上去卖掉，好去医院继续治疗。

可怜的舒耳巴，与师傅交了恶，翻了脸。即便是这样还得背上那臭腥腥的野猪崽，翻山越岭，也不知道这野猪崽有没有人要。师傅家就这个样子，你也只能这样了。如果师傅不认这个账，你还只好自认倒霉呢——谁叫你是不小心摔下去的，又不是他推你下去的。这么想就觉得师傅太好了，太宽宏大量了。背上猪崽，就像割了师傅身上的肉一样难受。师傅这大的年纪了，是在替儿女们受罪啊！想到今年的猪害，背篓里清汪鬼叫的小野猪，这就是猪害闹下来的孽债，老子一狠心，恨不得把你们一只只在石头上摔死。这么想那猪崽就在背篓里拼命拉屎撒尿，把舒耳巴身上弄得臭不可闻。在旁边的白椿不让舒耳巴背，要自己背或让糟蛋背，说："舒叔，您还是个病人呐。"舒耳巴哪能不背，自己的药费哩。

天气热着哩，天空上红云滚滚，山道上热风呼呼，人走在山里就像是在石灰窑里一样，林子里的鸫鸟伸着小舌头在喘气，峡谷一阵一阵冒着青烟，就像大祸临头的那种征兆。

上了大界岭，舒耳巴在腰里换着他的粪袋子，突然一阵狂风刮过来，山尖上就出现了两头野猪，一眨眼就到了他们跟前。三个人一点儿都没防备，手上又没有家伙，连腰里的开山刀也来不及抽，两头猪就生生地拱倒了他们三个人。背篓翻在地上，六只小猪吼吼闹闹地钻出背篓，就像事先有预谋一样，一溜串儿跟着那两头野猪而去……

三个人看着那猪们隐进灌丛，雷打痴了一样，半天回不过神来，一切如梦中一般。

八

猪啊，你是欺我年老了吗？竟敢这么欺负我！白秀的心里因悲愤一阵一阵滴血。

“上山！”他对儿孙们说。

可他的大儿子白大年面对着神龛却一声不吭。你指什么哪？张五郎，猎神，四山爷。

“你背上。”他爹白秀以为这大儿子是怕了，很轻飘地说了一句。白秀要整理他的枪，那杆老铳，往里面滋熊油。

可白大年又指着两个卦板。

这都是驴年马月的东西了，放在神龛上没人管。今天白大年为何死盯着它们不放呢？

“大界岭上的这日子也没啥可吃的啊？”白秀嘀咕，“未必是截了道儿把它们的六只猪崽撕了吃了？”这么想就惦记着那六只懵懂无知的猪崽，是一笔不少的钱哩。

白中秋就去甩卦。

当然先得作个揖，信不信礼数到堂。看哥哥白大年把你吓的。于是，把他爹的枪、把白大年的“一把捏”都一股脑儿地放在张五郎的像前。张五郎是倒放着的，这是敬猎神的规矩。倒放着的张五郎多年来已被油烟熏得五官不辨，七窍不分，倒立在那案上像个玩竖蜻蜓的放牛娃，怪滑稽的。这打匠的祖师爷倒立，两手在地，左手拿的是桃木棒，右手按的是报晓鸡，口中还含一把飞手剑。据说提鸡是祭五猖的，桃木棒和剑当然是驱魔劈凶的。

白中秋抓过两块卦板，丢到地上，那两个卦板却直立起来，像两个小偶人！只听当啷一声，白秀老人的那杆老铳倒了下来。白秀心一阵紧缩，不信这球事就没事,早就已经走出门了。就去扶那枪。可两个卦板要么顺要么不顺，咋直立起来了呢？这可是很奇怪的事儿啊。白秀也不信邪，就自己捡起来再甩。

两块卦板依然又直立了起来。

“走吧走吧！”白秀恶吼着，还踢翻了那卦板，又对白中秋说：“火牙子也拿着。”火牙子是打鸟的短铳。他自己的铳——倒了的铳再拿起来就沉了。那是心沉。他摩挲着那铳，没有温热，不亲切，仿佛是久违了的，陌生得就像今天他出猎的路。把小手指头在铳口里捅了捅，捅到了老伴的头发。那是些白晶晶的头发，塞住铳口，防已灌进的火药和滚珠、钢筋头溜出来。如啄了火，头发燃得很快，火一过就没了，不影响射出的速度。一直以来，几十年，都是老伴梳下的头发塞铳口，现在没了，没几根了，看样子，这杆铳真撑不住了，要倒下了，或者有什么不测……心就像在云雾里打鼓一样发虚。他要想想灌药的程序，检查火药囊的塞子，子弹袋的收口，等等。这铳虽灌药慢又没有准星，可就算白秀这个年纪了，灌一膛药也不会超过五秒的。文寇所长来验证过，绝对五秒，眼都看花，啧啧称奇。这样敏捷神速的手世界绝对没有第二只。他的最好的徒弟扈三板也要八秒到十秒。一秒就是一条命啊，舒耳巴就是灌慢了，未一枪打死的熊就过来了，把他的脸扯得稀烂。野牲口是要拼命的，你第一枪打不死它，它就要扑过来打死你，你死我活，没什么客气好讲。你要它的命，它不要你的命啊！在山里，你必须练就一剑封喉的本领，一枪致野物于死地。你脸贴着枪柄，全凭一颗心找感觉，一枪放出去，就是对手的致命处，歪了可不行。脸颊紧贴枪柄，是一种绝对信任的依托，那枪的后座力把你的脸咚的一撞，脸就撞瘪了。几十年，白秀的右脸颊就没了，只剩下骨头。可这半张瘪脸却刻着他用生命换来的猎经：来熊去虎横打猪；上打脊，下打蹄，横过要打嘴角皮；猪打眼，虎打额，熊打胸……

大儿子白大年倒背着装五郎神的木盒，祖孙四人向大界岭进发。

到了岭上，白中秋对白秀说：

“爹，不忙，还是你念开山咒吧。”

白秀一听有些火了，说：

“什么？啊？！”

“您老念念吧。”

白秀望着手拿猎叉的孙子白椿：沉静的眉头拧进去了一些大人才有的东

西。白秀挺着腰，脸上没有表情。锯齿形的群峰在天空下默然排列着，猎人峰在它们之上高高地闪耀，在灼热的空气里露出冷冰冰的胸膛。

祖先们的暗示由弱到强，在他的心里揎卷、怂恿。人老了就会惶惑，甚至不相信自己，看世界是虚幻的。过去上山，每一个毛孔都是自信的，敬什么香甩什么卦念什么咒啊，填了火药子弹，啐一口，“呸”的一声，满山震动，跺上一脚，百兽都要发抖。现在，山莫非要害我不成？

白秀把枪给火气旺盛的孙子白椿攥着。就从香签筒子里拿出了三炷香——那是无味的，怕野牲口闻出来。他让中秋点燃，就一边对着猎人峰小声地、虔诚地念了：

开开开，盘古老祖下凡来，手执一把开天斧，要把此山大打开。一开东方甲乙木，豺狼虎豹在此出；二开南方丙丁火，野猪老熊莫惹我；三开西方庚辛金，獐鹿兔麂无性命；四开北方壬癸水，四山牲口莫捣鬼！各种野兽摆成行，脚踏地上，到此受死！若还不开，盘古老祖一斧砍开！

他抽出大砍刀，其他儿孙三人也抽出了腰上必携带的开山刀，齐朝一棵巴山冷杉砍去。那树冠倏地飞出一只雀鹰，扑棱棱飞走了，落下一根黑油油的翅翎，白椿捡了起来。

砍刀就是命令，两匹赶山狗紫花和石头飞身窜上岭上的老爷寨——那是个土匪老寨堡，残垣断壁出没在灌丛和芭茅中。

“猪！”

说声“猪”，猪就高高地站在了一道残墙上——好大的胆子！你看它：两耳尖竖，长嘴如刀，小眼奇诡荒寒，獠牙如铁似钢，两肋肉墩像磐石，身上箭毛似针锥。紫花石头一跃而起，想是去咬野猪的颈子。这是神农架赶山猎狗的绝招，盯住你的颈子，也学了主人要一剑封喉。可那野猪只将头一摆，就避开了危险，再将獠牙一戳，正好挑上再次跃起的紫花。那紫花飞上墙头，被重重甩了下来，一声号叫，肋骨叭叭断了。那猪也跳下墙头，又避开了猎人的发射。伤狗紫花和石头见了猪哪有退却的道理，再次跃过断墙，白秀他们也一一爬上断墙。这里视野开阔，猪就不怕暴露在几管枪下，让人遍地开花居高临下挨打？

猪不见了，狗嗷嗷跳跃。白秀估摸着猪逃跑的路线，叫白大年快去坐“仗口”埋伏。

等白大年坐好仗口，打回暗语，白秀吹起牤筒，那两匹狗又把猪咬出了亮处。白秀喝唤狗避开，狗也熟了，让开一条眼线，白秀就把那火啄燃了。枪一响，那猪的屁股就冒起一大蓬烟子。不对啊，我打的分明是猪眼，为何屁股冒烟？

伤了的猪带着烟子就跑，好，正是往白大年坐仗的路口狂奔而去。白秀忙用凤头鹃的叫声告诉白大年：“苦、苦克、苦！苦、苦克、苦！”却没有应声，就让白椿再打暗语。白椿的鸟语也学得酷肖，就“苦、苦克、苦”地连叫了四五遍。依然没有应声。那猪时隐时现，白秀再爬上断墙，又啄燃信子，一枪过去，这次瞄的是百分之百的眼珠子，滚珠火药就像唧筒里的水，你挤我攘地亮闪闪直飙而去，就听一声惨叫：“我的娘耶，把我打着了！”

硝烟散处，一个浑身熏黑的人抱着脚在林子里又跑又跳，衣裳筋筋缕缕，分不清个面目，边跑边大声哀叫。几个人就去逮那个人，抱住一看，是白大年，已经成了血人。

九

村里的人说：白大年就是个山混子。他年轻时打跑了媳妇，听说弟媳妇中秋的老婆在崖里摔死也与他有关。这人去很远的山里找过打跑的老婆，听说遇见了红毛野人，野人也是山混子——在山里混了几千年，混成山精了。这野人把白大年捉去，给他脑壳里安了根山混子筋。这就让村里遭了罪。他用他爹的老枪打过家鸡，用挠钩钩人家的腊肉——听说与鬼脱岭的小哥哥们一起在山洞里烧过腊肉吃。前两年，又不知在哪儿遇见了山精，回来就要给政府献宝，说可以奖赏女人。这家伙捉过九香虫、绿臭蛙，还听说逮到过麒麟、双头蛇、太岁。后来，猎人峰上的一个老郎中把他绑着，给他脑壳里下了一根筋，说是山混子筋，给村里人看过，白呲呲的，一拃多长，铁丝那么粗。这根筋被村主任拿着说装在白大年的档案袋里了——村主任那儿据说每个人都有个档案袋子。抽了筋的白大年老实了几天，但近来因频繁的猪害又有山混子筋长回大脑的迹象。可这一下，他爹的枪就像是长了眼一样的，就像是天意，把他的脑筋打坏了，脑壳里钻进去不少铁砂子，估计打断了山混筋。只是，也把一双好腿给打断了。

不能去医院。没钱医治。白云坳子的人又不是国家干部，不能吃公费医疗。在今年之前，县城的医生从来也没听说有个白云坳的，白云坳的人从不去医院。今年三番五次地往医院跑，有死的，有伤的，伤得还挺怪挺稀奇哩。

白秀的老伴白娘子因为记性不好，去给猪喂食时，见猪圈里趴着个人，与猪争食，就记不起是谁，高兴地说：

“猪下了个人崽！”

见没人理，就细看那人。母猪失了一群崽，变得很烦乱，有个人去嘬它的奶子，它就用嘴拱咬这人。白娘子把这人从猪胯里拉出来问：

“你是哪个？阿弥陀佛！”

白大年望着他娘，头打坏了，说不出话来，只是像猪一样哼哼。

他娘又问：

“你吃的啥哩？”

白大年又哼哼。

白娘子看着看着就认出了是自己的大儿子，丢下猪食瓢就大喊：

“死老头子，还不快去请郎中！”

白中秋、白椿都说不清这事。村里人更说不清。说反正老天长眼把大年给打坏了，成了废人，救活也是个废人。白秀迟疑着没请，老伴白娘子就闹了，就与他大吵，两人在房间里打了起来，白娘子又踢又咬。白椿就急了，给两位老人劝架，就给白娘子说：

“奶奶别咬了，我去请。”

这白椿就去了山里找郎中，就是给白大年摘山混子筋的那个，也是给白秀年轻时治过泥肺的那个。

白秀的泥肺是在洪湖染的。

1931 年，那时的白秀还是个百事不晓的少年，还叫戢秀，在鄂西北房县戢家湾给大地主崔咬精放牛。有一天，他舅舅杨夺水从县里背回了一块“房县戢家湾苏维埃政府”的牌子，就成了杨主席。他舅说：“秀娃，你革命吗？”于是秀娃就革命了。这革命就是去洪湖，苏维埃的干部只有十来人，要多凑几个，杨夺水就打上了外甥的主意，还诱惑说：“等从洪湖回来，杨丫儿就大了，你与她成亲。”杨丫儿是舅舅的女儿，才四五岁，拖着一挂鼻涕，胸前的油腻闪闪发光。这戢秀也没想什么，就被撺掇出征前夜杀了崔咬精，割了他的头系在裤带上，跟舅舅杨夺水走了。

走到神农架，要翻越一架又一架大山，那是一个半年都在风雪中的世界，当年的雪可大了，树可多了，兽可恶了。浓林如墨，鸟飞难通。到了山上，山上下的不是雪，全是冰霰子，像石头一样，砸得人头上大包小疖。最可怕的是当地的“扒狗子”，就是神农架独有的老豺，前腿短，后腿长，身子小巧，专门掏肛，然后钻进野牲口和人的肚子里去，把里面的内脏吃空。这种兽就跟蚂蟥一样，只要粘到你身上就下不来了。还碰见土匪、杆子队和国民党挡道。戢家湾革命小分队就与大部队打散了，迷路了。在山里转了几天，舅舅杨夺水的一只手齐崭崭地让老虎啃了，小鹞子王品贵让扒狗子掏了肛——他一个人去林子里拉屎，粘上了那恶兽，肛掏了，肠子流了一地，小鹞子王品贵用草塞住肛门还随队伍走了两天。无数的扒狗子在地上跟着他们，无数的夜鸦子在天上跟着他们。只等扒狗子吃空他们，夜鸦子就要来啄他们的残肢断掌了。这些生人的气味一闻就能闻出来，连禽兽都欺生哪！“同志们，戢家湾的革命战士们，我们一定要冲出神农架，要走到洪湖根据地，不能退缩，不能回头！谁叫有钱的人这么少，无钱的人这么多呢？谁叫穿棉鞋的人这么少，打赤脚的人这么多呢？谁叫吃肉的人这么少，吃糠菜的人这么多呢？谁叫有田的人这么少，无田的人这么多呢？现在，大家跟我唱：“要杀就杀得人头滚滚，你一条命我一条命！农友们起来，农友们起来，杀尽贪官污吏土豪和劣绅！苛捐杂税把我们欺，我们要出这口气！农友们，农友们，杀尽压迫我们的人！……”唱着歌的那十二个人跟着云彩一起飘走了——舅舅杨夺水留下戢秀看守路口，其余的人去峡谷里寻路找吃的，结果一去不复返。

那个冬天置身于神农架寒野的少年戢秀孤身一人，手上拿着一把猎叉，腰上挂着地主崔咬精的头。他是怎么走出神农架到巴东又过长江的他全忘了，木头木脑地走着，那崔咬精的头张大着嘴巴跟他说话，埋汰他。可戢秀用猎叉挑着这个头要他叫，头就叫。面对着扒狗子和夜鸦子和豺狼虎豹和杆子队国民党——这颗头就是开路的邪神小鬼啊！这就壮了胆。

到了洪湖，山里人不习水战，倒在湖里呛成个泥肺，在瞿家湾红三军医院住了半年院。又碰上肃反，夏曦乱杀人，团以上干部要杀完，说是“改组派”。戢秀恰好只混到副营长，不被杀，反倒让他帮助去杀人。戢秀干过的有两种：一种是贴黄表纸。往你的脸上贴湿了水的黄表纸，贴上三四层，你就没了呼吸，窒息而死。另一种是踩麻袋。将“改组派”装进麻袋，绑了口丢进湖中，几个人往淤泥里踩，被踩的人连一声也不吭就踩到了泥底下，永远消失了。杀了几个，戢秀怕了，这些人全是打仗的英雄，他的好友呀，不忍心干下去，就借故说死了父亲奔丧，找一个老乡买了套衣裳，开小差溜啦。这就有了后来吃他三个兄弟的事——

那一年，戢秀在松针、椴芽、火焰草一股脑儿嫩生生钻出世界的春天里，回到戢家湾子。春风像母亲的手抚摸着他，绿雾像薄薄的丝绸缠绕着他，一路从崖上跌下来的忧伤的瑞香草香气温暖着他。因为想家戢秀把头发都快扯完了。回到家里，戢秀大叫一声：“妈呀！”见到火塘上的鼎锅里吊着一大锅煮熟的肉，正咕噜咕噜冒着热气，搛起来就吃。蓦然，一个邻居出现在门口，对他大喝道：“还不快跑，这锅里煮的是你三个兄弟的肉！崔家的还乡团杀了你父母你三个兄弟你们全家啊！”

犹如当头一记闷棍，戢秀愣了几下，取过那把爹的老铳就往山上跑，一直连气也没喘一口就跑进了神农架深山老林。人吃了人肉两眼就会放红光。戢秀眼睛爆发出红碜碜的光芒往大山里走，走到哪儿哪儿的野牲口逃之夭夭，怕哪！人吃了人肉就馋了，吃啥都没了味，老想着那人肉的香，嘴里呼噜呼噜流哈喇子。可那是兄弟的肉啊。每每想到这些，戢秀就用火刺扎舌头，扎得血淋淋的。这样就晕晕乎乎地走到了猎人峰北坡。那个晚上，冻雨霖霖，寒气如刀，戢秀背着枪正蹚着黑道儿，就见前面影影绰绰一个人。心想这里哪会有人，怕不是鬼或什么野物吧？再一看，那影子结结实实地倒了，摔在地上一声吧嗒声。走近去打了火镰一看，还真是个人，脖子上有个洞，咕噜噜地往外冒血。再往前看，还有一个人，蹲在路边。白秀就喊："你杀了他啊！"就将枪对准了过去。那黑影见戢秀走来了，呼地立起身子就往旁边林子里跑去，一闻气味，是头老熊！老熊咬死了这个人！戢秀就开了枪，熊就打着了，从坡上滚下来，戢秀怕不死，用老爹那枸骨过冬青的枪托一顿猛揍，正揍到兴头上，几个人打着杉树皮火把来了，还有个女的见了死人就哭。那女的就是白娘子，被熊咬死的是她男人。后来，这女人成了他老婆，他也成了白秀，成了神农架打匠啦。

改姓白，并不是白娘子的白，是白山财的白。白山财是白云坳的地主，无儿无女。山外来了个打匠，替他侄女把咬死侄婿的熊打死了，还能说牛经，就让他帮着放三条牛。戢秀委曲求全隐姓埋名地放起了牛，把那牛喂得膘肥体壮，三条牛像三只老虎，吼声震天。是巴山黄牛，金黄色的毛翕翕闪闪，拉出屎来噼噼啪啪。牛喂好了，可人还是个泥肺，躺不能躺，卧不能卧，每夜就坐靠在牛肚子上睡觉。这就引起了白地主老两口儿的同情，就寻思着给这外乡娃子找个郎中来治治。郎中找来了，两个黑黑的眼圈，神情像白云飘远，一把长胡子，也是个山精，说："我不用毛药用大药——我用血三七、田三七、破血七、雷公七、肺痨七；用鸦雀还阳、打死还阳、太阳还阳。雷公七也就是逼血雷强行开道通路——瞧你喘得像条蹦上坡的鱼。我用血三七、肺痨七拔你的病蔸。然后呢，用太阳还阳草和打死还阳草来激你体内乾阳之气，人有气泱泱乎浩浩乎，气厚以载德也！……再然后，用六月还阳草给你身子烧一个夏天，人就完全与天地相通啦！……"

郎中说得神是神点儿，可药不假，果真效力奇特，药吃到肚里，一阵雷鸣电闪，闹腾了五天。第五天夜里，戢秀觉肺里一阵躁动，便开始呕吐，吐出一盆淤泥，里面螺蛳蚌壳全有。这就好了，能卧了，能躺了，能安稳睡觉了。

一天放牛回来，见白地主家八仙桌已上了酒菜，等戢秀进屋，一起举拳祝贺道："你娃子糠盆跳到面盆里来了！"

一百二十亩好孬地加五十亩耳山（砍香菌木耳棒的花栎林山），加三头牛加三间瓦房，日后全是你娃子的啦！白山财老爷子决定收你为养子啦！

立合同字人　白秀

今因父母双亡，家贫无亲，日食难度兼之又无祖遗业产。在外漂泊做工，更无力完娶，恐误后事。愿将本人过继与白山财二老膝下，承接香烟，绰续宗嗣，改名换姓，从叫父母，依听二老教训。日后，成立毕婚完娶。异日恐有族间刁唆，俱有媒证某某某。一身承担，至完娶以后，倘若心性改变，不由老的吩嘱，仍然飘风浪荡，不行正道，不顾老的饮食，好吃懒做，只有投明地面绅首与二老格外敷补安厝费用钱贰佰大洋，任子还姓归宗，二老亦不曲留。若是安分守己，勤俭孝道，家具业产不与户族侄子侄孙相涉，应付此子。长守二老毫无异言，恐口难凭，特立合同一纸。

白山财收执永远存照为据

同媒证×××、同公亲×××、同在场×××、同家族×××、同亲笔白秀

戢秀强迫成了白秀，有缘就是有缘，一个不知你身份的人，一个外乡人，死活都要你做他的儿子，硬要把万贯家财塞进你荷包。老话说得好啊，是你的财，对你来；运气来了门板都挡不住。

这与世隔绝之地，山外发生了什么他哪知道。他只知道他结婚，白娘子成了他的老婆，于是热火朝天、紧锣密鼓地生娃子。生了不少，活了不多，最后剩下白大年与白中秋。有一天就听说要解放了，解放军要进山了。这白秀的原形就是戢秀——洪湖红三军的戢营长。白秀喜，连夜踏雪去迎解放军。解放军迎来了，却不进他的屋。瓦屋啊，三条牛，还有红漆八仙桌，桌上几个铜酒壶，地主！怎么说也没有用，十二个战友在这山里失踪了，你在这儿

寻找的落了户。你找到了就是他们证明又有什么用？你不过是个红军逃兵，开小差回来的。还没找到做地主的感觉就成了地主成分——老地主白山财说他不死是不会把财产给白秀的。后来，老地主死了，让土改队给毙了，财产没收了。白秀在老地主死后就住进了千脚落地的茅棚。棚子深处是个岩洞，里面冰水四季淌滴，人与猪在里面哈冷气，冻得像疟疾鬼。一个洪湖来的泥胏最后成了这番模样。在深山老林中，一个人是微不足道的，就是三辈子打成地主，就是全家被杀过十次，那也没什么波澜，脸上也显示不出什么来，该笑的笑，该吃的吃，该看天的时候看天，该打鼾的时候打鼾。老天爷用隐忍的大德暗示他：无所谓啊，到什么山上唱什么歌，走到哪步算哪步。

如今走到这步了，在这禁山之后，在这野物稀少之际，在他快死之时，野猪突然疯了，突然摽上了他。他无意之中——打野猪却打断了大儿子的腿。老伴白娘子用嘴咬他，像狼一样。鲁瞎子说，白娘子吃了太多的兽肝，这兽肝兽体穿过了人的身体，兽性就留下了。人吃了兽，比兽更疯狂。白娘子年轻时好流产，挂不住娃子，有人就开出了个偏方说吃兽肝。这白秀只好一次次作孽从山上取来各种兽肝，将打死的兽在一个时辰内取肝，热噜噜地炒了吃。白娘子吃过除人肝之外的所有肝，豺狼虎豹，麝獐鹿麂，野猪老熊，鸦雀老鹰，毒蛇石蛙。那石蛙的肝只雀屎大，炒一碗要剥一百只。白秀晚上一夜夜在石崖上捉蛙，不知摔下来多少次。可自己造的孽自己受了，老婆身体内的兽性在晚年发作了，不止一次咬他，看着手肿成个浆粑馍。俗话说，最毒不过人毒，人的唾沫据说能杀死最毒的眼镜蛇和烙铁头蛇。

请来的郎中见白秀手肿老高，红得像炭火，就问是不是治手的？白秀往猪圈一指。那郎中就走近去，对着猪粪中爬行的白大年说：

“伙计，你有房不睡睡猪圈，有饭不吃吃砻糠，不是为改革开放抹黑吗？呵呵！”

说了笑话，与白秀商议后，认为只有锯掉白大年的双腿才可保命。因那打断的双腿已发黑发肿了。白秀死活不同意。他不能让这大儿子保了命没了腿。自己风烛残年，一伸腿也就算了，落下大儿子这般年纪，以后靠谁来把与他吃呢？

拿过白大年脑壳中一根山混子筋的老郎中就不愿治了，说我锯了他的腿省得他到处乱窜，有什么不好？这人若治好了，说不定是一大灾星。老郎中两个黑眼圈，像有夜视眼的毛冠鹿，他还说出了“天地闭，贤人隐，恶兽出”的古训。白秀说是野猪恶兽啊，又不是我儿。老郎中说：人如今与兽比，已是凶残万倍了，所以今日说的兽就是人，人就是兽，你还不懂吧？

世界已经颠倒了，难怪鲁瞎子总是唱《颠倒歌》的。老郎中给劝了一些时，喝了两口酒，才答应给治治。只见他眼珠子骨碌碌地乱转，伸手向空中抓去，口中念有词：

九死还阳兮，九死还阳，九死还阳虫来兮，九死还阳虫到！

老郎中将那药褡裢在空中甩了两圈，伸进手去，抓出一个东西来。白秀一看，是一条脆骨蛇，药名正叫九死还阳虫。这蛇只要摔掷地下，就会断为九节，在地上蹦跶蹦跶，蹦跶一会儿，遂又自动聚拢，重新整合为一条完蛇。治跌打损伤正骨，是百药之王。

老郎中将蛇掷于地下后，蛇果然断为九节，不多不少。待蛇正要聚拢时，老郎中将九节蛇拾于掌中，一运气，俩掌嗞嗞冒出青烟，一合掌，一搌搓，双手就一堆黑乎乎的粉末了。然后取出酒葫芦，用酒调和，敷于白大年的断腿处，绑扎起来。老郎中说：

“如果三天不退肿，神仙也无法了。”

老郎中走后，白大年在屋里躺了三天，肿就消了，乌黑的腿有了肉色。有一天揭开一看，那蛇药还敷拔出了十几颗铁砂子；断腿就愈了。不到一个月，村人就看到白大年拄着根拐杖能在村里走动了，可是人却直直地傻笑。

十

舒耳巴从县城医院扯下粪袋子回来的那一天，走到大界岭。一进大界岭的森林，陡然一股凉气往头上蹿。想到两头大野猪拱翻了他们带走的六只小猪，心就发虚，不由攥了块石头。树深草荒，野风飒飒，人捏了一手冷汗往前走，就看到半山腰里有个人影，心就宽爽了一些。看那人还熟，就打招呼唤那人，那人“嘿嘿”地在砍什么东西，一闻空气里有血腥味。走近去一看，是白大年，正在用刀剐野牲口。

这大年腿刚好就来山里窜了，而且还打死了什么野物。舒耳巴一细看，那兽是只幼兽，虎不像虎，豹不像豹，是虎与豹的杂交种，叫“呼”。

这年头，兽越来越少了，能逃过千百万劫的都是精怪兽。虎没了同类，豹也少了，虎与豹只好胡乱交配，于是，生出了怪种“呼”，这“呼”全身长满一尺多长的白毛，什么都不怕，寿命忒短，也不会生育，不雄不雌。

“大年，就（做）、就啥哪？”舒耳巴声音都变了。

“可以换回个媳妇，稀罕物啊！”那白大年自个儿割着“呼”的脖子，“呼”的血喷泉一样射出了，那血半红不白，散发出一股苔藓味。白大年身上、脸上、眉上被“呼”血喷得到处都是，像一个披着鲜花的人——他拿着的是一把割漆口的刀。他本来是上山给漆树划口，只等秋天来收漆水的，碰到了“呼”，见弱小，就杀了，去向政府献宝。

这多危险，白大年还浑然不觉。舒耳巴感到要么是豹，要么是虎会马上来寻“呼”的，白大年完了！舒耳巴拔腿就跑，半路上跑掉了鞋子，滚烫的石头烫出他一脚血泡。

白大年完全没在意舒耳巴的出现和逃遁，他割死了“呼”，把刀在那一身白毛上荡了几荡，让毛舔干了刀上的血，将刀插进木头的背叉子里，就听得一声大吼，一只老豹出现了！

那老豹瞪着两只愤怒而悲伤的眼睛，扑向那死去的“呼”，秃爪子在那身上抓了几抓，好像是想推醒它的孩子“呼”。可“呼”脖子已经断了，流着血，眼珠子像两颗星星白瘆瘆地望着自己的母亲。那老豹明白了一切，向白大年扑来。白大年突然从痴呆的状态中活了过来，不愧是打匠的后代，在山里生活的，身手敏捷，蹿上一棵漆树，坐在枝丫上，大喊：

“不是我！不是我！是舒耳巴！”

老豹哪管得这些，去爬树，可豹太老了，爪子秃了，爬上两步就滑下来，爪子在树上磨出了烟。它一而再，再而三地想爬上去，无奈年老体衰，于是就用爪子摇那树，树叶哗哗往下掉，白大年吓得抱着树干缩成一团。那豹子见摇不下人来，又用头撞，再用牙齿啃树。树是漆树，毒大，老豹啃着啃着嘴就肿起来了，可老豹不停，树皮一块块地啃下了，要不了多久，那树定会啃断。白大年知道，如今的山兽十有八九都懂人语，便对老豹说：

“真不是我，豹子呀！哪知道是你的娃子，我就不让那舒耳巴杀了，舒耳巴说是虎儿呢！……你这可怜的豹子，满嘴漆疮，还不快去沟里用凉水洗洗去毒！”

那豹果然能懂人语，停了啃，把眼皮往上翻了翻就跑下石沟，把嘴埋在了水里。白大年是想把豹引走，可人还来不及溜下树，豹就回来了，恶狠狠地吼着，用血红的眼睛瞪着他，又要张嘴啃树。白大年就说了：

“难得有自己的儿，如今山上的兽少了，舒耳巴剐了你的儿，我晓得你失子的悲痛，我跟你回村捉舒耳巴去？……”

那豹摇着头，因痛苦拧着一张惨兮兮的脸，面前是那血淋淋的“呼”。这“呼”是我的！这“呼”我若背到城里，定是个特级宝物——这神农架山里有几个人打死过“呼”？心想，我一定要把“呼”背到镇上去。摸摸腰间，带上山的荞麦炒面，就心生一计说：

“豹啊，反正我今天也是跑不了了，这样，我现在若被你吃了，是个饿死鬼，你让我成个饱死鬼吧，等我把这袋炒面吃完，你再吃我。你若同意，请把头点三下。”

这豹也骚怪，果然把头点了三下。白大年知道兽比人守信用，还没有学得人这么坏，就大大方方地溜下树来，坐在离豹有一丈远的地方，开始嚼那干嘣嘣的荞麦面。那荞麦面苦，掺了蜂蜜，吃起来就香甜了。可白大年在那儿拼命地嚼咽，怎么吃怎么苦。就想着怎么磨蹭时间，等我慢慢吃了这袋荞麦面，若有路人经过，或者那舒耳巴去村里喊了人来，我就可以脱身了。

这白大年苦巴巴地吞咽着，被爹打坏的脑子一阵阵发疼，却找不到好的办法。见了沟里的水，就对豹说：

“豹啊，这炒面吃了口干，硬像是往喉咙里塞石头。你让我下沟去喝几口水，行吗？你若同意，请把头点三下。”

老豹就把头点了三下。

白大年两腿颤颤地下沟去喝水，估算着与豹的距离，想跑。一看水里，让他大吃一惊：水里的影子哪是他白大年，是一只麻羊子（斑羚）！天，怪不得这豹今天非要吃我的。在神农架，人们都知道并且笃信人一天有两个时辰是牲口。那被野兽吃掉了的，刚好那时候是牲口，躲过两个时辰，人又变回来了，兽就怕了。兽是怕人的，不吃人，吃下的人，其实是牲口。白大年看着水中自己的尖嘴、长胡子、大弯角，心里骇然。那时林子里白雾漫漫，郁闷的植物气息让人难受，豹时隐时现。他就想，我在这里熬两个时辰吧，熬过了，就躲过了。我活了五六十岁，才知这一传说是真的哩，人还有另一个面目哩，人就是一只牲口。人有两个模样：一个是人，一个是畜生。

白大年在这荒凉的山岭上，望着自己水中的另一个影子，嚼咽着苦荞面，欲哭无泪，几快发疯地想对策拖时间。他对豹说：

“豹啊，我给你讲个古，讲你虎丈夫的事……”

那豹摇摇耳朵。

“……鬼脱岭一肖家丫头，上山去挖药，一老虎拦住了她的路，抬起爪子向她求情。丫头一看，虎爪下扎了根刺，就帮它拔了。这事就过了。他们村里的支书，是个五毒俱全的家伙，这下要打肖家丫头的主意。刚好他又死了老婆，就要强行娶这丫头。丫头哭得像个泪人，就在入洞房的时候，突然从外头窜进来一只老虎，把那丫头衔了就走。虎背人就像背褡裢一样，往背上一甩，人就横在虎背上了。那支书吓得当时就不能言语。可肖家找他要女儿。这事闹到县里，县里认为这事不可能，哪有虎背人走的，认为肖家是无理取闹，就把肖家的人关进了号子。哪知在给肖家人上铐时，一只老虎闯了进去，叼起铐子就跑，一直跑到鬼脱岭支书家。支书见了，一声惨叫，七窍喷血，当即就呜呼了。这天正好支书家牛下崽，下出一条犊子，浑身黑色，肚皮上却有三个白字，正是支书的名字……”

那老豹这时吼了一声。

白大年说：

“不是诓你的，全是真事！还有下文哩——说是过了年，那肖家丫头突然回家了，怀里抱着个金发娃娃，跟洋人似的，额头上还有个‘王’字……”

老豹一连吼了几声。

“全是真事，全是真事！豹与虎能相配，人与虎就不能相交吗？人与虎相交生出的是人，也有个名儿，叫‘号’。这‘号’聪明万分，可也是个短命鬼，跟你那娃儿‘呼’一样。豹啊，你留下‘呼’干啥哩？你送给我，我还能换个媳妇——政府有这个政策哩。豹啊，可怜可怜我吧！……”白大年就咚地朝老豹跪下了，“咱们山里人，穷啊，娶不起媳妇，娶了也跑了，就想着拿什么东西找政府换媳妇。山里有啥稀奇的东西呢？都打干净了，好不容易见了个‘呼’，我能不动心吗？我也是个人啊，长了屌，一辈子空闲着，老虎没了母老虎，还能找你这个豹捅捅生个怪种传个后，我找谁捅生个娃子传后哩？找猪啊羊啊牛啊去捅？咱还是个人哪，又不是畜生，咱山里的日子苦哇……”

这么说着心里真悲苦起来，眼泪哗哗地就像大雨落下来了。正呜呜地哭着，见一轮月亮蹚出了山林，像个探头探脑的乖巧女子。再看月影下自己的影子：头上的弯角慢慢变小了，弯角变成了头发。呀，两个时辰终于过啦，白大年又变成了他自己。这时只见他扔了炒面袋，抽出割漆刀，大吼一声：“打死你，豹！”那老豹一愣，撇下了“呼”，就往林子里逃。白大年赶快过去背上“呼”，就往山下跑去……

十一

有人说头脑混乱的白大年是跑错了方向，往山里头跑去了。山越跑越深，白大年就此失踪了。或是成了野人，山混子，或是被什么野牲口吃了。

可是在镇上却传出来另一个版本。

这一天，水布镇在燠热的阳光里煎熬着，深黑色的屋顶上，一片红闪闪的火光。镇政府摇摇欲坠的石楼里，少有人在上班。镇长崔无际刚从乡下回来，就听说那个四岁的畸形发育的儿子老拔子，打跑了家里的保姆，正为这事烦恼，就听办公室主任闯进来告诉他：白云坳献宝的那球人又来了。

据说，白大年将那血水未干的“呼”丢到台阶上时，“呼”还直起了脑袋，并且睁开了眼睛，可喉管里咕噜咕噜往外冒血泡。斜刺里冲出来镇长的儿子——树一般高大的身材，挥舞着玩耍的木刀，就将那“呼”狠狠地砍了一刀，“呼”就永远地闭上了眼睛，随即发出一股恶臭，成群的绿头苍蝇挥舞着翅膀就落在了“呼”身上。

“把他捆起来！”

在崔镇长的指令下，派出所文寇所长和三大汉，便将白大年扭住，用麻绳将他捆了起来。那白大年在绳索里大喊：

“这次不是假宝了，这次可是百年未见的‘呼’呀！政府不能不识宝！……”

崔镇长的汗衫被白大年给抓破了，一只长毛的乳头露在外面，就像是与人打过恶架的。

“……我想说什么呢？”他在这天的党委扩大会议上，神情沮丧地说，“……这事情看起来荒唐，却是我们的过错。不就是一只小豹吗——我建议，文所长将这只小豹尽快送到县科委去。豹出现了，大家都见着了，豹又回来了，这当然是喜讯，应该尽快上报宣传部，赶快写成新闻发出去……可是，豹却被人打了，且是个疯子，神经病……但说到底，这是我们的过错……”

台下的人都看着他，看着这个满脸青色、衣衫褴褛的领导人。

“……我们没有给他们创造娶老婆的条件，这就让他们想女人想疯了。是怎么传出向镇里献宝可以奖老婆的这种谣言？也许是有人逗弄他。可事情一点儿不假。咱们乡镇五个行政村十九个村民小组，老少单身汉就达一百多人，占男性村民的百分之三十！……我为我自己感到羞耻！我在这里当镇长，连村民起码的生理需要都不能解决，算什么什么镇长！”

镇长在这儿荡气回肠地痛骂自己，杯盖在桌子上来回地滚动。他淌着泪，情不自禁，脸可怖地抽搐，可他忍着。忍耐着，像一块铁。

“咱这不是祸国殃民！石膏村石 ×× 一家，我给他算过账，全家财产才几百元，一家四口睡一张床，大闺女十九岁了，与父亲在一张床上，像什么话！可人家就是这个生活水平。家里只有四个碗，五个没有。四双筷子——还有两双半白的，一双半红的。这样的家庭咱们镇何止一家！……有人说他们是懒惰，这山里的人懒。暂不说这个，还是说单身汉。今年我已听到有太多的笑谈荤经，当作笑话在传。都说如今人越来越像兽，比兽还恶；兽如今越来越像人，比人还精。这是为甚哩？……天地颠倒，人兽颠倒，这是为甚哩？社会出了问题，还不明白吗？唉！”

镇长用激愤的忧郁洗刷着淌泪的眼睛，心中好似万般无奈。他像一个毫无遮拦的朋友与大家推心置腹，不知道把这个世界怎么办才好。他的心里一定是非常柔软的——大家想。这样才似乎是第一次结识他。就是这个人吗？一个矜持的、冷傲的、不太吭声的、文里文气的镇长，有时候会耍一些权术，有时候很卑鄙，很下贱，很会对领导说话（譬如，对来镇上检查工作的县里干部）；可有时候又会很正直，很善解人意，慷慨激昂，铁骨铮铮，像个持不同政见的人。他的泪是真的，他决不会傻了吧唧地说这些话，为一个神经病疯子而突然掏心掏肝，他说的是真话。接下来，他要去县里为这个猎杀国家一级保护动物的傻子争取一张患有精神病的证明，他说：

“谁也不许出卖他。他是个疯子！明白吗？”

十二

老书记覃放羊现住在县城的一栋石头屋里，石头缝里开满了鲜花，爬山虎枝繁叶茂。有一天他看日历，就突然中风了。现在，他拖着两条腿，也不能言语，以唯一可活动的右手，艰难地在纸上写下了：恩人、仇人、好人、坏人、人、人、人……

“人”是一个十分尖锐的问题。提到白秀，崔镇长发现他十分激动。可老人无言以对，口角流涎，脑袋好像被人打了一闷棍似的。

“你，曾经被他救过，是吗？……”

覃放羊点点头，小孩子似的善良的眼里噙着衰老的泪水。没有谁相信，他曾被人称为“覃老虎”，是个敢作敢为的水布镇土皇上，在二十世纪七八十年代，有人家小孩夜哭，一声“覃老虎来了”，小孩必会噤声。可生命是无情的，再伟大的人也会落得个皮枯毛落的残破境地，成为人们伤感的镜子。

“他可被您整得够苦啊！他一家如今凄惨的状况，莫非不与您有关吗？”

“啊……啊……”老头说，两只眼睛滴答滴答地流着浊泪。

“为什么不能认定他是失散的老红军？为什么不能每月补他个几十块钱？莫非您这个样子了还记恨着他吗？这不是太可耻了吗？”崔镇长有点厌恶起这个前任来了。他知道这个人已经没有了任何抵抗，就像是一只蚂蚁，他可以任意踩捏。

“啊……啊……”老头说。他在四处寻找手帕。

“您不是塞进这个荷包里了吗？”崔镇长拿手去引导老头的手。

“啊啊……”

“……1946年，白秀老婆的表哥白贱，替老地主白山财从宜昌买来了一个死囚。这白山财想打个房子与白秀一家分开住。打房子要烧窑制砖瓦，按神农架的老规矩得找个活口祭窑。当土匪的白贱就花了三块大洋在宜昌买了个死囚，谎说五十块大洋。白贱那天晚上与老地主白山财对酒时，白秀去了猪圈，想给那个扔在猪圈的死囚吃点儿东西。哪知那死囚见他心软，就说出自己是解放军。白秀一听是解放军，这不是自己日夜梦里想找的人吗，即刻把他给放了。此人就是你覃放羊是吗？好。1949年的寒冬腊月，你覃放羊带着土改小分队进入神农架，在猎人峰一带碰到一股顽匪，那些顽匪倚仗着孤峰深洞，拒不投降，你覃放羊就在对面山上架了两门迫击炮轰土匪寨子，可久攻不下。这时候，一个本地农民腰里缠了一大堆猎具，背着一杆山里打猎的老铳出现在你覃放羊面前，像一个官儿的那么批评你道：蛋球！这是打仗啊！乌拉稀！要智取！这人可不是一般农民啊，有点当过兵的样子。你再一细瞧，浑身的筋就抽搐起来，突然朝那人双膝跪下，大喊一声：恩人！那人就是白秀。白秀使劲儿想啊，想起了那煤炭一样的死囚，说：何必呢，我是红军战士我不救你？这个自称是红三军营长的人带着你们夜里爬上了一条后山险道，把土匪一窝端了。你覃放羊还要赶路还要解放其他村庄，不能带着这些顽匪，就要把他们一一干掉。可红三军营长白秀说不许杀俘虏，这是咱红军的纪律。你覃放羊说，我自己都没吃的还带着给他们吃吗！白秀说，你杀俘虏你还是工农子弟兵吗？你覃放羊说，这些悍匪我不杀杀谁去？杀你这恩人杀山里农民？他们不晓得杀了我多少解放军战士革命群众。对他们，不是杀不杀的问题，只有两种选择：一是吃花生米；二是自己跳崖。土匪们选择了跳崖。一人吃了一大碗红烧肉，二十几个人就跳了崖。可是此事后来让白秀给抖搂出去，让你覃放羊受到了党内严重警告并行政降一级处分对吗？是这样吗？"

现任镇长接着说：

"你覃放羊恨哪，发誓要报复一下这个自称为红军营长的家伙，就算你救了我的命，你爹那个老地主白山财该要枪毙吧。白秀说，老子一个营带三百多人，你说是个连长，连排长都不如，十几个鸟人，凭什么杀我养父？那天你覃放羊喝高了，一张羊脸摇摇晃晃，脖子硬起一尺长，说：不杀，那不反了？你养父仗着你的狠，说他儿子是红军营长，比我官大多了。你官大，你的三百多号人呢？老子总还有十几个人十几条枪。你是什么红军，就是个逃兵！还做了地主的孝子贤孙，背叛了自己的阶级，真是恬不知耻！你说你养父为人刁钻古怪，放手整那些可怜的长工短工。你家有一百多把锄头，人家的五寸宽的锄口，你家八寸宽，薅得快。看长工手上的草汁颜色给饭，草汁颜色深的给腊肉火锅，浅的吃懒豆腐。说是好'地封子酒'，掺了蜂蜜的。可你家那铜壶有机关，嘿嘿！想得绝啊！做活儿多的给好酒，差的开关一扒，下来的是孬酒。这样的球人不毙毙谁？更有甚者，把他押到镇上去交代，你的两个战士找他讨点儿掺蜂蜜的荞麦面吃，他就在荞麦面里撒几滴尿，让人吃不成，嘿嘿，你说毙不毙！你覃放羊对两个行刑的战士说：此人只有一枪的罪。两个战士想到押送路上的羞辱，就给了他三枪。白秀收尸见了三个枪眼，就去质问你覃放羊：你这号共产党，说话不算话，是放屁？你覃放羊噎得脸红脖子粗，说：好，那两枪，哪个打的哪个受。两个战士只好去死人沟，一人朝对方开了一枪。为这事，你覃放羊又行政降一级，到了退休时竟还是个副科是吗？这就与白秀结深了孽。"

崔无际镇长咽了一口涎水，再说：

"'文化大革命'开始后，你覃放羊这只老虎恨白秀不过，白秀早已被你划为地主，听说他养母那老地主婆死了，正好，死人活人一起批。阶级斗争总要抓啊——在这里，在这鬼不生蛋的老山旮旯里，你覃放羊挖出过一个反革命组织，镇小学的二十几个老师没一个逃脱，有十五个打断了腿捆断了胳膊，牵连到农民五十多个；在更早之前，反右时，这样的烂镇也弄出了八个右派，其中有镇政府食堂的鄂师傅，鄂师傅因为说了：旧社会我们吃马铃薯，新社会吃土豆，在你覃书记领导下终于翻身吃上了洋芋。一句笑话就成了右派。在更以后，二十世纪八十年代，一个外地的药材商来此住旅社，因收听收录机，没见过这玩意儿的旅社经理马姨给没见过耳机的你覃放羊汇报，你覃放羊把那人当发电报的台湾特务抓了起来，严刑拷打，终于打死了。这事竟没弄出一点儿处分来。因为那商人不知何方人氏，也无人找上门来……还是说那次让地主分子白秀背着他死去的养母的尸体，手拿一把钢叉出发了。那几天白秀听说大界岭上闹虎。走到大界岭，已是二更时分，想下岩沟找点儿水喝，刚放下养母的尸体，就见老林扒子里一道红光一闪，一条斑斓大虎就出现在他面前。这虎吃了人，眼也是红的。幸亏白秀拿了钢叉——虎只服钢叉。虎见了钢叉，却不害怕，扑了过来，衔起那死尸就跑。白秀想：丢了死养母与你这不讲情义的覃老虎怎说得清楚？再者养母待他也不错呀！就握着钢叉向那老虎刺去。老虎的钢鞭尾巴一摆，就将那钢叉打飞到一丈开外。白秀心中怒火万丈，镇上的覃老虎欺负咱，你这山中的野老虎也欺负咱。飞过去拾了钢叉，就去追赶衔了养母尸体的老虎。老虎跃下一道冈子，白秀也跃了下去，不偏不倚正好坐在老虎背上，将手中钢叉卡住了虎头，老虎就不能动弹了。白秀再一顿老拳，打得老虎七窍喷血，再剁下四只虎爪，背上养母的尸体连夜赶到镇里。到了镇上，你覃放羊一见四只虎爪，就以为白秀是剁了你自己，就没收了他三只虎爪，让白秀背着他养母的尸体站在公社批斗台上，那太阳忒毒，晒得背上的死尸一阵阵发臭，站到中午，白秀终于支撑不住了，一头栽倒在台子上，你覃放羊说：好了，终于将他们批倒批臭了！嘿嘿，是不是这样，我讲的有没有水分？……"

崔无际镇长拿着覃放羊签字的一张纸：证明白秀是经过甄别的红军失散

人员。覃放羊写得歪歪扭扭辨不出啥字，崔镇长几乎是抓住他的手给他代签的：“西早覃，覃、放、羊……很好，覃老，老虎，望您早日康复，长命百岁……”

流着哈喇子的覃放羊傻笑着，紧紧攥着崔镇长的手，叽里咕噜。细听了，还是一个字：“人、人、……人……”他现在像一只羊，而不是老虎。

我要成为贤人！崔无际走上熙攘的县城街头，心中洋溢着一种青春的、健康的、干净的、正派的情愫。为什么天地闭了？为什么贤人隐去而恶兽出来？……恶兽是否是指某一些人呢？一些恶人？……我起码要明哲保身，成为一个渺小的能称之为人的人……

十三

村里人去寻找白大年的努力失败了，只有白椿拿着他爷爷的老铳继续在山上搜寻。

这是白雾茫茫的一天，猎人峰气氛高远，人像踩进了云彩一样，恍恍惚惚。突然下起了一场大雨，白雾变成了黑云。事后白椿说：他看见一颗太阳在黑云里翻滚，一会儿拉长，一会儿变扁，像六指铁砧上的铁泥。这之后，太阳就狂乱地钻出了，天气热得像给人颈上搁了个火锅。汗在白椿的脸颊上、脖子上抹了一层盐粒，眼睛也渗得睁不开了。这时他听见一阵人语。荒山野岭，哪来这么些人呢？睁开眼看，分明是人，是些背着大包探矿的山外人。那些人像山野的精灵，没发现白椿在林子里，谈笑风生，并蹲下去用一窝潭水洗脸洗眼睛，手上拿着拂水的杨柳枝。

那几个人洗过之后，走进了林子深处。白椿等他们走远，也跑了过去，在那潭泉水里洗了眼睛和脸。可是洗过之后，双眼异常刺痛，就像有人在眼睛里撒进了一把盐，想睁开眼睛，眼前一片漆黑。白椿陡然想到传说中的“神农隐水”。那可是灵水，是毛冠鹿常喝的，人一般发现不了。喝了这水，毛冠鹿才能晚上看清东西出来觅食——毛冠鹿跟所有鹿不同，是夜里寻食的一种怪鹿。它若几日不喝这种隐水，眼睛就瞎了，因寻不到吃的饿死。因此，毛冠鹿会使法将这水隐了，故名隐水。

到了傍晚，白椿果然看到有许多毛冠鹿来此喝水。那些毛冠鹿一律黑色的眼圈，当月亮升起来时，那些毛冠鹿一只只如行走的月影，轻盈不知重量，飘忽几似山风。白椿看着这么多从未见过的鹿群在山间饮水，一时竟看呆了，感到渐渐把它们全看得清清楚楚。那一夜啊，他看到：神农架夜空似碧玉宫殿，群山森林如童话世界。烟岚漫长，流水叮咚。无数的毛冠鹿无忧无虑，高昂着白色的嘴唇跳跃在林间的空地上，口里衔着鲜嫩的青草。他看到：那一夜蓝枭飞腾，凤鹊漫舞，鹃鸦从梦中掉落地下，又啾啾飞上树梢。他看到：林中穿梭着千千万万的萤火虫儿，像整个世界布满了破碎的水晶；野丁香和大杓兰在夜里浪送奇异的芳香，湿润的空气就像三月，让人舒爽得禁不住热泪盈眶。“这隐水如果洗了能像毛冠鹿一样，如果这真是隐水，爷爷那眼中的翳子就可以洗去，岂不是可以重又明亮了吗？……”想到这里，一阵惊喜，悄悄看了方位，做了记号，连夜赶了回去。

白秀听到孙子白椿讲了这天山中的奇遇，认为这是不可能的。总是听说有这种隐水，可他在山里蹚了一辈子，也打了不少毛冠鹿，喝过神农山里千千万万的水，却没有见到这种传说中的隐水。

晚上。在黑暗里，白秀问孙子白椿：

“你能看到什么吗？”

他伸出一个指头。

白椿说：“一。”

他伸出两个。

“二。”

他伸出一个巴掌。

“五。”

他让白椿看手掌上的滚珠：

“这是几颗？”

白椿说出了是九颗。

这就奇了。也许白椿的眼睛天生就好，年纪又轻。白秀仍然不相信孙子的说法。再者，山上哪来有这多毛冠鹿？除非它们是金刚身，漫山遍野数百年的追杀，下套子，就算有也应不多了。在山上麂子成堆的岁月，毛冠鹿也没见像白椿讲述的这么多呀？

"如果能洗掉您眼里的翳子呢？"白椿说。

"你可是制种专家。你不能信这个。"爷爷说。

白秀看着自己头发柔软的孙子，他这是爱他。老人有些感动。但老人依然不太相信，或者说压根不相信。他要再试试。晚上，他又试了几次，发现自己的孙子的确眼力比过去好了。那一天晚上，竟然在枕头下掐死了一只老鼠。

真有这种让人明目的隐水？白秀老人躺在蚊帐里想到村里有二十几个老人和中年人都跟他一样，眼里起了翳子，有的更严重，几乎全瞎了。如果真有这潭隐水，那就能解除村里人的一大痛苦。

他要去看看，于是第二天就跟白椿进了山。

走到白椿所说的那个山谷，找到了他做下的记号，令白椿也蒙了：哪有什么水呀？也没有毛冠鹿，连毛冠鹿的影子也没有。

"也许是毛冠鹿的魂哩。"白秀想，他于是给白椿说了。他说：

"那些过去咱们打匠杀死的毛冠鹿魂还在，还在这个山里。它们是不会消失的，也许你就凑巧碰上了……"

他这么一说就感到他说得不对，一种巨大的后怕感让他心里打了几个寒战。看到这野牲口的魂是什么人啊！莫非白椿火气太低？火气低的人就能见到那些山中秽物；火气低的人那可就要遭难……

"咱们走！"白秀决断地说。他要离开这个地方，这个鬼地方。山里鬼了，如今的山里鬼魅横行，也许这是一个信号：所有过去被打死被吃掉的野牲口的魂，都要现身了，都要出现在他和那些打匠及打匠后代的面前了，给他们带来灾难……

"也许没找对呢。"白椿不想走，继续拨草丛寻找。

一股阴气从白秀的脚心一直刺入心窝，可这正是日头当顶的毒辣时辰，连树木都晒出汗来，草蔫在石缝中，老鸹的叫声喷着火。

这时候，白秀一抬头，看见有个巨大的影子在远处晃动了一下。他看不太清楚，喊白椿：

"椿娃，那是个啥家伙？"

"猪！"

猪啊？白椿你是不是没看清楚——昨天，昨天看的人啊鹿啊是不是猪精怪？……白秀把早已灌好火药的枪端上了，并把白椿拉到了身后。

他看定了还是能看清东西。他看到，那的确是一头猪。只有一头，而且是一头皮包骨头的猪。这猪病了？是头老猪？就是他上次看到的那头？

那猪满眼都是眵目糊，苍蝇一群群围着它飞腾。猪的獠牙也断了，只剩下四个秃秃的齿桩子，尾巴像几根草一样摇摆，因为站立不稳，四条腿都呈外八字一样斜斜立着。

"爷爷，打呀！"

白秀没动，因为这猪奇怪，他得留个心眼。如今古灵精怪的野物太多，他要想想。想想这猪是过年时咬死同类的猪吗？是拱他们墙、咬死他们猪又强奸他们母猪的猪吗？

猪被猪群抛弃了。猪是成群的，至少三头五头一起行动，没有孤猪，只有孤狼、孤虎、孤豹，或者孤羊——在偶蹄动物中，只有羊可不成群，其他是成群的。

猪开始跑了。

"跟上它！"白秀命令白椿。

白椿疑惑地看了看他爷爷，爷爷总是对的。白椿双手上攥着猎叉，那是根五齿猎叉，闪闪地透着嗜血的寒光。

白秀看着孙子，看着孙子的眼睛。那所谓隐水和毛冠鹿也许是野猪使的障子吧？

孙子白椿在前，爷爷白秀在后。他害怕后有伏兵。

天气是酷烈地热。跟着那猪在崖路上行走，空气里冒着熊熊的火光，所有马铃光树和红桦都像是一根根火炬，燃烧着。老鸹的叫声也绝望无奈，石头上到处是烫得难忍而蹦跃的蚱蜢。

除猎叉，腰里还别着把开山刀。这种刀敲野牲口的脑壳忒好，趁手。爷爷说："椿娃，你也大了，山里的什么也不要信。如今是如今。如今的世界就像鲁瞎子唱的：世界颠倒颠。你是个大人了，你要学会对付野物。"爷爷不把枪给他，却要他对付这头野猪。你看白椿，发红的眼睛盯紧那脏兮兮的老猪，嘴上一圈细黑的胡须衬着那紧抿的厚唇，紧巴巴的脸上毫无表情。腰上背叉子里的开山刀在他快步行走时有节奏地蹭着他。他跟着那猪。

这叫"跟叉子"，本是猎狗的事。白椿当了猎狗。所谓跟叉子，是指野猪的脚印是叉形的。今天,一个叫白椿的青年要跟着这野猪到灭亡。这是一定的。

猪结群行动，又有三五个窝，每个窝两三天小住再转移，以防被人掌握。它们还有个老窝，在最紧急时，总会回到老窝看看。猎人找到了这种规律，总是在老窝里把猪最后干掉。白秀想到了这些，连白椿也在这么想。如果跟出更多的猪，又能怎么样呢？爷爷的眼不好使了，连猎狗都没带上一条……

白秀在想着怎么给村里的徒弟和儿子白中秋递信，山里没有人。

猪隐隐地、不声不响地走着，时不时拿一双小红眼睛回头望望。这情景持续了至少五里地，上坡、下坡、进林子、出垭子、穿山谷、进峡谷。

"跟上啊椿娃！"爷爷在后头大喊。

猪终于敌不住了，开始在前头大喘，体力不支，嘴里发出恶吼，像是绝望的、痛苦的吼叫，并且拼命地往外拉屎。可那一副骨架子能拉出多少屎来？白椿没理这个茬儿，绕过猪屎，埋头紧紧跟着，并抑制着喘息。他相信他比猪强壮。

经过了十几个山头。干旱的林子一路上都落下枯焦的树叶，鸟们的叫声沙哑怪异。

过了老虎嘴。

往常，过了此山嘴后就可以听见河谷里巨大的流水声，然后遇雨行崖，雨行崖是雨布水帘，苔滑深重。现在，猪走到这里绝望了，白椿走到这里也绝望了——没喝到一口水啊！

嗓子越发冒火，白椿咽着干干的唾沫看后头的爷爷。爷爷不知是走不动还是故意挪在后头。

老猪停下来，把头钻进路旁的石头里去。白椿感到猪是在舔水，大吼一声将叉掷去。猪惊得一跳，快速地跑了。白椿走近一看，果然石缝里渗着水。顾不得许多趴下来就用口接水滴。嘴里一阵快意，接了一会儿才接了半口，咽下去，抬起头一看，猪却折回来拱他的叉，要将他的叉拱下崖去。

“打死你！”白椿在山里大声呵斥，同时向猎叉扑去。却猛然见到那猪没走，前肢向他跪下了，并且压着他的叉柄。这以后，当白椿变成瞎子后，曾在无尽的黑暗中想着这天猪朝他跪下的事，让他始终想不明白。

以白椿的年纪，还没有学会与一头通人性的野猪打交道。他火气正旺，热血喧腾，脸上的骚痘一颗颗都在喊“杀”。要缴我的械可不行——他当时心里想着的就是这个，他不管猪怎样（也许是前蹄走乏了软下了哩），就去夺叉。那猪没有朝赤手空拳的白椿扑来，见哀求无着，只好爬起来一阵粗吼就开跑。

这下人与猪都加快了脚步，几乎是拿生命来拼的，白椿看到猪的心脏猛烈地击打着肋骨，快要爆炸了，他自己的心脏也快要爆炸了。他已把爷爷甩到老后。

过了大坪，上了鹰窝尖。那猪此时停下了，估计是不行了。白椿朝后瞄了瞄，那时容不下他多想，只身一人就要与猪见血了，不是它的血就是自己的血。他慢慢走近猪，盯紧着它那辨不出颜色的脏身子，刺头就刺头，最好是刺进它的那个丑陋的鼻孔。那猪的坡形嘴往下拱着，四个残齿桩，两只阴森的眼睛，以绝世的仇恨望着他——这个山冈上的新杀手。它也许活了一百年，也许活了一千年，但最终无法战胜人类的钢叉。可它的眼里在算计着，没有绝望啊！这让白椿不仅发虚还发怵。他从喉咙深处聚集着这一天憋出的力量，大喊一声“杀死你”，就向猪刺去。

那猪突然将身子掉转了方向，将屁股对着他，四肢奋起，刨出一股飞沙走石来！

这鹰窝尖光秃秃的，连石头都吹下了山，哪来这么多沙石灰土呢？可沙子石头打得白椿不仅疼痛难忍还迷住了眼睛。眼睁不开。强行睁开眼一看，风沙飘去处，没了猪的影子。

沙子在眼里磨他的眼，还占了位置，让眼珠子没处活动。泪水哗哗地流，又没喝水，又没吃，流出的泪是红的——流血了。这是血，猪让他先流了血！

天色渐渐地暗了下来，凉风习习，月亮像搁在大青石上的南瓜糊盆子，冒着热腾腾的香气。就在这时，一股排山倒海的嘈饿感在肚里闹腾起来，胃里有一万个抗议的拳头擂着他的五脏六腑，人就扛不住了，顿时虚汗滚滚，要气绝一般。他虚脱了，双腿一软，坐到地上，夜就把他死死地罩住了。这是我第一次一个人猎杀，是爷爷有意让我杀死一头老猪。我莫非连一头老猪的脚力也不如吗？我可是猎王白秀的孙子。我才二十岁啊！这样鼓励自己，拄着猎叉站了起来，洗过神农隐水的眼四处搜寻，终于在树丛里发现了那老猪的一双绿荧荧的鬼火眼睛。

现在，夜已深了，冷风一吹，人渐渐清醒。他有一种前所未有的新奇感。没有任何亲人在身边，只身一人拿着那把五齿钢叉，与一头来历不明的老野猪在恐怖、黑暗的森林里较量。这个世界充满着新奇和危险，如果没有这么明亮的月光，当然，说不定也加上那双洗过隐水的眼睛。黑魆魆的山冈，鬼域似的森林，陌生险峻的山道……爷爷不知是否转回程了还是遇到了不测，比如摔了跤，掉下悬崖或是让猛兽截了道儿……

一个大草垛！不知到了哪一个村庄的边缘，猪绕过了一个大草垛。他摸了摸，是农人堆的大草垛。小心地跟着，撞到了一棵树。那树齐眉的地方刚好被人剁了几根树丫子，就像一束利剑朝他刺来，要是他躲闪不及，一双眼睛就要捅穿了！好险哪！他暗中惊叹。走着走着，又是一棵树，又是一排树枝桩子，刚好砍到人的眼睛那儿！又躲过了，脸却划开了一道口子。定神一看，就是那棵树，猪牵着我在草垛边转圈哩！毒呀，这老猪！就知道了，就停住了，躲在垛边，只等猪再转过来。

等了一会儿，没见猪转过来。猪呢？猪早跑得没影啦！

十四

第二天。

奇怪的事情终于发生了。第二天那头又被白椿盯紧的猪，大约快走到了生命的尽头。猪不停地哼叫，时常爆发出一两声凄厉短促的怪啸，歪歪欲倒，但即便这样，白椿也不想过早地向它刺去。他决定将它的气力拖垮，拖成个活死尸，再一剑封喉，这样胜算大些，免得猪垂死挣扎伤了自己。他发誓：愿与老猪拖到最后一口气，看看谁先倒下。

猪越来越有倒下的征兆。

可是，白椿突然感到胸中一阵憋闷，一阵浓郁的草药和植物的气息像汽锤一样向他砸来，他一个后仰，舒了一口气，发现到了闷头沟。这可是迷魂塘啊，听说三十六个山头一模一样，许多采药人都是在这里没走出去失踪的。可这里到处是珍奇草药。

他听到爷爷在后头喊（他是怎么出现的?）:“走错了！”可猪分明在前面，踩得几尺厚的腐殖质冒出一个个气泡。那腐殖质上生长着神农架巨大的兰花虾脊兰，还有开口箭、八角莲，那辛辣的香味中还夹杂着汹涌的辛夷、石斛、忍冬、鹤虱草、鬼桑、雷公藤、苦参的气味。天蓝色的醉醒花一蓬蓬开得正旺，上面红烟袅袅，那上面浮出一个红衣女子，竟驾着烟雾跳上了白椿的猎叉尖上，端坐在那儿!

白椿看傻了，抽出猎叉就朝那团红烟雾上的女子刺去，可烟雾散去，女子也没了。

“爷爷！”他喊，浑身起了一层黄豆大的鸡皮疙瘩。

这女子再次跳上他的叉尖，跳起舞来，一细看，竟看出是那要猪心肺的金牙女人的嘴脸。女子脱着衣裳，四仰八叉地躺在了叉尖上……白椿猛地朝一块石头上跳去，挥舞着猎叉，把那女子甩去，甩得越远越好！再去找那前面的猪，猪还在，还在腐殖质中艰难地跋涉。他忍不住了，决定与猪一拼高下，因为他听到爷爷的声音，有了种依靠，屏息真真切切地朝猪刺去，可猪却变成了一个骨架子。他抽出叉一看，叉尖上挑着三四个兽骷髅！

叉尖上的骷髅时隐时现，往前冲去，闷头沟越走越深，林子越走越密，古藤盘亘，犹如千万条怪蛇攀缘舞荡，红桦、珙桐、岩栎、青扦、香果树，都被那藤子缠得大喊大叫，兽骷髅在这阴暗的林子里飞来飞去。白椿命令自己清醒，再看那猪，猪正在啃吃一种草。白椿也跑向前，去抓猪吃的草，拼命往嘴里塞，一顿猛嚼，辛苦的汁液浸得舌头和口腔惊跳难忍，头却骤然清醒了，好像头顶卸下了一块石头。再看那草，是钩藤叶子。

他嚼着草叶，手里拔着草叶，看到他爷爷歪歪扭扭地像梦游一样在林子里蹒跚，手指着什么。就在这时，白椿听见一种奇怪的声音，从山的背后轰轰地向这边涌来，一望天，天上顿时混沌一片，乌云蔽日，又似乎听到了各种野牲口的叫声，惊惶不安，由远而近。山被什么震踏得抖动，像犯了山崩和地裂，他终于听见他爷爷声嘶力竭地朝他大喊：

“椿娃，趴下，瘴气来了！”

白椿一听说瘴气，就知道是怎么回事了。他没见过瘴气，但听说过，听爷爷、爹和一些老年人讲过那骇人的神农架瘴气，说这瘴气很难碰到，打匠们一生也不会遇到一次。白椿看准一块岩石的凹处，像一只石蛙飞快地钻进去。顿时，树木乱吹，草叶狂舞，飞沙走石——那可比老猪刨出的沙石多一万一百万倍了。整个世界陷入了狂乱和黑暗中，瘴气摧枯拉朽地过来了。树木向一个方向拼命地弯腰、枝丫咔嚓咔嚓地折断了，凡是能飞起来的：树叶、苔藓、鸟巢、腐殖质，全被卷入半空。鸟在瘴气中翻滚，像利箭一样摔跌下来。会飞的在奋力扑翼：燕隼、鹰、枭、山椒鸡、灰雀、松鸦、喜鹊、山喳子……会跑的在惊蹄狂奔——白椿歪头一瞧，天哪，大羊、岩羊、麻羊、毛冠鹿、豹子、灵猫、豪猪、狼，树上的山魈、猴……都一股脑儿地从山缝里钻出来啦！白椿从未见过这么多的野牲口，加上上次他看到的成群的毛冠鹿，这奇景总为何叫他见着？平时它们扎在哪个岩，哪道岭呢？而且它们有感应，在瘴气袭来时，就先一步奔逃了——如不能逃出瘴气，百兽们则九死一生！

这些大小野牲口越过白椿的头顶，像狂浪大潮一样，山林间一片哀叫之声。白椿就算趴伏得很深，可他分明感觉到了瘴气横扫一切的力量。他抓着岩石，想把自己贴成一张纸，屏着息，耳听着天翻地覆、河水倒流的号叫声，心里想着：快过去吧，快平息吧！……那些声音终于渐渐偃息了，世界好像平静了。白椿睁开眼睛，从一堆落叶沙石中钻出来，发现全身的衣裳被瘴气撕成条条缕缕。天空突然亮得像玻璃，太阳像一口钢精锅挂在头顶，远处的猎人峰清晰可见，直插云天，宛若一个少年。森林已经不叫森林了，好像遭受过浩劫，到处是雷击过一般的光秃秃的树木。

白椿看见他爷爷背着枪向他摇摇晃晃地走来，衣衫褴褛，面目黢黑。

十五

一个彤云密布但安静的下午，村里有人给白秀报信说，一个骑着高头大马的人来找他了。白秀听到后心里陡然一阵惊奇：骑高头大马的？一定是我那十二个战友中的哪一个当了大官，终于找我来了！这一天他白秀可是等了七十多年，他期望着他余生能有这么个惊喜——总会有人来找我的！他无数次，无数个日子，无数个季节站在村头的垭子上朝那条唯一通往外面的小路观望着，希望走来一个人，一个他熟悉的人，背着枪的人，舅舅杨夺水、大葫芦、二山龟、刘锄子刘锹子兄弟、赵子贵、谢山狗……他就是他们中的一个。他相信，他生前一定能见到他们，这个信念是不会熄灭的！

白秀拉出一件褂子就朝外头跑，因为兴奋差一点儿摔了一跤，他往村头跑去，远远地，他看到一个的确骑着一匹大白马的人，威威武武地从那险峻的山道上朝坳子里走来。

坐在那宽大坐椅上的是房县戢家湾的一个表叔，新近当上了副乡长，可谓是要风得风，要雨得雨的时候。这表叔至少小白秀五十岁，只是辈分很高。表叔满面春风，刚从宜昌开会回来，上了发胶的头发即便因为大汗滚滚也丝毫不乱，一件梦特娇T恤只解开一颗扣子，衣裳和白皙的皮肤都光彩照人。进山因为不通公路，只好买了一匹大马。一路上他听见鲁瞎子编的歌谣在到处传唱——那是关于神农架隐水和瘴气的传说，全与表侄一家有关：

> ……一日来到黑山林，一眼清泉水灵灵，白椿洗罢一双眼，双眼炯炯有了神。老少神王打猎去，祖孙上了猎人峰。天干地渴黑森林，日积月久瘴气生。瘴气滚滚杀万物，圆毛扁毛难逃命，杀得山冈尸遍地，杀得河水黑烟滚。千神万怪都死绝，独有大小猎王得生存。白椿回来一双眼，一双眼睛通了神……

呵，表侄的孙子有了一双毛冠鹿的眼睛，这可是稀奇。还听说这表侄早就变成了一只飞虎，长出了金色的翅膀；更听说这表侄以九十高寿上了猎人峰，带着一帮子人啸聚山林，成了草头王啦！这还得了，我顺路来看看他，看看他究竟是怎么一回事，成了什么精。

表叔的马鞍上挂着两瓶“神农御酒”，两条红金龙香烟，一包萨其马是给没了牙齿的表侄的——一个九十岁的人，定没有了牙齿。他坚信这一点，他不相信什么球子金毛大虎和古怪传说。只有穷地方才会有古怪传说，还说这是一种山野文化，蛋球的文化，就是落后愚昧的东西挖掘出来搞旅游，的确无聊至极。

一路走来，森林险恶，头上的一顶帽子被猴子抢了去了；一对去山外搞结婚登记的男女，女的爬百步梯时跌下山崖摔死了。为将那准新娘子的尸体驮一段路，他耽搁了一天。驮了死人的白马，在路上暴躁不堪，哀哀哭嗥，常让他一阵阵心惊肉跳，鸡皮疙瘩像山丘一样布满全身。

“秀娃子哥！”这是按戢家湾人的老叫法。戢家湾的人没有谁忘记他，这个神农架的猎王。

这个猎王垂垂老矣，可气势还有，比方说胸前的那个虎爪烟袋，比方说他一双阴沉的眼睛，高大的身材，一挂白胡子，满脸沟壑。这个表侄唤来他的孙子白椿牵去了这匹白马，让它到凉爽的树荫下喘气。那白椿就是被歌谣神化的洗了神农隐水的神眼白椿吗？穿得破破烂烂，头发像一窝茅草。走进白秀的屋子，家徒四壁，一屋光棍，石磨上搭几件衣服。那个患老年痴呆症的表侄媳白娘子像一团土坐在角落里，桌子上有两坨鸡屎。

“还不快解开放了！”

表叔命令表侄的孙子白椿。他觉得他中气十足，在他们面前。什么猎王、飞虎、毛冠鹿眼睛。一只被他们的“铁猫子”夹断了一条腿的猴拴在神龛上，像一个农奴，睁着两只人样的褐色眼睛，一副铁链比它重十倍。这是野蛮人的搞法。这多么野蛮。请你们善待动物，它也是一条生命啊！就算——就算它的同类中途抢去了我一顶帽子，可你们不能这么对待动物啊。你们是想把它养着等它死了喝猴骨酒——治风湿的是吧？

“当兵去吧，当兵去。得往山外走！”副乡长表叔伤心地说，他对白椿说。

这位表叔正在劝说神眼时，一个披头散发、几乎赤身裸体的人闯进门来，竟是失踪的白大年！

那表叔看着白大年，以为是进来了一个野人。说实话，这位表叔之所以不顾山路崎岖来看望白秀一家，就是被神农架那传说中的野人迷住了。爱屋及乌，这才不惜粉身碎骨地钻进山里。突然见了这么个人，骇得嗓子哑了，两只眼睛就像石雕一样。

有人给他说这是侄孙白大年，刚从山里归来。副乡长表叔就快疯了，神经出现了错乱的征兆，把白秀从虎爪里抠出来敬给他的一撮兰花烟吞进了肚里。

“噢……噢……嗯……噢……”

表叔睖着两只石头眼睛，准备狂跑着离开这个稀奇古怪的村庄，到有公路和汽车的地方去，到有电视机和有剃头铺（或者发廊按摩）的地方去。

“今年冬天，让、让椿娃去找我……”副乡长表叔哆哆嗦嗦地说。

这位表叔就匆匆地跑了。他还想抄近路回房县，及早逃离这噩梦一样的地方。

你看那白大年，从山里背回了一块树疙瘩，说是什么宝，什么大药，这不是神经兮兮是啥哩。

表叔走小路，过了冰垭子天就黑了。那小路走几十里也少有人家。前不沾村，后不靠店，到一个岩屋（洞）里过夜，碰上了一头豹子，把他吓得半死。马吓疯了，惊散了。第二天徒步行走，一路上险象环生。又遇上两个坏人，抢去了他身上的所有钱物，包括一个手机、一张身份证、一件 T 恤和两颗万艾可（伟哥），还把他刺了一刀。只因他说“请留下身份证”，多一句嘴多个窟洞眼。这些坏人也未必先前是坏人，都是些进山采药或打兽的农民，见你衣着光鲜又单独一人，在这种环境中，很容易见财起意心狠手辣杀个把人简直是好玩。流着血的这表叔终于被一个农民救了，背出山林，到吊岩子湾养了五天伤，又让人扎了个滑竿，把他抬出雷火峡谷，才上了公路。这段经历让他如陷梦魇永难忘记……

十六

热闹的白家一是因为大儿子白大年从山里回来了，还背回了一个树疙瘩，说是什么千年党参；二是白家来了个大官亲戚，因白椿有了一双毛冠鹿的夜视神眼，批准了他冬季去当侦察兵。

这两件事给白云坳带来了喜庆般的气氛。白秀大骂大儿子的荒唐，一个烂树蔸，怎会是千年党参呢？可这大儿还振振有词地说：咱神农山里这事不是没有过。新中国成立前，吊岩子湾一个人就是挖了个树疙瘩，放在屋檐下没管，哪知第二年，这疙瘩长了新叶，一股药香。那人不知是啥宝，就背到宜昌。还没走到宜昌，到晓溪塔就被接货的人接走了，到了宜昌城里，好吃好喝地招待，天天坐上席。这人觉得奇怪，药铺老板也不同他谈那树疙瘩。这人憋不住了，就问是咋回事。那药铺老板只是笑而不答，最后问他愿意出什么价卖掉。这人老实巴交，就伸出一个巴掌。老板当即就答应了，让他到账房去领钱。那人只想卖五个光洋的，可领到手一看，是五百光洋。五百光洋背了半背篓，这人祖宗八代都没见过这多钱，背起就跑，还以为是别人发错了钱哩。其实，那是根千年党参。往柜台上一放，满药铺都是香的，百屉百味的药都让这党参王香气熏得药力倍增，治啥病好啥病。于是这药铺就发了，金子银子滚滚来……

没人信白大年说的，那疙瘩怎么闻，也是块朽木。白大年将那树疙瘩壅了些土，天天蹲在旁边等它发芽。

倒是说白椿去当侦察兵的事有了些当真。那个骑高头大马的人不是假人，是真的，一般人骑不了高头大马，骑这么高的马进村，安排个亲戚去当兵也不是什么难事。白云坳子的人虽然封闭，也知道如今有权能办事的理儿。而且有人来问，白家也不否认。这事本来就是白家人自己说出去的，白椿的爹白中秋就常在人家里“赶麻雀”喝酒时说他儿子要到北京当兵去了。

白椿今冬要去当兵的消息一经传出，给他说亲的就踏断了门槛。也不知那些人是怎么晓得的，外村外乡甚至四川的妮子都由人带着，来让白家过目。

这可就急坏了舒耳巴的儿子糟蛋。村里真正想当兵的是我啊。见那些光鲜的妮子只往白椿家跑，就急得哭了，在家里哭得止不住，就缠着他爹去找白秀白大爷说情，让他跟白椿一起去当兵。

他爹舒耳巴见糟蛋这么个哭法，只好从地下挖出埋了三年的“地封子酒”，提着到了师傅家，求师傅一定在今年冬天征兵时，去给他年轻的表叔说个好话，也让糟蛋与白椿一起去。那糟蛋真是心切，朝白秀跪了下来，说不答应不起来。好说歹说把他拉了起来。他爹舒耳巴也说，让他去部队锻炼锻炼，省得再与流打鬼一起偷鸡摸狗与老妖精一起鬼混。

几个好的孬的妮子来相亲，有人叫白椿“侦察兵”了。候在屋檐下等树疙瘩发芽的白大年有些稀奇。这侄子哪天就有了一双神眼，又被老家来的表叔公相中了去？当侦察兵听说专门晚上去美国侦察呢。这家伙就想窄了，脑壳里的山混子筋就开始乱动了。就想，树疙瘩不发芽，侄子的一双神眼不也是一宝嘛？那可是神奇的宝物，一双神眼，我抢着献给了政府，政府这回不给我个老婆呀！说不定与白椿说亲的那些年轻妮子们会朝我屋里跑哩。

一觉醒来，想得差不多了。第二天晚上，月黑风高，白大年就撺掇白椿去老林扒子里，说那儿发现了毛冠鹿。

尽管白椿声称他晚上无法打毛冠鹿，可大伯也是个能把死人哄活的人，连哄带掳，进了山中。

那天晚上，白秀被老伴咬过一口后手肿得老高，疼痛难忍，吃了两杯酒就昏昏睡了，他的枪被白大年偷出去也没察觉。那一夜，据白椿日后反复在心里回忆：群山如吼，森林如哭，娃娃鸡（灰雉）的叫声铺天盖地，好像要变天了的征兆，山的寂静给尖锐地打破了。天幕上黑压压的乌云，夜像一口煎锅，白椿被他大伯拉拽着来到咕噜峡谷，指着前头说：

“那是不是一队毛冠鹿？”

白椿也想练练枪法，到了部队你枪法准就会混出个人样来，爷爷就是这么说的，他说他在洪湖十七岁能当营长，还不是因为他枪法准，在房县山里打野物练成的。这么白椿就接过了大伯硬塞给他的枪。

白椿躲在树丛后面，他没看见什么。他大伯就说：你还是神眼哩，狗屁！毛冠鹿晚上能看见你看不见？月亮往哪边走你看见了吗？

白椿说没有月亮。

他大伯说月亮讨天狗啃了。

这时候，白椿果然看到一个被天狗啃了半边的锯齿月亮，像一排野牲口的牙齿在云中隐约一现，就没了。他听他大伯说：看到了吗？白椿还是摇头。就听他大伯一声喊：“毛冠鹿！”白椿顺着枪管往前看，他看到他大伯的脸出现在枪口前面，脸已经变成长长的狼脸，两只铜铃般的眼珠子一闪一闪，歪歪扭扭的大龅牙中间伸出猩红的舌头，一只癞蛤蟆的爪子就朝白椿飞快地闪来。一阵风就插进了白椿的眼窝。

白椿一阵剧痛，一阵窒息，感觉两个眼眶里有人在翻地挖土，在里面又搅又抠，像抠蜂巢里的蜂糖，一阵灼热的液体就从眼睛里冲出来。白椿的双手去掰他大伯的手，手上全是自己那滚烫的液体。他一声惨叫，就倒在了地上痛苦翻滚。

他听见他大伯大喊道：

“老天啊，神眼！神眼！……”

那一夜，夜雾漫漫，群山如栅，树木像一具具僵尸，夜风的手像温柔的祖母抚摸着一个失掉了眼珠的人。可这一切白椿都看不到了。

无数的山蚂蟥爬满了他的全身。

第二章　人就是个草命

一

白大年捧着侄子白椿两粒血淋淋的眼珠子，叫开崔无际镇长的办公室大门时，那眼珠子在他的手上因为疼痛还一跳一跳，像两条从水里捞起的小鱼。

“这是个什么东西？”

那挖侄子眼珠的庄稼汉暴着眼睛上气不接下气地说：

“神眼……千里眼、夜视眼……能看到美国去……”

崔镇长在那个衰老的办公桌后面，吓得像个呆木鸡，想去拿电话却拿起了一支笔，点着那个神经病的鼻子连连说：

“还、还不扔、扔了……”

崔镇长像所有能处理突发事件的地方官员一样，迅速准确地拨通了派出所的电话。几个乡警在文寇所长的带领下，把企图越墙逃跑的白大年逼到厕所里，将他扑倒在那拖着尾巴的蛆虫中间。白大年被绑缚后一点儿也不怵，倒是说话口齿清晰、沉着静定：

“我这是大义灭亲啊，为了咱中国打败美国……”

文寇所长给白大年又上了一层铐子，还剪掉了他在山里蓄得至少三寸长的指甲，那指甲里满是腥味扑鼻的血污。

“这是你侄儿白椿的眼睛？”

"正是正是。这天下顶呱呱的神眼，可是咱神农深山一宝啊，我献给政府……"

"叭！"

崔镇长狠狠地甩了他一个耳刮子，顿时把他的脸打得铁紫。不这般打不能解恨，差一点儿把咱吓死了。

"为什么打我？！"白大年喊冤。

"想打就打。"崔镇长说。

崔镇长吩咐人赶快去白云坳将白椿接来，再火速送到县医院去，看能否把这对眼珠子装回眼里。一个镇卫生院的五官科医生泼冷水说这绝无可能，器官离体二十四小时即彻底死亡，这眼珠子更不可能，抠出来时巩膜、角膜、结膜、视网膜、视神经都破坏殆尽，以为是车毂轴承里的滚珠吗，掉下来放进去就行了，没这回事。

可崔镇长不信，执意要卫生院连夜兼程去接白椿，并通知县医院急救车赶快赶来接病人。

县医院的救护车在那只有一车轮宽的简易公路上颠簸了十多个小时才赶到水布镇。崔镇长荣幸地看到了至少半年未曾露面的夫人黄一婵护士长。

去接白椿的人遭遇到了今年的第一场雨，一个个淋得像落汤鸡。连夜抬到镇上的，也就是一个瞎子，一个年轻的瞎子了。被放在卫生院冰箱的两颗眼珠子，一见热空气就化成了一摊黑水。

救护车甩下黄一婵原路返回。关于救护车四十元钱的出车费问题在镇政府产生了巨大的矛盾：谁出这个钱呢？是白椿还是镇政府？抑或是派出所？一致的结论是归白大年出。可白大年是个杀无血剐无皮的人呀。崔镇长让办公室主任打了个欠条，派来的司机骂骂咧咧咕咕哝哝地发动车走了。

晚上回到家，崔镇长就要拉着黄一婵进房。黄一婵像一匹雄壮的母马用高亢震撼的声音说：

"现在不是时候，镇长先生，现在是讨论我们的儿子应该怎么办的时候！"

"作为母亲，你认为怎么办？"镇长压抑着杀人的冲动说。

“我的儿子没有病。”

“那又怎么办？”

“不是他一个人，而是加上你，你们，一起离开这个神经错乱，乱杀乱砍乱抠眼珠的地方。”

“那又怎么样？”

“你这浑蛋！”黄一婵因激动两片嘴唇像两块随时要掉下来的肉飞快颤动，大脸盘上全是乌紫的疹丘。他们的儿子老拔子手拿着那把木刀，靠着墙像一截大木头惶恐地看着他们。

黄一婵一把就夺过来她儿子的木刀，亮出膝盖，从中一挺，木刀断作两截。她儿子当即哇啦啦大哭起来，疯了一样扑向黄一婵又扯又打，要她还刀。

“你也想当土匪呀！”黄一婵边拦边吼，泪水哗哗地流淌出来，这可是母性无奈的泪水。

黄一婵虽是大人，儿子虽只四岁，可疯狂生长的儿子比她更高大，她几乎无力与这发疯的儿子对抗。儿子也哭叫着，要她赔刀。还是崔无际一巴掌解决了问题，将那憨大的儿子打得噎了半天，眼睛发直，好像中了蛊一样。最后哇哇地哭出来时，已是一个悲惨的、伤心的小娃子了。

“这里的农民太穷。”崔无际说。

“胡扯！所有穷人都要去挖亲人眼珠子换老婆吗？”夫人反驳。

“换亲。换亲你知道吧，又能比挖亲人眼珠子好到哪儿？把自己十几岁的妹子嫁出去，嫁一个老光棍或一个傻子，自己换回一个老婆，这不相当于挖眼吗？……”

“这都是你们的政绩嘛，你们这些官员们干得好嘛！”

“你给我闭嘴！……”

镇长深一脚浅一脚地在镇子的街巷里走着，踩着黑暗，心情郁闷伤感，恨不得大哭一场。镇子像个死的，百业凋零，万物喑哑，连狗都不叫一声。古老的墙壁散发着古老的气味，还加上年深月久的畜便的气味。水布河不分昼夜疲惫地流着，发出令人烦躁的声音，山影沉重，又高又大。整个镇子不论是白天黑夜，仿佛永远都在梦中。

一些微醉餐馆的门半开半掩，有些黄色的灯光跑了出来，跌落在路中。崔镇长推门走了进去。做牛杂碎的巴东老板就冲出来向他打招呼 ：

“镇长镇长，快坐快坐！”

一张桌子上坐着两个人，一老一少的两个庄稼汉。老的是白中秋，白大年的弟弟 ；少的正是那个被抠了眼睛的人，白中秋的儿子。

“他们的账我结了，”镇长对店老板说，“再炒一个菜，来一壶酒。”

被生活折磨得满脸忧郁的崔无际面对着两张失魂落魄的脸，久久不能言语。他找不出什么话来安慰这一对比他更可怜的父子。

“我们怎么活啊？我儿椿娃还小呀，怎么活呀活祖宗！……他要当兵去的，这下断了路了，黑了天啊哇嘿嘿！……”

那个男人竟号啕大哭起来，伏在油腻腻的桌子上抽搐着，昏暗的灯光像糨糊糊着他的身影——两个肩膀都有大块的补丁，那是背背篓磨破的。那个瞎子一动不动，没有表情，或者还不知怎么办，像一尊被烟火熏坏的檀木菩萨。他的疼痛期总算过了。

怎么活可真是一个问题。对每个人都是问题，对每个活着的人，在生活中受难的人。莫非每个人不都是在生活中受难吗？生活有多少值得赞美和回味的？生活从来就不是享受，生活是隐忍，生活是干吞药片，生活是令人发疯的苦刑。“怎么活啊……”这凄凉的庄稼汉子的声音此刻正布满在水布镇死气沉沉的上空，如警世的黄钟大吕，直击人们的痛处。让那些苟活者醒醒吧，听听这样的话吧！话又说转来了，虽然怎么活是个问题，如果你不去想，也就不是问题了。就这么臭鸡巴活呗，活一天是一天，活到哪儿算哪儿。活就活着，死就死了。这猎人峰一带，活跟死在人们的心目中也没多少区别 ；无声无息地活，就像无声无息地死 ；冷冷清清地活，就像冷冷清清地死 ；苦巴巴地活，就像苦巴巴地死。不要想很远的未来，怎么活的事儿是可以忽略的，比如，这个瞎子面对的未来，当兵呀娶媳妇呀，车到山前必有路，船到桥头自然直。我一个镇长不能只关注一两个人怎么活，我考虑的是全镇三千多号人怎么活，怎么增加收入，怎么奔小康，怎么没有禽流感、非典、狂犬病……过了一些年之后，当你彻底地忘记他们，他们再出现在你面前，一定还在，还是这个样子，还活着，有哭也有笑，冷静地喝着酒或者赶集。生活是能包容一切的，他们像什么也没发生，戳瞎的眼就像是天生瞎了一样，没有抱怨，没有诅咒与号啕，该怎么活还怎么活。

“莫非这之前没一点儿征兆吗？小白你也没一点儿防备？……”镇长问。

白椿摇摇头。他爹白中秋抬起头来，也摇摇头。

“他究竟有什么病呢？”镇长嘟囔道，“可他神志清醒，说话条理分明……这真是怪事啊，亲伯伯……”

“我敬你一杯吧，老白……”镇长把自己的那杯喝了，再斟满，递了过去。

白中秋另一只拿着草帽的手放下草帽。他觉得不够慎重，两只手搓了搓，好像要搓掉脏物似的，端起镇长敬他的酒，一饮而尽。还杯时，想了想，撩起衣角，将镇长的杯子沿杯口擦了一圈，再放好，斟满一杯，再端起来恭恭敬敬地递过去——这叫回杯，神农架酒规就是这样子。

镇长完全不在意自己的杯子被一个农民喝过，又被一个农民脏兮兮的衣边擦了，很高兴的样子端起酒就一咕嘟送进了嘴里，很飒辣干脆。然后笑眯眯地对白中秋父子说：

“前天我学了个敬酒歌，在八王寨学的，我唱给你们听——”

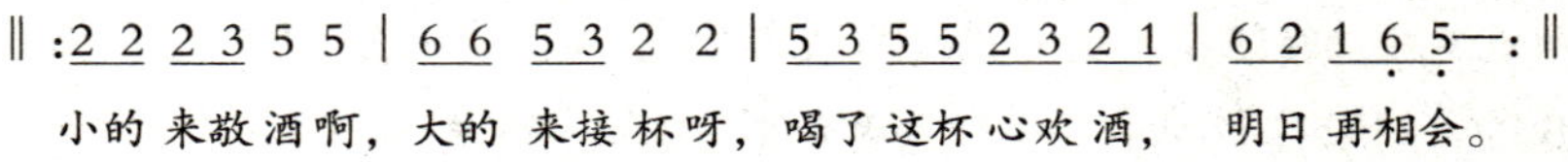

‖:2 2 2 3 5 5 | 6 6 5 3 2 2 | 5 3 5 5 2 3 2 1 | 6 2 1 6 5—:‖

小的 来敬 酒啊，大的 来接 杯呀，喝了 这杯 心欢 酒，明日 再相会。

镇长的嗓音极好，喉咙里就像奔流着一条清澈的小溪，而且很亲切，很近，带着农家火塘边的热味儿。他说：

“这歌可以改词儿，可以唱成：儿子来敬酒啊，老爹来接杯呀；可以改成下级来敬酒啊，领导来接杯呀；老婆来敬酒啊，丈夫来接杯呀；媳妇来敬酒啊，公公来接杯呀……”

“政府，替我们杀了白大年吧！”白中秋突然惊天动地地狂吼起来，像一匹失去了伴侣的老马。

这声音委实太大了，竟然震掉了屋顶上的一盏电灯，“叭”的一声掉下来，粉碎了。那声音还在绕梁，嗡嗡直响。

“我就这个儿子啊，天杀的！就一个啊——”

崔镇长的心又一下回到了百丈深的冰窖。他知道自己正坐在一个崭新的瞎子面前，一个悲恸的家庭面前。完了，彻底完了，对于他们一家来说，这一天就是完结的一天，以后，悲哀将笼罩在他们身上，永无欢乐的日子……

现在，文寇所长已经起程，带着白大年去宜昌进行精神病鉴定。崔镇长这时突然想：可千万不能鉴定出一个精神病来啊！过去我希望有这么一个结论，那白大年就可以逃避法律的制裁，免受牢狱之苦。何必再让这种可怜虫去蹲几年大狱呢？自由是可爱的，自由万岁！可现在，如果真有神经病，他可就是个武疯子了，而不是个文疯子。他对咱治下的水布镇这平静的世界就有了侵略性。那么谁替他治病？谁来养他？当社会保障体系还没有在这深山老林里完善的时候，当镇福利院还无法全部收齐孤寡老人的时候，神经不正常的、痴呆儿、残疾人该怎么办？活着本来就不易，活着是残酷的，生存是艰难的，在这样的鬼山里。但是，一个有侵略性的武疯子，我们不可能睁只眼闭只眼装着视而不见啊，他会让我们受不了的！

这事必须尽快行动。他想到了曾在宜昌读过卫校且有许多同学在各大医院的老婆黄一婵。

回到家他就急切地问起这事，希望她帮上一忙。在得到“可以一试”的回答后，可护士长因为手机的信号不好，就顺理成章地提出了连夜回县城去打电话，这样也就避免了一次与崔无际的交欢。她讨厌崔无际，这家伙有性虐待倾向，在床上有充足的歪能量。

谢天谢地，事情办得很顺利。经宜昌精神病院的专家权威会诊并鉴定，白大年没有精神病，只是“轻度精神发育不全”，而且“完全可以承担刑事责任”。

这就要向鄂西第七监狱表示深深的歉意和慰问了——

一个被判有十年有期徒刑的神农架服刑人员白大年，在服刑期间，因“死不悔改”，又抠瞎了一个同监犯人的眼睛，被加刑两年。监狱到许多年后，还蒙在鼓里，还不知道此人是个精神病患者，有强迫性神经症、妄想症、癔症和躁狂症。

二

白椿成天在山上乱窜，寻找活着的理由。他爷爷他爹苦苦地望着他，喊他回。他不回。他用手捏核桃，捏得满手是血。他说，让我到山里走走，我心里好受些。

这娃子往山上走，摔了一跤。

“是什么啊？……是一块岩古嘟，整我啊，嘿嘿！呸呸呸呸！”白椿爬起来，拍打着被石头锉开的血肉和沾上的沙土，爬起来。

“可怜的椿娃儿。”过路的人扶着他坐到石头上，说。

白椿往山上走，又摔了一跤。

“什么东西呀？……树根，长到道上来了！绊我哩，我又没害你，凭什么害我……”白椿把脚从树根里抽出来，脱下鞋子揉着卡疼的脚。

“椿娃子，瞎子，还没去部队？前天还有个相亲的妮子，长得跟秋柿子似的，跟她睡没？……”说话的是放羊的二愣子。

“滚！滚你个苕坨二愣子的憨货！再不滚，我一竹竿劈死你！”

白椿手举新砍的探竿，那二愣子就蹬蹬蹬地往山下跑了，羊一阵骚叫，也呼地跑了。

白椿第三跤摔下了悬崖，可抓到了一根树枝，吊着秋千，就有人死活把他拉了上来，说：

“白椿，你可不是个明眼人了，以后千万不要乱跑了，否则，连尸都收不回来的。”

白椿发现牙齿摔断了半颗，另半颗还栽在嘴里。

“谁，请谁帮我找找牙齿啊。”

一个人就过来，给他找来了牙齿。他摸摸，又放在自己的嘴里，不对，不是牙齿，是一块石头。

“山不属于你了。”他爷爷给他说过。他爷爷说：“椿娃，你命苦啊，山不属于你了，林子也不属于你了。这枪也没个人接了。不接还好些。咱们家，败就败在这枪手里。”

白椿坐在一个山洞口，这时候云一定散了，因为有热辣辣扑来的阳光气息。阳光像一张马嘴在往他身上熨着热气。这时候天空一定嫣红一片，远处的猎人峰一定碧蓝碧蓝；太阳像天空烫出的一个洞，晃悠悠地燃烧着。干旱还没有结束，山冈却依然充斥着浩大的植物气息，甚至还带着胜利的果实甜味。他手拿着那颗不是牙齿的石头，执拗地想他活着的理由——他是要活下去的，即使悲惨的日子才刚刚开始。他得说服自己。怀着小心翼翼的希望，在这神农山区的某一个角落里悄悄地活下去。

“人就是个草命。”他不知何时听谁说过这话，也许是爷爷。可像他们这样的草命怎能杀死一头老熊、老虎和更多的野猪呀岩羊呀，甚至怀着歹意去抠瞎人的一双眼睛？草可没有这么大的能力啊！……人就是棵植物……他得好好想想。人的确是棵植物，吃得少，用得少，随便多大的苦，也不叫唤，能忍就忍了；生的生着，死的死了，生生不息，掐断了、踩瘪了，还能活哩。有的草每年发芽，那就是有儿女哩，有的草到秋天就死球了，那就是一生结束了。人生一世，草木一秋，不是有这个老话吗？对，对呀！你看，我断了半颗牙齿，我还是活的；我剜了两只眼睛，我还是活的。就像一根草被雷击，被火烧，被雪压，被霜打，还是活的。

“怎么都能活下去……”他开始慢慢能说服自己了。人是棵能行走的草。你看，人也有根，根就是家，就是林子，然后行走。草也吸收养分，我赌气不吃东西是不对的。草也吸水呀，那就喝水。找到一处泉水，咕噜咕噜喝了个饱，笑得鸟惊飞远去；草呀苞谷呀雌雄授粉，人也结婚哩，这就跟草更像了，找个人就结了婚，草是风传花粉。可苞谷是雌雄同株。苞谷结籽了，人也要生子，都有自己的乐趣。就这么活下去！对，活下去呀。反正都是棵草，我是草你也是草，谁又比谁好许多？有一双眼没一双眼不都是草吗？！……

三

回到家里，妹妹白丫儿来了。妹妹一阵心疼就叫哥哥，叫椿哥哥，就呜呜呃呃地哭起来，是真哭，柔嫩的小手摸着白椿的眼睛，说哥呀哥呀你真的看不见了吗？真的看不见我了吗？这妹子吹气如兰，哭出的泪都是香的；泪抹在白椿手上——白丫儿抓着他的手，一阵一阵地摇个不停。白椿就劝她，说：

"妹妹，没事的，人就是个草命，怎么都能活的。"

妹妹白丫儿是叔叔白端阳的女儿。白端阳是爷爷白秀的养子。白端阳的爹也是个打匠，被熊啃吃了，妈是白秀那个失踪舅舅杨夺水的女儿杨丫儿。白丫儿哭着，她爹白端阳就站在旁边。白端阳在林场上班，多年前被一场山火害了，为救国家财产（就是一种051油锯），被火烧成个火烧粑粑，眼睑都烧没了，一只眼鼓着，嘴唇皮是割自己的屁股补的，所以这棵草是被车马践踏过的草，是火烧的草，可又活了。叔白端阳说：

"椿儿，可亏了你。害不死人的大年，下如此毒手，杀一千次还有多的！"

白椿新拜的师傅鲁瞎子这时打门前经过，手拿铜铛，唱一句敲一下：

混沌头破似天开，
化一老祖有气概。
混沌老祖初出世，
无有天地五行势，
一气三化将人置。
站住仔细四下现，
举目抬头看一看啊，
四方都是黑暗暗……

"死瞎子，不要在这里烦我哥哥好不好哦！"白丫儿骂。

“这妮子，不是端阳的丫头吗？咋这没家教哩。我跟你爷爷是一辈的。”鲁瞎子狠狠地敲了一下铜铛子说。

“我哥痛苦哩，你还在这儿死唱活唱寻快活不是。”白丫儿一气就又要哭了，鼻子尖全是汗，嫩红的耳根像染了层胭脂。

“他是我徒弟哩，我教他唱《黑暗传》，我唱的是‘混沌出世’，祖师爷传下来的，又不是我瞎编的，这妮子……”

“就是你瞎呱！我爸都说了，说你总想有人接你的班，你就盼天下的明眼人都跟你一样瞎了，世界变黑！”

“又不是我把你哥抠瞎的，这妮子，怪人不知理哩！总有人要瞎的，就像这日子，有白天就有黑夜，娃呀，上天定的事，你是犟不脱躲不掉的，人都是个命……娃，我看你伶牙俐齿，给你算个命咋样？”鲁瞎子粘住白丫儿不放了，想逗逗她。

“我才不要你算咧，你算算你自己，几时死呀？”

“说话这恁挖苑，杀人哩！呸呸，童言无忌，童言无忌，只当放个屁！……我看你啊，一身的火气，妮子，你要走火了！端阳，你妮子要走火了！”

被火烧得疙里疙瘩的白端阳从屋里应声出来，笑着对鲁瞎子说：

“鲁叔呀，又咒咱们家哪？我这一身走的火还不晓得么样办啰，唉！”

鲁瞎子说：“别叹气了。说走火就走火，她走的火不是你走的那个火，菩萨保佑，菩萨保佑，阿弥陀佛！……”

“走你的火去！”白丫儿拾起一块土疙瘩就朝鲁瞎子的铜铛子砸去，那铜铛子发出很突然一声，把鲁瞎子和两只觅食的鸡吓得跳了起来。

“哪个砸的？啊！”鲁瞎子护着他的铜铛子，敲起探竿气咻咻地走了。

白丫儿在后头一阵银铃般地大笑。

“让你找个发横的男人打不死你！……”鲁瞎子小声数骂着那调皮捣蛋的白丫儿。白椿家的两条猎狗冲着远去的鲁瞎子咬得可欢了。走得急，差一点儿撞在一个人身上。

“鲁瞎子，叽哩咕哝个啥啊？”毛村主任给鲁瞎子赶忙让道。

“如今的年轻人，都是没有教养的！”

毛村主任走进白秀家，给白秀送来了这两个月民政局补贴的一百二十元，像个老流氓一样看着白丫儿。

“嘿嘿，端阳，妮子这大了！好好，”毛村主任像落枕一样脖子是硬的，转不过筋来，“愿不愿意去镇上打工？最好的事儿，镇上最好的事儿。”当问过白丫儿已经下学后他这么说。

白端阳就问是啥事儿。

毛村主任便从放在桌上的光灿灿的一百二十元说起，说这是镇长崔无际的功劳，就说到他的儿子了。

“……就照看那小娃儿——块头有点大，这也没啥，才四岁呀！就做两顿饭。崔镇长就不要你管了，人家镇干部哪个不是餐餐酒馆进餐馆出。洗几件衣裳对白丫儿也是小菜一碟。管吃管喝一个月给你一百五十元，那就比上你爷爷两个月的老红军补贴了，也差不离，啧啧！可你爷爷是牺牲了全家五口人的性命才换来的啊！这下还有什么话说，端阳？白丫儿？不光鲜的妮子我还不介绍去哩。”

可白端阳高低说这事非得他爹白秀拿捏——崔镇长就算给爹解决了多年未解决的老红军问题，也是糊里糊涂，就一月六十块钱，一个真正的老红军可不止这点钱啊。不过这也不错了。但崔镇长是那个崔咬精的亲侄子，爹杀了他大伯提着他大伯的脑袋这才去洪湖参加了红军。如今，他的孙女要去仇人侄子家做小保姆，这世道咋这样流转呀？

白秀在他的虎爪里掏着烟丝往烟锅里揞，高低不说话不表态。毛村主任还在唆使：

“就两三年，等镇长那儿子上学了，白丫儿就解放了，在镇长家干了几年，他不管你的工作啊！人家不会是这号不讲感情的人。只要你好好在他家干，让大人小娃满意，平时干活溜飒一点儿，机灵一点儿——你这妮子一看就是个精明相，我看人准的。甭说一个工作，人家喜欢你了，帮你在县城哪个单位介绍个对象，白丫儿不就一下鲤鱼跳龙门，成了城里人了！以后还干打柴挖药寻猪草这样的粗活！那时候找个科长局长男人，把你爹你妈你爷爷奶奶都接到城里去，那就是享不尽的荣华富贵，吃不尽的山珍海味！……”

晚上，为这事白秀还是不表态。他不表态就是否定。但白中秋很火躁，说：“别人家想巴结镇长也巴不上边，咱们家有个人在镇长家干活，是件天大的好事，不是贴本的买卖。”还数落他爹说：“你这个老红军，咱们几兄弟哪个沾过你的光，跟着你净受苦，以后，说不定咱们还能沾上白丫儿的光哩。”

白丫儿自己也坚持要去。说她一月吃了喝了干赚一百五十块钱，等赚了钱，就去帮爸爸整容。

“可那是当下人啊！过去，我就是给崔家当下人放牛，现在，转来转去又转回几十年前啦！白丫儿还小……”

“我不小了，我是大人了，我要挣钱养爸妈！”

就说起了如今林场的难处，都发不出工资来了，买断工龄也就是一两万块钱，生老病死都不管了。不准砍树了，只准栽树。那当年伐木队的油毡屋如今一年不如一年，漏水，屋顶上爬满了百足虫，一股怪臭气，那虫一坨坨一堆堆纠缠，看着就恶心肉麻，怎么办呐？

一个国营林场的伐木工人，大家看到，如今不仅仅是一脸的火烧疙瘩，穿得还不如庄稼汉。大家还听到了令人不可思议的事：如今这些林业工人，为了生活，只好帮当地的农民种地打短工，比如，收庄稼啊、挖地啊、放牛啊。大家不相信工人阶级落到如此地步，但老实人白端阳的话不可不信。可以想想当年曾十分牛的伐木工人白端阳吧。白端阳背着油锯，戴着柳藤帽，扎着大毛巾，每次回村来都是得意扬扬，口里叼着工人阶级的烟，揣着工人阶级的钱，放着工人阶级的光。当年是白端阳负气出走成全了他啊（当然也害了他）。白端阳也是想当兵的，可那时是个地主子弟，连报名的资格都没有，这就在一个晚上负气出走了。虎啸猿啼的夜晚，白端阳糊里糊涂地就走到了迷魂岭。当年的迷魂岭浓雾诡谲，老林森森，比柱头还粗的大钩藤缠着比牛身子还粗的大树。碗大的菌子，磨盘大的兰花，门帘一样的云雾草，在树上飘飘荡荡。他不知道他走到了一个伐木队的伐场，这就改变了他的命运。他听到机器轰鸣（那是油锯和集材机的叫声），一些人高喊着“顺山倒”和“上山倒”。简易公路正向山外飘去，路上传来炸山的炮声，惊天动地。白端阳第一次看到一种红色的大锯子，只有几下，千年的大树就被拦腰锯倒了。森林霎时变成空地，阳光终于挤了进来，惊吓的獐子在那些倒伏的大树间乱窜，留下奇异的麝香；一只豹子被人用石头砸死；一群鬣羚受不了人的追赶，冲下万丈悬崖，跌入湍急的河流，惨死的声音在山崖畔凄厉长鸣……

这就是伐木队啊，这就是雄壮的伐木工人，比山混子还狠，比豺狼虎豹还狠的一些人，村里的那些打匠算得了什么！打匠只打兽，不能把山像待诏师傅（剃头匠）剃个净光，把野牲口赶得无家可归，把它们的老巢刨个底朝天。

小小的白端阳被伐木队收留了，因他勤奋好学，很快成了伐木队的骨干，入了团，入了党，找了老婆。可在一场伐木工不慎由烟头引燃的特大山火中，白端阳被烧了个半死，成了如今模样，又成了给农民收收种种的“打工仔”。山啊，山满日疮痍，伐木者自食其果了。你们栽下的日本落叶松好是好，一场雪水一下，山就变绿了，可这些妖冶多姿的日本落叶松就是个更阴脸的杀手，它的下面会寸草不生，连苔都不长，羊吃了它的叶子，会中毒而死。这就是过去山上巴山冷杉、秦岭冷杉们的替代者，它们蓬蓬勃勃，可窒息了咱山冈的生机，成了独霸一方的枭雄，让神农架的所有植物都气绝身亡，溃逃他乡。更有甚者，山洪泛滥、雪线抬高、气温骤升、田土硗薄、泥石流横冲直撞……你们这些遭天杀的伐木工人难道不活该给农民打工吗？！……

四

白丫儿走进了镇长崔无际的家。

白丫儿兜里悄悄藏了一把哥哥白椿送她的刀子。那刀子是白椿给人胡诌算命别人送他的；白丫儿的手腕上戴着哥哥白椿给她编的瑞香草镯子。哥哥说：草镯儿是保福的。

被行政行生活折磨得苦不堪言，双眼浮肿的崔无际镇长，像一只惊警的麂子，高射出双眼瞧着那个妮子，因幸福感的突然降临让他手足无措。

“毛村主任，你带来的是白大爷的孙女啊？”

“不信？嘿嘿，不信？快叫崔叔！白丫儿，叫呀，以后叫崔叔亲热些，行不行啊崔镇长？”

“崔叔叔……”

“哎哎哎……怎么不行，怎么不行……”

我们的崔镇长碰倒了一把椅子，还差点摔了一跤，并且胡睖着眼让儿子老拔子放下那木刀。

那小女子笔直地站在那里，真像是一只刚出窝的小羊羔，两只怯生生的大眼睛惊怕地望着他，像受了天大委屈似的。

“咱们可是老乡哎，你亲奶也是戢家湾的。”镇长语无伦次地说起这个，就说他去烧水喝茶。这一说就让白丫儿活了，就机灵地说“我去烧”。毛村主任就向镇长称赞说“这丫头机灵，比岩羊子还机灵”。毛村主任说这话时从镇长坐着的藤椅扶手上摘去了一个蛞蝓，扔到窗外的雨水里。

雨开始在久旱的大地上下了，真是久旱逢甘霖啊，崔镇长的心里湿润润的，就像冒着蓝色雾气的雨后土地。崔镇长说：

“好喝，这茶不错。”

崔镇长品着白丫儿烧的开水，开水里泡着据说是白丫儿她爸白端阳在林场自种自采的茶叶，一旗一枪，是绝对的好茶，毛村主任还给取了一个雅名，说叫“碧山尖”。这是高山茶，有机茶，无公害无污染的绿茶，海拔三千米，这茶采撷了山川雨雾之灵气，吸收了朝暾夕岚之精髓，可涤荡这龌龊人间的污浊，灵魂深处的秽气，其香可攀至巍巍云天兮，浩浩大宇乎！

“我从来也没喝过这么香的茶……”崔无际镇长心里洋溢着滚滚的春色，这么说后一阵刀割般的伤感袭击他了。我是不是本应该享受这样的生活？美女香茶，轻声细语，安之若素，淡泊平静。生活是美好的。这个想法一蹦出，把他吓了一大跳。过去我怎么没觉得？怎么活怎么都是一个苦字。我，崔无际，一个乡野小吏，在茫茫大千世界，充其量一只蛆虫，我有多少气吞山河之志，经天纬地之才？不就是个打点儿小牌，喝点儿小酒，过点儿小日子的小人物吗？我虽认命，我虽如此，也更应有追温逐暖之心，怜香惜玉之情。我有享受生活的权利！

说着说着，竟说起了白丫儿她不读书不对，替父母节约分担忧愁是不对的，不仅应该继续读书，还要到城里去上大学，“就是成教、函授也要念一个文凭”。镇长很严肃地说。

五

送别了妹妹白丫儿的白椿从林场往白云坳走，就下起了黄豆大的雨点，砸在背上又滋润又难受。没个雨具，没个躲雨的地方——他看不见，知道哪儿有树哪儿有岩洞呢？有树，树也扎不住行人挡不住雨，就对着路大声问道：

“这儿哪里有躲雨的岩屋（洞）啊？”

没人答应，只有更密集的雨声回应。白椿全湿了，山风一吹，人就发抖，就想热乎，就跑，就一个跟头接一个跟头。从沟里爬起来，人就成了泥人，还四处冒血，就鼓起劲儿扯起喉咙唱歌：

人穷唱歌心也酸，
喉咙管被苦水淹。
唱了三年六个月，
一个苦字唱不完，
苦楝树下栽黄连。
太阳落土满山黄，
哪有银钱讨婆娘……

正唱着，感到有个“物”跟着他。是人，还是兽呢？

“谁呀，是人说个话，是兽吼一声。”

手上就一根探竿，是野猪或者什么大兽，他还能有活命？左手在荷包里就抓了个观音菩萨，是爷爷给他的。他知道，这是爷爷的养母——那个老地主婆留给爷爷的。爷爷新中国成立前后去四川背盐，就带着这菩萨，说是还香木雕的，越摸越香，抽出手来，满手都是香味，如遇热气或在火塘上烤一下，则香气四溢。白椿抓着那菩萨，只是抓着，能不能退兽，全在自己的命了。

见了兽，站着不走，也是一智。就不走。那“物”却说话了：

“往镇上走走看。”声音说熟也熟，说不熟也不熟。

“我没雨具，淋得这个样子，凭什么要去镇上呢？”白椿觉得此人的话很奇怪，又问，“你是哪一个？”

那人说：“甭问我是哪一个。我看你年轻，又有劲，帮我背点儿东西咋样？我给你牵竿。”

“我不要人牵竿！”白椿喊，像受到了侮辱。

“好好，爽快！猎王白秀的孙子，就是爽快！”

那人说着，就将一个沉重的背篓压到白椿肩头，把白椿压矮了一截。恁沉哩，啥？石头？就问了：

“石头？”

“嘿嘿，石头要你背呀。”

白椿就闻到了一股腥味，是鲜货哩，还有酒味。这是啥哩？

弓背上了肩的白椿被压得喘不过气来，身上湿了又冷，就问：

“多少钱呀？”

“少不了你的。”那人说。

“你说准了我再背。”白椿才不干这种傻事咧，就把背篓放下了。

“五十。”那人想了半天，像割了自己的肉终于说。

“一百。”白椿叫价了。

“杀人啊，一百，钱这么好挣？你给我一百，我背两背篓。”那人说。

“至少八十。”白椿站起来欲走。

那人就拉住了他，“先给五十，到了镇上再补三十”。那人就数钱给白椿了。白椿接过钱，一张五十的。他说不行，要给一起给。那人就又给了白椿三张十块的。钱都皱得吓人，像丢在厕所里的手纸。

“有没有假钱啊？”

“假钱敢给瞎子！什么人都能骗，骗不了瞎子，瞎子最知道钱的真假。”

“没有眼睛啊。”白椿说。

“瞎子的眼才厉害。瞎子的眼睛长在心里，”那人说着就从白椿手里抢走了那三张十元的，说，“背到了再给，说话算话。”

“这鸡卵球人！”白椿在心里笑骂，就蹲下去重把背篓背起来。

上路了。

天上传来三宝鸟嘎嘎叽叽的叫声，单调、粗粝而喜庆，这是天晴了。山愈加静谧开阔。云肯定从山谷里腾起来了，山更好看。凤头鹃在山背后隐隐诉着“客苦客苦”。岂止客苦，哪个人都苦。空气清新，平坦开阔。白头翁在天上问着：“明天搞什么？”蓝雀子嗲声嗲气地答：“滚蛋！滚蛋！”

“你是林场的李八棍。”白椿突然说。

“李八棍？……我不是！瞎说！”

“你是李八棍。”

“我呸！李八棍是什么东西，我是他？！李八棍不是得了‘百鸟朝凰’吗？李八棍该死。”那人说。

“他吃百鸟朝凰？”

“吃！吃得背脊骨都烂完了，”李八棍摸着自已驼了的背，背上大窝小坑，“就是毛鸡子（雉鸡）加麻雀，有时那家伙太阳鸟也打。把麻雀剥了塞到毛鸡子肚里卤了吃，李八棍会吃啊——这就叫百鸟朝凰。后来，他就得了那该死的百鸟朝凰病——背上一个大疮加周围几十个小疮。这病磨人呀，去宜昌医院里挖肉，背上的肉挖完了，医院忒黑哪，把你榨干了才会把你放出来，我……不，不，李八棍背了一身的债，就差卖老婆娃儿了，唉……”

白椿听见那人嘤嘤泣泣地像小儿一样哭起来。

“百鸟朝凰是个绝症。”白椿说。

“瞎呱，治得好的，只要有钱，没有治不好的病，就是这钱，乡下人难挣哪……”

那人说话时白椿就听见了背篓里有些“螃螃”的叫声，是石蛙。把石蛙醉了去山外卖的。

“那是李八棍该得的报应……”

“瞎说！你爷爷杀了那么多生，活到九十了还不死，咋就没报应呢？”

“我的眼睛瞎了这不是报应啊？他大儿子白大年疯了坐牢了那不是报应啊？……”

画眉子叫起来。

画眉子关山十八遍。

就是说画眉叫到十八遍时，天就要黑了，山门就要关了。

叫到十一二遍的时候，已经到了镇子的边上，叫狗子坪。一路上白椿一口气都没歇一下。这时有人在坪上喊：“八……”就听领路人说：“别认错人了，寄放点儿东西在你这儿，我娃子背不动了，又瞎又跛。”

白椿确实走跛了脚，脚上打出了血泡，他想他要给自己买双好球鞋。辛苦赚来快活吃。

放下背篓，喝了一碗凉茶，再上肩，那背篓轻多了。

“瞎子，只有十块钱的路了，你一趟划得来。”李八棍说。

画眉子叫到十八遍的时候，进入了黑暗的镇子。水布镇像一条懒狗趴在水布河边，昏昏沉沉地睡着了。过了河上的吊桥，悄悄来到一个听说是旅社的地方，白椿卸了载后就躺到一个通铺里，滚在湿漉漉沉甸甸的大被子里。一夜奇痒难耐，估计沾上了虱子。

早上起来，浑身疼痛，两个肩膀全肿了，被篾背带勒肿的，手不能摸。就去找待诏师傅，找到了在河边墙角里剃头的老头，要老头给他刮干净了事。

那老头刮了白椿的头，白椿又脱掉裤子让他刮下身。老头还没刮过下身，问怎么刮，又说这要加钱的。白椿问加多少钱，老头想了想说：“五角。”

“五角就五角。”

那老头拉着白椿给他刮，刮得乌爽爽了，白椿穿上裤子，老头吐出一口气说：

“骚臭！”

白椿去了百货商店，给自己买了双松软的球鞋，又给白丫儿买了条红围巾。特别说了要红色的。

“瞎子相亲啊！”售货员是个男的，打趣白椿道。

白椿笑着默认，怀揣了红围巾，就去镇长家。

镇长现在心情很好，就喊白丫儿说你哥来了。就给白椿打招呼：

“白椿，精神不错呀，准备出家当和尚？”

白椿说：“哪个庙里要瞎和尚！算命的。”

镇长是在说自己——镇长的精神不错，妹妹白丫儿的精神却很差，好像哭过，好像受了委屈。从声音里听出来的。

“我给我妹妹送来的围巾。”

“还没到冬天哪，你这娃心真好。兄妹的感情很深啊。”崔镇长这么酸溜溜地说。

没等白椿回答，头上就遭到一记闷棍。好像是钝刀子砍的。白椿不知是谁所击，崔镇长？妹妹白丫儿？却听见一个嘻嘻哈哈的恶作剧声音：

“杀死你！”

还唱道：

冲冲冲，杀杀杀，

杀得你们像狗爬……

白椿一进镇就听见了一个捣蛋的嫩娃子声音，到处在喊“杀杀杀”。这一下杀到自己头上。白椿脑壳木了半晌，再一摸，起了鹅蛋大个包。

“老拔子！”那嫩娃子被崔镇长喊住了，还传来“叭”的一声巴掌，那嫩娃子脸上受了，捂着脸就恶声恶气地反抗，好像根本不怕。

“哥哥不怪！哥哥不怪！”白丫儿上来就帮白椿摸头。镇长也叫：“白椿坐下，白椿坐下。”是赔礼的意思。

白椿手端着白丫儿给他的一杯茶，另一只手摸着头上的大包，嘿嘿地笑着。

“快给我算命，白椿快给我算个命。”镇长说。

白椿的眼都砍酸了，想往外冒泪花。可他咽下去了，就去摸镇长伸过来的手。

“您有一双执掌官印的大手，该当镇长……”

“你娃子逗我……”

“您有神人相助，至少有两回，您这辈子……”白椿就说了，就说镇长有一天在山里行走，到一个洞里躲雨，说了一声：“我的妈耶！”却有个人在洞里应了一声：“哎！”镇长循声去一看，应声的竟是个叫花子女尸。这让镇长好生奇怪，仔细观察，那女尸光着下身，刚好洞顶有一线泉水滴到她阴部。这不是传说中的阴福地吗？女尸躺在这里，不仅自身不腐，子孙后代还要发达了。可女尸生前是个叫花子，无有后代，就在这洞里天天盼着认个干儿子，镇长那天恰好路过躲雨，叹了一声“我的妈耶”，就等于是认了个干妈，于是，当年还只是一个辛苦跑乡下的通信员的崔无际，就一路高升，当上了一镇之长啦。

镇长说这是外头瞎传的。白椿摸着疼痛的大包又说了一件：说是镇长当上县政府的科长后，与人竞争水布镇的镇长时，下乡，遇到风雪，这时就见上山的路上有两个人在推一个大雪球。一路上雪被推走了，崔无际科长就好走了。上了山坡，去找那两个人，人不见了，大雪球还在，雪中又无有脚印。原来，是两个鬼领了女叫花子的令，来专为崔无际开路的。果不其然，回去后，就接到了去水布镇上任的通知……

这个小瞎子把两件传闻说得绘声绘色，把镇长大人笑岔了气。白椿摸着疼痛难忍的头上大包，心里却只想哭。

六

我的妹妹呀，我的妹妹挨了十八刀。仅仅来了两天，我的妹妹就挨了那个小浑蛋十八刀。那小浑蛋在这之前砍跑了四五个保姆。这小杂种下手狠，一把木刀虽被崔镇长包了橡皮，可这个一米七零的小杂种居高临下一刀下来也是让人承不住的啊！这小浑蛋小土匪什么也不要，就要这把木头大刀玩具，若给他折了，他就不吃饭，绝食，让崔镇长伤透脑筋，只好顺了他。这不是姑息养奸，助纣为虐，仗势欺人，胡球乱搞是什么！我妹才十五六岁，小小年纪就出外打工，当小保姆，洗衣做饭，伺候你两个男人，她还是一个娃子哪！两天十八刀，砍得她头上大包小坑，身上五青六紫，在家她可是她爹妈的掌上明珠，一棵独苗。她上有一位兄弟，可惜在读初中时去学校过河被山洪卷走了。这独苗含在口里怕化了，拿在手上怕碎了，背在肩上怕飞了。你们两个大老爷们儿好意思过那饭来张口，衣来伸手的地主老财生活。一天九刀，干个一年，那不千刀万剐了我这小妹？咱爷只砍了镇长你伯伯一刀（一刀也可厉害，砍掉了脑壳），你儿子要回敬我小妹多少刀啊！这可叫一报还一报……

白椿一路走，一路这么想着，手上和心上都甜丝丝的。为啥？妹妹白丫儿让他摸了她的脑壳，让他摸了她的脸，摸了她的背，还摸了她的前胸。

这可不对吧，她可是我妹妹呀，我是她哥，怎么能摸她胸奶呢？白丫儿胸奶就像棉絮，软绵绵的，不不，像刚出锅的浆粑馍，又软又硬，热噜噜的哩……呸呸！我这像什么话呀，这不就跟那猪狗不如的舒糟蛋一样了！糟蛋乱搞，我不能乱搞。可妹妹也不是亲妹妹，她是杨家的人。杨家的人与爷爷是老表。一代亲，二代表，三代四代就拉倒。白丫儿妹妹，你是大人了，我还老以为你是个小娃子，我现在晓得你是大人了。可你又是小娃子，再怎么，也不能让我这哥哥摸你的胸乳呀。唉，只见你遍体鳞伤，也是孤苦无助，想找我这哥哥倾诉倾诉，分担一下你的伤痛。小土匪前胸后背、脑壳屁股瞎乱砍，就没个王法？没人能管住他了吗？我给白丫儿妹妹说：趁他老子不在，狠狠拿棍子敲他；趁他半夜睡着，拿竹签戳他！人不犯我，我不犯人，人若犯我，我必犯人！……

天晴了，白椿听阳雀子叫就唱了起来：

洪水泡天路难行，
兄妹两个喊救命，
水上漂来一葫芦，
兄妹里面藏了身，
当时天昏地也暗，
洪水滔滔如雷鸣。

漂漂荡荡不计年，
随着波涛到处行，
亏得老祖来搭救，
兄妹两个忙谢恩。
老祖便把男童叫：
我今与你取了名，
取名就叫五龙氏，
如今世上无男女，
你们二人必成婚。

反正是瞎唱，黑漆漆的眼前就浮现出了白丫儿妹妹的笑脸。妹妹问："兄妹咋能成婚呢？"白椿答："又为啥不能？那世上只剩下他们两人了，人都死绝了。就像如今。"妹妹说："如今哪人都死绝了？"白椿坚持说："就死绝了，死绝了，只剩下咱俩了。"白丫儿就笑嘻嘻地过来打他，说："椿哥哥你好坏！咋扯上咱们俩了呢？"白椿说这是《黑暗传》中"人祖出世"的唱词。白丫儿妹妹人小鬼大，什么都知道，就纠正：

"那男的不叫五龙氏，男女是伏羲女娲，以为我不知道！"

妹妹白丫儿就亮起清亮亮的嗓子唱起了：

生下双胎男与女，取下伏羲女娲名。长大兄妹成婚配，又是五龙来托生。女娲出世一美女，身高一丈有余零……

白椿也跟妹妹和了起来，一唱一和。等回到现实，和他的是阳雀子，一群一群在海棠树上，叽叽哇哇叫个不停。

白椿心情好，腋下生风，就忘了自己是个瞎子。竟在山道上跑了起来。一脚踏虚，坠入了万丈深渊……

七

一轮郁闷的月亮鬼鬼祟祟地从山缝间爬出来，又鬼鬼祟祟地看着白椿。白椿看不到月亮。不过他知道自己还活着且在夜间。因为山风凉，夜枭恶，万物无声，只有那呼呼大作鬼哭狼嚎的北风在剥他的衣裳抽他的热血，要把他再一次打下地狱。

浑身疼痛的他仔细分辨，又听见了宗七爹的梆鼓声，这就离家近了。只有宗七爹的梆鼓才敲得这么有力这么急促。宗七爹的梆鼓是用一根整木雕的，打起来发出的声音如夏日雷鸣，百兽会吓得远离此地，夜不成眠，这秋就守住了，庄稼就旺势地成熟。宗七爹这一百多岁的梆鼓手在最高的山上，有统领千军万马之势，让万水千山皆栗。

秋天到了。可我在半山腰里，命悬一线，生死未卜。就这样吊着，我会冻死的！

于是就喊，就拼了老命喊，绝望地喊：

“救人呀！我是白椿！来人呀，来人救我啊！……”

一只鸟扑噜扑噜地从崖壁上飞起来，尖叫一声，跑了。是只岩鹰。再喊。两只野物又奋蹄远走，大约是两只麻羊。

“人真是个草命！人就这么丢了，无声无息地丢了，然后被风雨剐成一副骨架子，再让风一次，飘落崖下。人就这么不值钱吗？昏过去醒过来。醒过来再喊。山高云深，何人能够听见！

也怪这天无绝人之路。放羊的二愣子救了白椿一命。二愣子放羊，看见两只小野猪，就去抓猪。猪没抓住，回头一看，西天一片怪云，云呈金橘色，一圈圈往上飞去，像人的指纹。那指纹云彩是二愣子第一次见到，就看呆傻了。看那云中，还有一圆溜溜的东西，正在反射着傍夕的阳光。“是个大野瓜哩！”二愣子说。心里却想着搁在山上的一坨金子。常有人在这山壁上找到金子——金子是土匪藏进去的。二愣子想这下要发财了，有了金子就可娶老婆了。二愣子快四十岁了。

二愣子就拴了羊，把羊鞭插在腰上，往山壁上爬去。正爬着，盯紧的圆溜溜东西却开口说话了，发出狂乱的呼救声：

“爹啊！救命啊！……”

二愣子拔腿就跑，以为撞上了鬼。跑到村里，叫大家往山腰看。大家看到是个人，那发光体是个光头。毛村主任就安排了几个会荡绳采药的人去施救。

施救的人荡近绳子看到是白椿，身子已经凉透了，像一块冰。就把他吊上去。可人已经不能讲话。就架火将他猛烤，像烤腊肉。嗬！一个死人，竟烤活了！

白椿醒来听到的第一句话就是二愣子的。他听见二愣子说：

“嘿嘿，你是个金光灿灿的大野瓜哩！”

八

白椿捡回了条命，他爹白中秋天天给他喂吃的。他已饿得皮包骨头，在半山岩上五天五夜没吃没喝。白椿能吃，吃时发出猪一样的呱叽声。他爷爷咬着烟袋看着他吃，叹着气。

“这么跑，迟早要死在山里的，给他找个媳妇吧。”他爷爷对他爹说。

“我那个苦荞四十了咧！”白中秋叫冤说。

“我不是说苦荞。”

“过去踏破门槛，现在他一个瞎子，还有哪家姑娘要他呀！”白中秋摊开手，一脸霉气。

他就去找苦荞。

鹞子峡的苦荞说：

“我早听见说你儿子吊在半山崖的树上五天五夜，还活过来了。”

“麻烦你给他找个媳妇吧。”

苦荞说：“你家两双筷子打架——四条光棍。一条坐牢了，一条瞎了……”

“就当是你儿子。”

“我晓得。”

“就找个瞎子瘸子，他那样在山里瞎窜，不是被兽吃了，就是摔死，哪还有第三条路。”

“问题是，哪来的这多瞎子瘸子呀！苦命哟椿娃，这么标致的一个娃子……”

两个人死活商量来商量去，没个明辙。望着白中秋苦巴巴抽烟、流泪，苦荞也陪着流泪。陪着流泪到天明。

苦荞也是个苦命，有过丈夫，也有过娃儿。丈夫害病死了，娃儿十岁时，在山上放牛，为保护自家的一条犊子，与野物搏斗，让野物啃吃了，还不知是什么野物。找到他时，就剩下一条大腿。

“主要是没钱，有钱的人家，傻子哑糊也能找大黄花闺女。”苦荞说。

“有钱又怎么，有钱你也不认识。”

这白中秋就取笑她。取笑苦荞是有个故事的：苦荞自打守寡丧子后，婆家就把她赶出来，她只好回娘家鹞子峡跟单身的哥哥苦瓜同住。县扶贫办的人来了，听说她的悲惨故事，就给她“扶”了一百元的“贫”。苦荞拿着一百元没个感谢的话。扶贫办的人就给村主任说这女人不识好歹，活该命不好。这话让村主任很恼火，就来批评苦荞。苦荞恍然大悟地说：“这是一百元钱啊？有一百元的？”可怜的苦荞，这辈子见过最大钞票是十元的，她哪会知道有这么一天，有人给她送一张百元大钞呀！

白中秋笑她，她也笑。两个人就倒在了那芭茅铺垫的床上。一顿亲热，缠绵万端。白中秋后来就说他一定要去搞钱，不仅给儿子找个媳妇，还要尽早把苦荞娶回白云坳去。苦荞脸红红的，说：“我就等着了。到时，这床就让给我哥睡了。”

家里就一张床，苦荞睡床，她哥苦瓜睡牛棚，与牛一起滚在草堆里，一年四季如此。

苦瓜、苦荞兄妹俩看着白中秋离去。白中秋觉着那后面未来亲人的眼光是很重的，像铁把他拴着。

白中秋在回来的路上看到树上两只雀鸟在交配，看到两只灵猫在山岩上叫春，看到癞蛤蟆在爬癞蛤蟆，就在心里大喊："我们是人啊，我们要有个女人啊！"

路过铁匠六指的门口，心里还翻腾着悲伤的情绪，听到铁锤叮当，就想找六指赊点儿铁砂子、滚珠。搞钱想得头破，还是只朝山上盯——看有没有什么值钱的野物。听说林场的李八棍这几年偷猎发了大财，抓住了也就抓住了，罚点儿款又放出来了。那小子听说很会来事，把几个警察都买通了，逢年过节给他们提麂胯熊掌去。管他妈是猪啊羊啊鬣羚啊老熊啊，老子打着什么是什么，怕个啥！撑死胆大的，饿死胆小的。你遵纪守法你就没钱用没老婆睡，你遵纪守法活着又有什么卵用？

枯瘦弓腰的六指被硫化煤熏得泪水淋淋，从黄烟中挣出头来看着白中秋，没什么好脸相——这六指一见到白中秋就是这副样子。又是赊账的，榨不出点儿油水来的顾客我凭什么笑脸相迎？

"不行不行。"六指说，一泡痰就从白中秋腋下射到煤槽里。白中秋恨得心疼，可拿他没办法，只能忍着。

过去以物易物，不叫"赊"，也不用赊。过去山上野物多啊，又允许打。打匠们从山上回来，就在门外头往六指铺子里丢一串串的毛鸡子、麂胯、野兔，然后，不用六指监督，自个儿去缸里舀滚珠铁砂子——这滚珠铁砂子是将铁烧成水，在缸里覆个瓢，铁水顺瓢背往下倒，铁水滚到水里，就变成了滚珠砂子。舀多舀少全凭良心，这东西又不能吃，全是上山害牲口的，大家也不会欺负六指。六指是个老实人。平时刀啊镰啊锄啊，要他打便给你打，有钱给钱，无钱也就算了，也是以物易物，酒啊苞谷啊浆粑馍、酸白菜，都是可以换的。天下最好的人可能是铁匠六指了，坳子里的大人小娃都这样说。可今天——对，就是今天，六指与白中秋摽上了，死活不干，说："不赊。"

六指说话又不会拐弯，话也少，话比锤声少。白中秋过去赊了，只是多看了他的脸色，今天，坚决不干了。也是，人家铁从镇上背回来，翻山越岭要两天，铁不是别人白给的，也是要钱的。又沉，六指五十多了，像个虾公，背一篓铁回来要睡三天。他不赊为啥村里人不理解呢？

白中秋觉得受了羞辱，梗着一脖子气，因一夜未睡，被六指气了，又被他铺子里的硫化煤熏了，就产生了残忍的幻觉，就听见另一个人在他耳边喊：

“炸死他！炸死他！”

那是另一个白中秋，白中秋在怂恿白中秋。

白中秋折到包胜的党参大棚，包胜在棚里忙活，包胜的猎狗连人都不认了，朝他大吠。他赶走猎狗，就问包胜要雷管。包胜说：

“中秋哥，要雷管做啥呀？”

“炸猪，炸猪去。”

“秋天来了，猪扎了一个夏天，只怕是要出来了。”包胜给白中秋敬了一支烟，猛然看到他眉头间一团团黑气，就惊了，说：

“中秋哥，与老熊打架了吗？”

“猪。”白中秋说。

“一肚子气哩。”包胜就摇头，不给雷管，坚决不给，死活不给。

“我又不是炸你。”白中秋说。

“炸谁都不行，中秋哥，我寻思你是要报仇。与谁结了仇？告诉我，我给你化解。”

白中秋愤而走了。包胜还在后头喊他：

“别跟人结仇啊中秋哥，我师傅一家子今年是撞到啥鬼了！……”

白中秋恍恍惚惚地踩着棉花不知不觉就走到了死人沟。白中秋对着沟里腾出的腐败臭气大吼了一顿，心里才好受些。那沟里因过去土匪火并杀人，到处是死人的骨头，灌丛通红，在灌丛缝里有人点种的苞谷，不知在被什么掰着，反正总有响动。冷杉站在高处，倒是寂静无声。越往深处走，越是雾霭沉沉。爹的那个老地主养父就是在这儿毙的，那两个行刑战士，也是在这儿各自向对方开的枪——他们的坟头就在山坡上。低下头，用脚扒寻，就找到了一个弹壳，再扒拉，扒到了一颗子弹，又一颗，大的，是机枪弹。白中秋在沟里扒了许久，共找到了三小两大五颗子弹。

“六指，你这忘恩负义的人！想想你家两代人是谁养活的？不就是我爹养活的吗？还有我爹的几个徒弟。你天天喝酒啃熊掌麂腿，是吃谁的哩？我爹他们不上山打猎，你吃什么？现在山上没啥东西了，你就翘皮子了，欺负咱英雄末路，把我不当人，就是把我爹猎王白秀不当人，有你的好！……”

白中秋在兜里捏着几颗生锈的子弹在心里奋勇反击，很解气，有了火药就解气，就折回六指铺子里，趁六指没注意，把那几颗子弹丢进了煤槽。

过了一个时辰，六指的铁匠铺里，就传来几声连续的爆炸声，一个男人的凄惨尖叫也就响起了。

六指炸掉了两根手指和半边鼻子。

九

“白云坳再次响起爆炸声。”这是一份水布镇派出所治安简报上一篇报道的标题。

文寇所长的心里滴着血，他在街头的一个拐角处看到两个做小生意的人打得头破血流，身边的那些看客一个个吸溜着被北风吹出来的鼻涕，在大声叫好。文寇所长系好被人踩松的鞋带，紧紧抓着他腰里的枪。想向街上的饿狗或者人开枪。那些拍手叫好的人究竟是被什么充盈了大脑？现在，山上野兽们的争斗没了，剩下的是人的打斗，人自身，人自己，自己与自己打斗。这种情势的转移让他还来不及思索，究竟是因为什么，人取代了兽，人开始蛮不讲理，动不动就是爆炸，凶杀，比野兽们的争斗还多了个家伙哩。野兽们只用爪子，用牙齿，人还有其他一些东西。人比兽凶狠，也恶劣。人不讲理了。在这片山上，在这个地方，暗杀之风正在横行，疯狂地扫遍村村寨寨，坪坪坳坳。

文寇所长抓起苏老倌那个测量身高体重的机器就跑，让那老倌子不知何事。文寇所长恶狠狠地说：

“老子不信就抓不到凶手！”

那东西发出与警笛一模一样的瘆人声音：“呜——呜——呜——”就是这声音吸引了他，让他有了高屋建瓴的奇想。过去，他曾警告过苏老倌，别猪鼻子插葱装象唬人，警笛是你这号烂人随便用的吗？现在，警笛啊警笛，我老子正要石破天惊地唬一唬你们打匠遍地凶杀成风的白云坳，白云坳子里的刁民！

两个合同警察气喘吁吁地背着那个刷过漆改装过的体重身高测量器，拉着这铁家伙里的警笛，向白云坳进发。

两个跑得上气不接下气的合同警说到了，前面牵着狼狗的老警察胡彪就勒住了狗绳说：

“所长，我看咱们先歇歇，把气势憋足，然后冲进去，一家伙放倒他们。”

两个合同警因为没经验走远路，鞋是皮鞋，脚上都打出了鸡蛋大的血泡，此刻正抠着脚上的血泡，手上血水淋漓。狼狗舔着他们手上的血迹，尾巴摇得像木材加工厂的机器。

“我说，必须狠狠地教训他们，把他们整服，不是挖一个凶手出来就了事，是要为以后咱们别再来了，别再走这趟地狱路……”所长说。

黑暗像一个寡妇笼罩在前头，阴郁的村庄飘动着吊儿郎当的炊烟，漫不经心地恭候着他们的到来。天空无比明亮，云彩划过苍穹，使得这些人异常渺小，把他们的雄心壮志，雄才大略亵渎得狗屁不值，滑稽异常。

一开始就是一出滑稽剧。

“小心坳子里的狗啊。”两个合同警提醒他们说。

白云坳的狗可是有名的，一色的猎狗，又叫赶山狗，紫茵茵的毛，粗嘴头，狼尾巴，高架子，牙齿比一般菜狗多四颗，常常啃人的脚后跟。为此，文寇所长已将脚严严实实地包好，还在两个脚踝那儿插了铁片。

一切准备就绪，胡彪将那警笛声调到最大，将狗一声喝唤，几个人就神速地占领了毛普通村主任的房子，前后下了哨，狼狗被文所长锥了几针，叫得像唱花脸的戏曲演员，让坳子变得兵荒马乱，毛骨悚然。

“……这是世界上最先进的测谎机，谁讲了谎话诓弄警察会被它电死的！”

彩灯闪闪的“测谎机”卧在毛村主任的堂屋里，嚣张着，被喊来的人在屋场上排成一行，等待着那世界最先进机器的测谎检验。

“快！快！快！一个一个上！……”

警察们吆五喝六的，将老老少少男男女女的村民赶上测谎台，让他们先解开衣服，脱掉鞋子，一人喝一大碗清水，然后由耳戴耳麦，眼戴墨镜的文寇所长在旁边操作，询问，其他警察大声呵斥帮腔。

“快说！快说！六指是不是你炸的！快！说出来！说出来！……”

毛普通村主任已经看出了这东西有点眼熟，他常去镇上。他觉得今天不对劲，文所长干吗发这大火，干吗他们今日杀气腾腾的？白中秋一上去就被用针锥了，说是验验他的穴位。白中秋被人按着，嗷嗷大叫，两个合同警出手（日后要查刑讯逼供文所长就可以脱干系啰），扯着他的头发，把那白中秋扯得眼往上翻，牙往外龇，眼泪簌簌往下掉。

“够了吗？够了吗？！啊！”

两个合同警合力扯着白中秋，又拧他的裆里，再拧他的脚指头。这家伙哑哑地叫不出声了。文寇所长这时按动了一个按钮机器就发出一阵惊天动地的嚣叫，好不骇人！

“说，是你吧，马上要电死你了，红灯亮了！只有你亮了！说！说！”

几个人一起吼，那白中秋就是一个坚定的地下党员，咬着牙，只号叫着，却一声不吭，一字不吐。

又泼他的凉水。四个人将他仰八叉地拉劈四肢，像五马分尸的大动作，只差把他撕成两半了。回去，白中秋的卵子肿得像个南瓜，自是后话。

这一趟下来，吓翻了六个人，两人小中风，一人完全疯了，说出了二十年前往生产队猪槽里投毒毒死一头母猪的事。

——就像在麻将桌上小和了一把。也算无意插柳柳成荫，东方不亮西方亮吧。

十

治爆缉枪的专项斗争开始了！

白云坳子的土匪、打匠们，你们的末日终于到了。你们无恶不作，把山冈杀得血海深仇，你们偷猎炸人，寻衅滋事，枪支是这一切之动乱根源，现在，你们也该束手就擒了。从此，天下才太平无事，社会才安定和谐。

镇长崔无际亲自出征，他带领着文寇所长在内的一行八人，加上合同警和从县局借来的两个持枪警察，三条大狼狗，星夜出发，去白云坳打他个措手不及，将枪支最多的村子收缴干净。名单已经掌握了。

夜空使森林和山冈泛着青光。雨已停了，石蛙在秋意中“螃螃、螃螃”地叫唤，蟋蟀的声带还来不及晾干，哑哑呻吟着。倒是夜不肯歇的娃娃鸡像些没娘的孩子，在林子里固执哭泣。山溪的娃娃鱼也尖声应和；夜枭向天空呼叫。空气湿漉漉的，冒着寒意。星星像偷情妇的眼，往外喷着欲望的光芒。

消息究竟是怎么走漏的，事过几年后人们还是没有弄清。这队想给白云坳的人一个下马威的荷枪持弹的警察，还没走到村口，就已经被愤怒的村民和三十几匹猎狗给结实堵截了。

现在，可以说说白云坳子的地形。它其实是在一个峡谷中，只有一条浓荫密蔽的小路。拐过一个叫杀坪的巨大明岩，才能进村。而杀坪——就是数十年或者数百年白云坳打匠们剐兽宰禽、开膛破肚的地方。这儿哀魂遍野，野牲口的骨头摞起有山那么高，连蚯蚓都是红的，鼓鼓胀胀的像人的血管，野草散发着血腥气，周围树上的乌鸦一个个膘肥体壮，鸦巢密密麻麻。有人说白云坳就是夜鸦子的老家。远远看到鸦巢累累，就到了白云坳村。

崔镇长和文所长望着那夜空中像一片果实的鸦巢。鸦巢下的村民紧守着那块巨大的明岩。明岩有一夫当关，万夫莫开的气概，守住了它，你就是千军万马又把这村子奈何？

村主任是逃出了，村主任是镇里发工资。村主任告诉了他们一切。

可怜的干警们和镇长所长一行走得筋疲力尽，在路上掰的苞谷把他们的口里打出了血泡，连一口水也没得喝，更不消说有一口软香香的热饭吃了。

队伍中连续发出响亮的打屁声。饱嗝饿屁。狗们挣着铁链，爪子把石子刨得火星直冒，哗哗作响。

“咱们怎么办？”文所长问崔镇长。

领头的正是大家一致推举的猎王白秀。他的徒弟们，徒弟的徒弟们，徒子徒孙，加上不明真相的村民，手握着千奇百怪的枪械把守在杀坪的巨岩上，枪械有土铳、火牙子、垫枪、老套筒、单管猎枪、一把捏、猛一搂。还有各家各户的猎叉、挠钩……这些乱柴棍子一样的猎具，过去是对付山兽的，现在却对着政府。

面对着那猎栅似的枪刺的影子，面对着怒吼和犬吠，崔无际镇长感到他缺乏一种应变能力，并且觉得因自己的幼稚、冲动，犯下了一个让自己无法下台的错误。他现在把责任全推在“走漏风声”这个环节上。

“就是进驻嘛……”镇长嘟囔着，手里折着树枝，“……我是想给这些打匠们一点儿压力，我还是想先做思想工作，发动群众，让大家自愿交枪，仁至义尽之后，如果不听劝者，我再采取强硬行动——这几乎是不可能的最后手段。你给个笑脸，又加上有这么多警察、狼狗，谁能承得起咱的大兵压境……欲速则不达……”镇长崔无际不由想起一句古训。他把目光投向令人生厌的文寇所长。在暧昧无味的天光里，那文所长的一张脸让人……怎么说呢？还不是听信了他的撺掇，说以白秀、白中秋为首的白云坳全是一群刁民，我恨不得整死他们！文所长的咬牙切齿和对水布镇因为打匠甚多、案件频发的担忧，也是他想一举捣毁这个凶窝子的内心理由。可如今……

被阻在村口那个狭窄的石缝中的警察们跃上了村头的山坡制高点，也抢占了一两块嶙峋的险石，躲在后头，并且将子弹上膛。只是他们饥饿难耐，寒冷异常，口干舌燥，满嘴都是胃液分解的蛋白酶臭味。在对峙的凶险宁静中，能听见各自腹中雷鸣般的饥肠声。

夜色越来越压抑，大树像巨人一样无端地站在四处。娃娃鸡满山恸哭，夜鸦子厉声叫唤，这些吵吵嚷嚷的神经质生灵，也莫非在预测一场血腥的战斗即将开始？

空旷而荒凉的山冈啊，愚顽而可怜的山民啊！

崔镇长听见了自己的一阵牙磕声，是冷，或者惊惧。

“文所长，你喊话吧。就说是派出所工作组。万一不行让毛村主任快回去，做做工作。……我们万万不能开枪——开枪性质就变了。万万不可强行进入，一切要显示我们的诚意。我们是政府啊。退一步海阔天空，对政府也是一样的道理……”崔镇长谆谆告诫说。

文所长喊了一通话。

毛村主任也喊了一通话。

后来崔镇长又喊了一通话。

不行，闹哄哄的大家也听不清楚那些人在说什么，有什么条件。毛村主任回村后就不见了。崔镇长多么希望毛村主任有能力化解这一场误会——对，是误会，一定有人误会了。我们只收枪，不抓人。毛村主任是村里的老干部了，他有着丰富的对付村里人的经验。

崔镇长这么想时，山上突然响起了一阵惊天动地的梆鼓声：

“咚咚咚！咚咚咚！……”

这是驱兽的。是不是有兽下山来害秋了？

郁闷、蛮横、警醒的梆鼓声越来越大，像催征的战鼓，仿佛调遣着藏在山中的千军万马向崔镇长这一干人扑来。人和狗都一下虚脱了，大家惊惶地问道：

“我们怎么办？”

有人已经带起了哭腔，有人说冲进去，有人说你这几只枪不敌他们那霰弹枪，他们那不起眼的土铳，一膛出来把你打成筛子。

“请老红军白大爷白秀同志把枪放下，要大家把枪放下，你可是跟咱们一个党的人啊！”文所长声嘶力竭地拢着双手喊。

“你们赶快离开！快离开！离开咱坳子！”下面一片喧叫。

文寇所长可真的火了，他大吼着跳上一块石头，一点儿也不怕，向村里发出最后通牒：

“放下你们的枪，赶快散了！警察只抓坏人，不抓好人！我喊一二三，你们一个个把枪丢出来，不然，我这十几挺机关枪可就不客气了！”

崔镇长拉他也拉不住了，他就要站到石头上，他横下了一条心，把这个所长的赌注也赌上了。

“我喊一——”

“我喊二——”

“文所长哎，请听我唱一段——”

鲁瞎子的声音从黑暗中飘了出来，他唱开了——

兵马如流不休歇，
忙坏多少名利客。
寸土俱服皇王管，
万里江山一点墨。
逆难之时百姓苦，
不知遭了多少孽。
官府有权又有势，
死在头上不晓得……

“鲁瞎子，你瞎唱什么！交枪吧！”

“叭！”

一条狼狗跃到了文所长身边，这时枪声就突然响了。冷枪，是从村里射来的，那滚珠像一朵盛开的金菊在文寇所长的脚下掷碎，打着了狗啦！狗活该它遭殃，打在它的肚腹上。狗跳了起来，又重重地跌下，开始汩汩地流血，悲惨乱叫。

崔镇长担心的擦枪走火事情终于发生了！

第一颗射向警察的子弹是谁干的？这真是些不怕死不怕官府的打匠啊！狼狗在地上拼命抽搐。大家把狗拉到隐蔽处，就听文所长说道：

“我也中了！”

“打伤警察啦！哪个是凶手？快出来！快出来自首！”

崔镇长扯起喉咙就朝村里猛喊。他要制止矛盾激化——现在已经激化了，而且无缘无故。他感觉他不应该来。他强烈地感到了这些打匠们的嚣张，野蛮愚昧。这些人一辈子就是跟野兽打交道的啊，怎么敢惹他们呢？怎么没想到来这儿的难度？他们就是一群土匪，打匠就是一群土匪！那白秀忘恩负义，或者说不晓情义，年轻时砍过人头的，带出的徒弟还有什么善货？一个个不都是恶神？难怪有传说说他扯杆子造反带着一干人马上了猎人峰的。还说要杀了县长当县长，杀了镇长当镇长。要真是我们的政权弱一点儿，他就真会这么干。

村里一阵骚动。

好在文所长只擦伤了一块皮，这是不幸中的万幸。一个警察竟找出一根缝衣针，要给那伤狗缝伤。几个人将狗按着，缝伤缝到一半，许是那狗疼痛，挣扎起来，人按不住，狗朝缝伤警察猛咬了一口，带着针线狂叫着跑进了山林。

进退两难的崔镇长如果说撤，这当然是对的，而且很容易把局面化解。可他的威信就完了。当他试探着问文所长时，文所长不置可否，一个劲儿在嘴里骂骂咧咧，骂他们浑蛋、臭虫、土匪、狗……

但村民又向他们嚷上了，说的是：

“你们开枪呀！”“开枪呀！”“开呀！”

在黑暗中村民喊成一片。

山上，宗七爹的梆鼓还在加紧擂打，敲得人心狂乱。那神农架特制的大树鼓，就像森林的吼声，沉沉地向他们飙来，大地在微微抖动。就像是整个群山和森林的敌意。

僵持到天亮，村主任仍不见人影。那白秀也不见出面。太阳红喷喷出来了。警察们拼命地用烟头烫爬满双腿的山蚂蟥，还有竹虱。这些针尖大小的竹虱往人毛孔里钻，只剩下一个尾巴。你若是用手去扯，断了尾巴，虱身还在体内，会让你痒上三天三夜不得休眠。你用烟头烫，那虱就自动退出来了。

警察分成了两拨，一拨人以崔镇长为代表认为退到鬼脱岭村去为宜；一拨人认为强行冲进去，杀一儆百，不信这些打匠不怕手枪和自动步枪。文所长的眼睛已经红了。他有些兴奋。倒不是因为负伤后的愤怒，而是——这群人，白云坳子的这种打匠，手拿着原始或半原始武器的打匠们，激起了他的热血。敢和咱们对着干——那些枪支、钩叉从山石间隐隐约约竖起来，仿佛一场革命风暴的前奏，这些遭千刀万剐的伟大的山野猎人，胆真大啊，好样的！

“胡搞！我说撤，撤！农民愚昧，莫非你们也愚昧？他们没理性，莫非我们也跟着一起发狂？！”崔镇长全力说服和阻止。

就在大家准备后撤时，村里的骚动突然暴烈起来，一枚用竹筒装的土制炸弹无端飞过来，在崔镇长他们的后头爆响了，一棵树当即炸成两截——那地方正是他们刚才隐蔽的位置，好险！这时候，突然卷过来一股紫铜色的狂浪——三十几匹白云坳子的猎狗，向警察们扑来。剩下的两匹狼狗早吓呆了，崔镇长他们拔腿就跑，被那些聪明的猎狗逼到一个断崖处，往下看，那悬崖没有百丈，也有十丈。滚滚而来的猎狗像一堆石头朝他们砸来，它们训练有素，步调一致。在早晨绚烂的阳光里，它们的眼珠子冒着血光，亢奋异常，龇着噬咬野兽的粗嘴，竖着钢叉一样的耳朵，高高的尾巴卷着匪气。

狗在一步一步逼近，一匹半人高的猎狗差一点儿就一口咬着了一个警察，那警察是从县里借来的，火了，一枪就打了出去。只听枪一响，那狗就像一根弹簧弹向空中，再跌落，血就像唧筒射出腹部，在阳光里挂出一条七彩虹霓，久久不散，煞是好看。

一条狗在地上挣扎，其余的狗就踯躅了，全都后退了几步，汪汪狂吠，猩红的舌头一排散开，像盛开的山茶花，在岩畔间腥臭地摇摆激荡。

就在狗们彷徨的时候，干警们用石头、用树棍对狗一顿猛砸、猛打，冲出了包围圈，一直往鬼脱岭跑。跑到水洞那儿，洞口留下两个哨和两匹狗，其余进洞，生火，喝水，大家这才喘了一口气。

十一

但是村里的人并不知道荷枪持弹的一队警察加上镇长已经撤退，还以为他们要什么花招，依然坚守在杀坪的隘口那儿。这时，白秀让包胜从后山翻出去，去县里问问情况，万一不行就到三峡度假村去找扈三板，让扈三板赶快回来商量对策。扈三板见多识广，定会有主意。

这次要把警察隔在村外，就是对着文所长来的。上次二儿子白中秋被文所长整得衪里稀烂，卵袋肿了十多天，人都快撕成两半了，这让白秀看不惯。又听说来了一大群警察加几条狼狗，徒弟们一烧，他也就火了。他并不知道镇长也在其中。他当然有些昏聩了，他年事已高，只是心疼儿孙们。在村里，当然他的威信高过村主任毛普通。毛普通拿村里人的话说，不就是个政府的狗腿子、听差的吗。拿了政府的钱，当然得给政府说话，不会给村民说话。收钱有他，罚款有他，帮派出所逮人更有他。这次还要白秀把那杆百年老枪交了，到老了要我缴枪？要缴我白秀的枪？国民党不敢缴我的枪你们敢？这说什么也是让白秀老人无法接受的。还说不交就抓人。莫非九十岁的老人还要去牢里走一遭？政府和警察都欺人太甚，把咱山里人不当人哩！

情绪是日积月累的，总有爆发的一天，用什么点燃并不重要。反正，白云坳子这一次是拉下了脸了。而让镇长崔无际和文寇所长感到吃惊的是，传说真的要变成现实——白秀这个飞虎，在猎人峰果真有一呼百应的架势，看来，传说不是笑话，有一天果真会出现……

包胜捏着两个雷管从后山爬去，下到一条阴风惨惨的无人沟谷。沟谷里腐殖质深厚，苔滑路险。被一根藤子一绊，他人往前拼命一掼，不偏不倚摔在一块石头上，手上的两个雷管就炸了。

这一声爆炸当然很微弱，不及六指铁匠铺的那一次。这一次在深深的山林里，只惊吓了几只鸟和一些树叶，但那红淌淌如巨兽大口的两团火光，一左一右，吞噬和撕扯他双手的印象，将让包胜一辈子噩梦不断，惊悸连连。

包胜还没能感觉到疼痛，手上的十个指头就像十张风筝飘荡在手上，像一串烂肉，把过去能抓山握石的手取代了。

“我的妈呀！”

一声喊，痛感就尖锐地出现了，锥子锥心，手上血流如注，到处可以听到汩汩的淌滴声。一声“妈呀”，包胜就昏死过去。

醒来时山林里出奇的寂静，像什么事也没发生过的，突然一想手！手啊！不看则已，一看就不想活了，手上血呲呼啦，指头摇摇晃晃，一下就记起了疼痛，疼痛又把他打翻在地，让他大哭大叫起来。

“救救我呀！我挨炸了！哇嘿嘿！……”

林子里哪有个人，那雷管本去炸别人的，偏偏炸到自己了。站起来就跑，血流得差不多了，一阵阵晕眩，踉踉跄跄。手上爬着许许多多的嗜血山蚂蚁，还不能打，那手一触就疼啊！怎么得了哟，跑了一截，支持不住，又昏死过去。

醒来再跑，再走，再爬。本是往鬼脱岭跑的，那里有人。还没爬到鬼脱岭，就见了鬼脱岭出坡干活的人，见是白云坳子的包胜，举着两只血淋淋的手向他们求救，却见死不救。说：

“炸过咱们村娃子的包胜啊你，咋啦？大棚埋的雷管炸到自家啦？”

包胜点头，又摇头，说：

“不是，不是，是派出所，十几个人，围着咱村啦，他们，他们……”

派出所把他弄成这样的？那些人一阵尿噤，一阵唏嘘，又一阵愤怒。把他抬到村头，给他包扎，就问是咋回事？

“收枪，收枪……”他含含糊糊地说。

“收枪也不能炸人哪！喂，乡亲们，咱们得帮衬他们一把！”

有人号召，大家就七手八脚地拿来木杠和椅子，扎了担架，准备赶快将他送往镇上。

可是有人提出没有钱，那还是得叫上包胜的家人，带钱去人家才给诊治的。但听说派出所包围了白云坳，还炸伤了包胜，没谁敢去送信。但人命关天，包胜看着看着脸越来越黄了，人像要死了。有两个人就在一根竿子上绑了件白褂子，往白云坳跑去。

跑到水洞那儿，果然看到有警察和狗，两个人就摇着包胜的血衣大喊他们是鬼脱岭的，说被你们炸伤的包胜在他们那儿快死了，怎么办？

崔镇长他们一听，不对呀，我们何时炸过包胜？只打了一条狗。文所长说：

“胡说，我们哪炸过包胜？是他要炸我们，炸到了自己吧？”

一问，是炸了手，那不是捏在手里的雷管炸了是什么呢！包胜有许多雷管，文所长最清楚。就要那两个送信的去村里。两个人发现包胜说的有误，警察是多，都藏在水洞里，离村子还远着哪。

不一会儿，接到噩信的包胜老婆就赶来了，一边跑一边悲恸呼号：

“包胜啊，该死的包胜在哪儿啊？”

包胜老婆拿着个人造革包，里面塞着大约是包胜的换洗衣物。鬼脱岭把信的就追问包胜老婆带钱没？带了多少钱？包胜老婆说党参长在大棚里，哪来的钱啊。包胜老婆就双腿一软向镇长、所长跪下了，大呼道：

“政府，救救我家包胜吧！”

“先把你家的枪交出来，让大家都交枪！”老警察胡彪给她坚决地说。

包胜老婆听清了意思，转过身就朝村里跑去，刨出嗓子就喊：

“交吧交吧，交枪了救我家爷们包胜吧，他快死啦！……”

……村主任来了，白秀也来了。白秀带着他的两匹猎狗紫花和石头。他的枪他背着。

“老红军白秀同志！……”镇长喊道。

“本人红三军九师二十五团七营副营长戢秀……”

话没说完，一脚绊到，俯身倒地，像摔一根冻萝卜。毛村主任手疾眼快去拉，却迟了半步。

“白大爷呀！”

毛村主任费了好大的劲儿想把他拉起来。可白秀像有千斤重，怎么也拉不起来。拉起来，又一个前跪，软在了路上。

第三章　死而复生

一

白秀死了。

他的儿孙们跪在地上。

白秀死了，大地把他收走了，阎王把他召走了。百孔千疮的山冈将接纳他。这山冈就是被他这样的人糟蹋成这个样子的。枪声、杀戮，腥风血雨的蹂躏。那一夜，听说山吼地哼，整整一夜，有人说那是在哭白秀哩。可大地在说：那是我用巨大的胸腔在笑哩。这种人终于死了，好啊！大地是会记仇的，大地不会饶恕那欺凌它的人，最后，他被沉默无声的大地打败了。大地胸怀宽阔仁慈，将把他抱在怀里。

白秀躺在土布蓝花的尸罩里，头枕着祛风通窍的獐毛枕头。他的老伴白娘子在他的胸口放上一个鸡蛋——人心填不满，心窝子那儿有个凹处，死时一定要填满，让他无欲无憾而去。他的儿子白中秋给他手上捏了根打狗棍，以防阎王殿前恶狗咬——因为这人杀生太多，恶狗定会咬从尘世来的恶人，他的瞎眼孙子白椿将两枚明眼铜钱压在他眼皮子上，莫让他再见钱眼开。

二十四支香烛哗哗哗哗地点起来了！二十四支卷成筒状的黄表纸竖起在八个米升子中！二十四个大大的野山桃端上来了！做法事的道士歌师们已经酝酿了情绪，额上冒出滚滚大汗，二胡、火炮、火钹、锣、木鱼、忙筒、梆鼓，凡能发出响声的响器都从白云坳狭窄的峡谷里冲天而起，哭泣声、号啕声、绿毛猎狗的狂吠声卷成一道秋潮，遽然间暴涨起来！

他的徒弟们从远远近近的地方都赶来了，送来了大批的挽幛、塑料花、活鸡活鸭、陈年腊肉。那些幛上绣着青龙也绣着金虎，绣着猎枪也绣着山上的飞禽走兽。

村里人来吊唁，说，真是红丧啊，今年，野猪闹，灾祸笑。牢狱之灾，来了；血光之灾，来了；人殃之灾，也来了。白秀一家可就惨了。全怪那白中秋了。死前好在与镇里干了一场，替村里出了口恶气，可也让包胜没了手（还让舒耳巴没了屁眼，让白椿没了眼睛），莫非这白中秋或是白秀父子是咱这儿的大灾星？

为了白大爷，为了包胜枪算是都交啦。崔镇长托毛村主任给了白大爷丧事三百元，还送来了用镇上的文明纸扎的五颜六色的花圈，上说他是“老红军、同志”。这样与政府作对的事儿就一笔勾销了。还听说——听毛村主任说：县民政局也要送唁函来。家人等得可急了，一俟县里派干部来吊唁我们的白大爷，丧礼就到了高潮，棺就要送了。

可毛村主任还想把一个好东西抢过来——这就是放在白大爷枕旁的那个虎爪烟袋。那可是真的虎爪。在咱神农山区抓过石头、抓过人抓过兽、走过咱这山里道儿的真虎爪子。虎早就没了，远去了，远去的东西你死活也不会相信，虎曾在咱神农山区肆虐，到处都有它们的影子。现在，还有啥？就人，只有人，满山都跑着人，再就是干旱、洪水、泥石流。这么金贵的东西，可不能让白大爷带到阎王地府那儿去。借着瞻仰遗容的机会就俯下身摸到了那个虎爪，手伸了进去，有黄爽爽的烟丝……奇怪的感觉……手全伸进去时，手竟然突然发热，就像掏进了一只老虎的腹部，啥都不怕了，一股英雄之气顺手指往臂上爬，顿时全身走窜，下达睾丸，上至囟门！这么神奇啊，这虎爪！一个衰老的老人就是这么掏成了一个永远的金刚战士，山冈猎王的！

毛村主任暗自惊诧，决定不顾一切将它拿出。就这么他拿出了，对白中秋说：

“咱这一辈子，还没抽过你爹的这袋烟，中秋，上火呀！”

毛村主任将那烟丝装模作样地拿出来揞进烟锅里，满像回事的——或者说学着白秀生前的样子端着那烟锅，要白中秋点火。毛村主任靠在棺材上，他也许只想抽一抽，尝尝死人那口烟的味儿——有人会这么想。

“这烟丝香啊，白大爷会享福啊，”毛村主任咝地吸了一口，发出长长的陶醉声，“嗯，这个……这个就不要埋了，留给村委会。枪，那是通过了的，只管埋掉，让白大爷带走。白大爷，这个就留给咱村委会一个纪念……想你是没有意见的……”毛村主任转过身去给躺在棺材里的死人说。已将那吊着的虎爪绾在那烟杆上，准备装入口袋了。伏在棺材口守灵的白椿这时过来就准确地抓住了那个烟袋，那个虎爪。

“不许，毛伯！不许！”

瞎子白椿硬是夺过了那烟袋，抓在手里，紧紧抓着，生怕谁再把它拿走，两只空洞的眼窝里带着失落和愤怒。他爹白中秋见毛村主任的脸上有了些铁青的愠色，闹丧者们的眼光也投到了村主任的脸上，以及他被抢夺空了的双手。

“白椿，给你毛伯，不就是个烟袋吗！”白中秋说。

“不能。爷爷，不能，他在那边要用的。”白椿说，泪水又从那空眼窝里涌了出来。

村主任讨了个没趣，那点燃的烟丝还在白椿怀里燃着。村主任只好走了，假意去安排全局。那鲁瞎子这时扯着喉咙唱他《黑暗传》的歌头：

鲁班先师一句话，先造死，后造生。生生死死根连根，万古千秋到如今。哪一个，白头不老得长生？哪一个，神仙不是作古人？想昔日，神农皇帝尝百草，中毒而亡无药医。想昔日，老君不死今何在？想昔日，八百寿命一彭祖，到头来，骨化形销一堆土。黄金若能买活命，皇王要活万万秋……

外头突然一阵骚动，狗狂吠，就从门外跨进来几个人，一个女人，和一片摩肩接踵的哭声：

“秀哥呀！我那秀哥呀你咋走了！哇嘿嘿！……”

白端阳的亲妈，白丫儿的亲奶奶。这老女人由白端阳扶着，见了棺材就往上扑，哭成个泪人。那屋外，阳光突然灿烂，向日葵黄喷喷的，苞谷金亮亮的，树木红艳艳的。山坡上果实呼啸，山谷里糖分汹涌。吊丧的老女人哭得山河变色，人们为之动容。可那个坐在角落里白娘子，突然从失忆中醒了过来，眼睛像一块红炭盯着那个恸哭的老女人——她记起来了，四五十年的仇人！她像一只潜伏了几十年的豹子，荒凉无几的牙齿像一把锅铲戳出来，像拿着一把武器，两只兽爪样的手就向杨丫儿刨了过去：

"打死你，狗东西！把你和那端阳娃儿一起烧死！"

这老婆子冲进厨房，从灶膛里搂出来一大抱燃烧的柴火，朝那堂屋里乱撒一气，撒到棺材里、神龛上，人们的头上。这么大家就都去抓她钳她。可她像一匹垂死挣扎的老豹，一定要烧死杨丫儿，挣脱了那么多人的手，儿孙的手。顿时治丧的堂屋里烟火大爆，乱作一团。

"烧死你这不要脸的！呸呸呸！……"

白娘子手举着燃烧的芭茅，冲了出去，一直向那牛棚跑去——她要点那牛棚了！

二

……在很久以前。

在很久很久以前。

白娘子一把火就是在牛棚点燃的。那是半夜，白娘子下了老手，要真的烧死在牛棚阁楼上住的杨丫儿和端阳母子俩。

那是一个月黑风高的夜晚，吃了太多兽肝的白娘子恨杨丫儿不过。这杨丫儿，虽是丈夫白秀的表妹，虽全家被崔咬精的杆子队杀了，也不该与她白娘子一起来争这个瘦皮拉筋的地主分子白秀呀。一夫二妇，像什么话。白秀不承认，不承认也是这回事了。不是你白秀满山野寻找把你这个表妹寻到的吗？可怜你表妹命不好，到人家里当童养媳，找个丈夫也是打匠，那打匠绊了自己下的垫枪死了，留下母子，被白秀领进了白云坳。表妹杨丫儿美呀，一条黑油油的辫子像马尾巴，在她那水一样的腰里左一下右一下摆荡着，满脸忧郁，却如墙壁一样白净，那娃子也被她收拾得干干净净。白秀给她们在牛棚放草料的阁楼上搭了个铺，那牛棚也就让白秀给亲近了——这事谁不知道呀，一个什么开小差回来的红军在这神农架的白云坳子里有两个女人陪侍他哩。不要脸的杨丫儿！白娘子就闹了；有她无我，有我无她。白秀给了白娘子两个嘴巴，将她打落尘埃，还说狠话道："杆子队都没把我舅舅家杀绝，你还想斩草除根不成？你动她一根毫毛，我一枪崩了你！"白娘子肿着嘴巴哪信这个邪，就放了一把火。要不是那娘儿俩跑得快，就烧成一把灰了。这白娘子也是条好汉，手举着火把像一杆旗子直撅撅地站在那里，说："是我烧的！"那不又是一顿好打吗？直打得白娘子像乌龟满地乱爬，牙都打落了。又怎么办？最后只好将杨丫儿遣走，将她儿子端阳留下，收为养子，跟了他姓——那姓也不是他的，是别人的。

今天，白娘子又举着芭茅要烧牛棚，却被一个从屋山头出现的妮子一把死死抱住了，并大喊："奶奶耶！"那个机灵妮子从牛棚草垛旁将白娘子拽将出来，大家一看，竟是白丫儿。这白丫儿穿一身紫色休闲装，足蹬白色旅游鞋，头发上夹三个鲜艳的夹子，红扑扑的圆脸蛋儿，两颗向外突出的俏皮的门牙，像是笑，却哇地哭起来。泪水飞扬，搀扶着她白奶奶就往停棺的堂屋里奔来。将白奶奶交给她爹白端阳，就扑向那高高的、放在板凳上的棺材，就用双手去够棺底下躺着的白秀。

"我爷爷呀！……"也许是哭急了，也许是一路走来水米没沾，一口气没接上来，便昏厥在棺材边。

刚才又是两个老太婆打架又是放火的，现在又一个孙女昏死了，这个丧事办得可让人惊惊惶惶的。大家七手八脚地把白丫儿抬到床上，给她掐人中，灌羊奶，把她整活了。白丫儿活了过来后就要爬起来，指着她背回的一个双肩包。她爹白端阳打开来，取出东西，抖开，是一套化纤西服，上面还有吊牌。白端阳说：

"这妮子，给我买这个干啥，我又不是干部。"

一比试，衣裳偏大。白丫儿就连连摆手说不是给您的，是让爷爷穿的。

原来是“装老的”，白端阳就笑自己。白中秋对那一套新西服倒是有些眼热，因为这合他的身，就说衣裳已经换了，我看就算了。但白丫儿说那是崔叔叔带给爷爷的。

一听说是镇长送的，白端阳就说：

“好好，二愣子，帮忙帮忙去山上再喊宗七爹来给我爹换衣服。”

三

山上，村主任安排去挖土屋（就是坟坑）的人，碰上了奇怪的异事。

领头的是糟蛋。这娃子也本不情愿，丧家给他的两包烟都铺完了，那几个年轻人却起不了劲儿来，挖一锹歇两锹。不停找糟蛋要烟抽，又说喝了酒口干，一个个借故溜回了村。到最后，就他家的狗炸弹陪着他了。

太阳西沉。挖着挖着炸弹就猛地向坑里吠叫起来，叫得甚是荒烈。糟蛋心紧，挖得就慢了，一锹挖下去，有硬家伙，怕是石头咬了刃，就用手去掰，拉出来，是个兽的骷髅。那时暮霭浮上来，再看那兽头，不太认识，从里面爬出些肥嘟嘟的白虫来。糟蛋就把它扔了，扔得远远的。又往下挖。又挖出个兽头，还挺大的，就像做梦一样，锹越往下去兽骷髅越多。心惊骇得不行，边挖边捣边砸，把那些兽头砸得碎片乱飞，粗看啥都有，越挖越多了，直往外钻：豺、狼、虎、豹、獐、麂、鹿、麝、猪、猴、羊、鼠、獾、鼬、獭、兔……那白碜碜的骷髅在暮色中龇牙咧嘴，空洞洞的眼窝藏着黑煞煞的阴气，紧咬的牙齿仿佛有万般仇恨，仿佛要朝他大吼一通。糟蛋挥锹猛砸，猎狗在旁跳腾狂咬，可这个砸了，那个又冒出来；那个破碎了，这个又完整出现……

糟蛋想跳出那个坟坑，可他被骷髅包围了，脚下哗哗啦啦全踩着那些歪歪扭扭的头颅，爬出坟坑，朝四下里一看，这坟山里到处滚动着年代久远的野兽骷髅。糟蛋不知如何是好，手上只有一把锹，只有踢、打、砸，并喝唤狗去扑、咬、阻。那时月牙升起，天已麻黑，冷风飒飒，成群的鸦子在树上乱聒，搞得他魂飞魄散。头醒了点儿神就欲往村里跑，却听见后面一个人朝他说话：

“侄子呀，跑啥哩？”

这声音硬是把他吓死了，转头一看，一个女人挤着蓝雾从林子里走出来，嘴里的金牙闪着幽光。

“姨！……”

这一喊，那女人就用两手揽住了他。他筛糠似的在女人怀里。就听女人在嘤嘤泣泣哭着说白大爷死了，猪心肺就搞不到了。

糟蛋抖着说：

“……人有两个时辰是兽，兽有两个时辰是人。我挖的这些兽骷髅就是人的骷髅……”

那女的抱着他说：

“你说些啥呀，侄子？什么兽啊人啊？”

这时糟蛋的那狗却疯狂地咬起那女人来，在前，在后，好像要把她扯开，不让她近糟蛋的身。女人赶狗，糟蛋也叱狗。

“坑也挖得差不多了，够埋白大爷的了……”

那女人就将他带到不远一个护秋的棚子里。可狗不让他们进，守住棚门张开白森森的犬牙要把他们咬走。特别是那女人，狗除了粗暴严厉的教训恫吓外，还跳起来要咬那女人的脖子。这狗把那女人弄得趔趔趄趄。最后还是糟蛋发了狠，一脚朝狗踢去，那狗被严重踢伤了，嗷嗷叫着跑向一边去疗伤，糟蛋与那女人才进去，并将门关上了。那狗在外头又狂叫狂咬起来，死劲地刨着棚门。那女人说：

“赶紧，赶紧！”

可糟蛋就是抖，棚里冷风直灌，外头恶狗直咬，那东西就起不来，无论那女人怎么揉搓都不行。糟蛋急了，就自己揪拽，可那东西越拽越缩，最后一点儿没抓住，竟缩到体内，完全不见了。

糟蛋恐惧得不行。

“我的鸡娃子呢？我那鸡娃子哪儿去了呀？”

那女人还发脾气呐：

“真不中用，才二十啷当的小伙子呢！”

女人赌气坐在芭茅中双手拍打。糟蛋寻东西不着，就想到鬼脱岭去年曾发生过男人的缩阳症，自己不是得了那缩阳症吗？一阵发冷，惨叫一声：“呀！”抱着衣服就往外跑。

糟蛋一直跑回家里，就钻进被窝，还是冷，就叫他妈给加了两床被子。他爹过来摸他额头，额头炭火般发烧，便问老婆道：

“焦（糟）蛋上山挖土屋的，希（是）不希撞上鬼了？”

糟蛋在被子里哆嗦，把床震得山响，眼前幻觉迭迭，到处是野兽狞笑的骷髅来往穿梭，发出咯咯嗒嗒的笑声。一会儿那骷髅变成了金牙女人，一会儿女人又变成了骷髅……

糟蛋眼看就要疯了，口里喃喃胡语。他爹舒耳巴就把耳朵拿去听他说什么，只听见儿子说的是：

“鸡娃子……鸡娃子……”

鸡娃子？舒耳巴一个激灵，掀开被子就看儿子的下身，天！真没了，鸡娃子不见了，成了个女人身，光板一个！娃呀，那东西可是为咱舒家传宗接代的呀！便问糟蛋究竟是怎么回事。大声问了几遍，儿子嗫嗫嚅嚅发胡话，完全没说出个所以然来。舒耳巴叫来老婆，又检查儿子下身，东西不见了，也没见刀口，也没见流血，两颗卵蛋却好生生在着，只是小了，像两颗没成器的核桃。舒耳巴老婆对舒耳巴说：

“他爹呀，好像有个头头，你往外拉拉看啥！”

舒耳巴抓住了一点儿小包皮，就往外拉，拉得糟蛋大叫起来，像狼一样惨嗥。舒耳巴没了主意，冷汗滚滚直下，丢下糟蛋就跑出了门，向村子里喊道：

“焦（糟）蛋完啦！死（缩）阳症到咱青（村）里来啦！……”

四

舒耳巴报丧一样地闯到白家，那鲁瞎子正在杀鸡作法。作法的千眼筛盘里放着茶叶、米、火面、桃条等一些乌七八糟的东西。一阵响器敲打过后，鲁瞎子唤那白中秋道：

“刀！”

白中秋递过去刀，鲁瞎子将那鸡头拉在手里，手上夹了鸡的双翅，将鸡颈的毛拔了干净，说声“杀”，一刀送去，鸡颈就切开了，鸡血往那神龛上的令牌飞一样飙去。鲁瞎子大声唱念道：

“此鸡本是非凡鸡，太上真君报晓鸡，在天上号为金鸡，在人间乃为五德，只因白大爷杀生太多，必以你这鸡血祭之，才为白家后人除恶驱秽，为我白云坳解除五厄……我金刀一下，尔等快快随缘往生无界耶！……”

鲁瞎子将事情做尽了，当啷一声丢下屠刀。可鸡血糊了他一手，他心中知晓，便将那热黏黏的鸡血往白秀棺材上画去，画的是几个谁也不懂的符，端起徒弟白椿送来的清水，含了一口，朝棺材噗地喷去，喷了死者白秀一脸。还口中念念有词道：

> 大师金轮王，法水到此了……天尊言，仇人冰泮，冤家债主自消自灭。孤魂等众，九玄七祖，四生六道，轮回生死。出离地狱，去往东极天界救苦门庭。救苦地上好修行，只有天堂无地狱。奉请天官解天厄，奉请地官解地厄，奉请水官解水厄，奉请火官解火厄。解结，解冤结，解了亡人冤和孽。亡人有罪罪消灭，亡人无罪早超生哪……咿……

正念着，鸡却复活了。鸡从地上站起来，扑腾着翅膀，颈子口冒着一迭迭的鲜血，有干的，有稀的，竟走了几步。尔后，还没等看傻的人们反应过来，就振开双翅，飞翔起来。鸡扑扑扑扑地在堂屋里满天乱飞，人们就去捉。鸡飞上神龛，打翻了令牌和蜡烛，又飞向夜壶吊灯，把那火焰扑打得满屋乱掉，溅到人们的眼里，让人乱喊乱叫；又咚咚咚飞到了棺材里，哗哗拍打翅膀，也把那残存的血水溅到了死者白秀满脸满身——那一身镇长买的化纤西服已是血迹斑斑。鲁瞎子听准声音就去抓，可鸡又飞到他头上，把血洒了他满脸，站在他肩头还屙了一泡屎。鲁瞎子慌乱大喊道：

"魂兮归来！魂兮归来！捉住鸡子！"

"鸡娃子没啦！鸡娃子没啦！我家焦（糟）蛋鸡娃子没啦！"闯进门来的舒耳巴也着力喊着，与捉鸡人撞了个满怀。

发早丧的仪式开始了！

人们已经把白椿和白丫儿绑在了门前的树上，怕这些后人的哭声惊扰了亡者上路。

开始撒米……打火炮……响器一起敲响……赶仗围猎的牤筒一起吹响！这深山深深的白云坳子里，再一次传出了让群山万物万兽再一次打战的牤筒声。这也许是最后一次了，再没有人能享受到如此浩大的葬礼——猎王死了！

有人把白秀的獐子毛枕头换成了"鸡鸣枕"，把他手上的打狗棍换成了火烧粑粑，将他平时所用之物：虎爪烟袋、牛卵子皮火药囊、脚码子、牤筒、香签筒、猎刀、挠钩、百年老铳、子弹袋等一一丢进棺材。天欲五更，鸡鸣沉月，那华幡五色，五方童子就要来接引亡魂了——他们在白家门口已等了三天两夜。

铁匠六指一手拿着扁钉，一手拿着锤子，只等棺材盖盖上，他就要下锤了。

"别忙别忙！我是县政府通信员！"

一个年轻人突然趺趺撞撞，上气不接下气地闯进屋来，脸色像一张白纸，大呼大家住手。一屋子的人看他喝下水去，缓过一口重重的、艰难的气来。看他拿出一个大信封，又从中抽出一份有大红圆印的纸张来，大吸一口气，背着手，沉重地向棺材鞠了一躬，照着纸张沉沉念道：

"神农县政府办公室、县民政局唁函：惊悉水布镇白云坳村打虎英雄，红军失散人员白秀同志不幸逝世，我们……"

“焦、焦、焦蛋……”吐着恶臭的舒耳巴扒开人群向那个细脖子光脑袋的通讯员喊道。可被人拉开了，示意让他听。

“……我们深感悲痛，谨致以深切的哀悼……白秀同志永垂不朽！……”

“啊嗬嗬——啊嗬嗬——”十八个盖棺的汉子抬起棺盖正往他们师傅的棺材上盖去，手却停在了半空中，他们看到——

那个死尸，那个在棺材里睡了几天几夜的白秀白大爷，腾地从棺材里坐了起来。

五

还是感谢小儿子白端阳的那碗金钗酒——那可是根百年龙头凤尾金钗（石斛）泡的酒啊。小儿子知道我就好这口，硬是在发丧时用火钳撬开我的嘴，将那碗黄灿灿的酒倒进肚去。我本来没有死去，只是动弹不得，心气虚脱，有了这百年金钗酒，血管就开始叭叭地膨胀，心肺扑扑地腾跳，肠子啪啪地蠕动，胸腔突然泻进千万道黄灿灿的阳光，烤得我体内热气腾腾，呼呼乱响。又能清晰听见那儿孙、徒弟的哭声、尖锐混杂的火炮声、鲁瞎子作法的念诵声，还有蚯蚓拱土的窸窣声、果实炸裂的嘣嘣声、禽兽奔跑的哒哒声。秋啊，秋，秋风无垠无涯，秋水浩浩荡荡，秋叶飘飘洒洒……我这老头又被起死回生的金钗酒给逼活啦！

金钗本是神农架山中罕物，这龙头凤尾钗又是罕物中之罕物。这钗比一般金钗长许多，头似龙头，尾如美凤，煞是好看，这钗只生长在人迹罕至的悬崖峭壁之上，下临一口万丈深潭，那潭上反射的日月之光恰好照到这崖畔金钗之上，因汲了山川雨露、日月精华，它才有神奇药力。白秀家中这一支龙凤钗，已有数年，所泡之酒，天天喝，天天羼，依然金黄闪闪，色泽不变。钗泡枯之后，拿出放在瓦片和石上露一夜，再丢入酒坛，又如刚采模样，泡出的酒还是金黄可人，诱你三两的量喝半斤，半斤的喝一壶……

第四章　野猪群

一

就在白秀老人死而复生的那天晚上，一个寒蛩喁吟，果实熟落的秋夜，山上的宗七爹家遭到了齐天浩劫。

领了村主任旨意，一天补助五角钱敲梆鼓驱兽的宗七爹，喝了点儿小酒将那梆鼓抬到檐下，就听见一阵跑匪般的足音，零乱而混杂，接着一队气吼吼的黑野猪就闯进了他家。猪们一路拉着臭熏熏的稀屎，上了阶檐，一阵黑浪卷来，宗七爹和他的梆鼓就被掀翻在地。宗七爹忙喊老伴。可猪堵了门，不让他进去，七婆在屋里发出了汪洋般的叫声——她的床给生生掀翻啦！接着屋里的火塘被猪们扒拉开来，烟火满天。宗七爹想这房子烧了可就完了，到哪儿去住呀，又看见猪们合力拱着他那整木砍出的大梆鼓，加上架子，往崖边推去。宗七爹想这梆鼓一月可挣十五块现钱，不能让猪给糟蹋了，就拿起门边的一把锄朝猪们大打，想夺过那梆鼓。猪昂着闪闪的獠牙，朝他一顿猛戳，差点戳断了他的腿。宗七爹紧紧抱着他的梆鼓，不让猪推。老伴这时冲出屋来，手拿着猎叉，大喝一声，朝领头的大野猪刺去。那猪被刺中厚脊，竟没反抗，突然一哄而散，老两口儿转过头来，屋里的火焰已蹿上了屋顶。

山上一片噼噼啪啪的失火声，火光冲天，宗七爹老两口儿只好敲梆鼓找山下坳子里的人求援。可人们何曾听见；那蓬勃向上的火光，别人还以为是七爹在烧火粪或者燃火驱兽哩。

因捡橡子迟迟回家的二愣子，看见山冈上有一轮像美人洗澡的月亮，这二愣子爱看天上景物，竟一下看呆了。看着看着，一头黑煞煞的野牲口走进那月亮中，细看是一头野猪。又一头野猪。又一头野猪！……一头小的……又一头大的！二愣子虽脑子不太好使，还是能数清百十个数，就一直数了一百零八头。等数完了，那轮出浴美人的满月也西下了。又刚巧月与猪隐去的地方燃起冲天大火，心想那可是宗七爹七婆的家。听见一阵急促沉亮的梆鼓声，就知道山上出了事。就开始喊：

"猪来了！火来了！"

猪已经靠近他。跟着的几只羊发出咩咩不安的叫声，一下被野猪冲散。

猪们势如破竹冲上杀坪，发出奇怪的哼叫。接着就冲进苞谷地、洋芋地里。一听说猪来了，村民反应还是忒快，立马守秋的棚子里、屋场上、田头，燃起了驱兽的野火，敲锣打鼓，点鞭放炮，敲起脸盆、梆鼓，一起来驱赶野猪。

枪收了，刚刚收。这下好了，猪是灵牲，好像闻到了气味，人们奈它们不何。于是，晾在山坡岩垴石缝间的庄稼地，苞谷、红薯、洋芋，甚至药材党参、独活、冬花，都成了猪们狂啃疯噬糟蹋的对象。连村里几十棵杜仲树，也让猪啃光了皮——杜仲就皮值钱啊！

野猪们在田间地头狂欢作乐，拼命蹂躏报复，根本不怕鞭炮，不怕火烧，守秋人只能缩在棚子里不敢出来。躲在一棵树上的黄姓村民将挠钩甩下去，猪没钩到，树却被猪连根拱倒了，那人摔成了半身不遂。

白秀这从棺材里爬出来的人还很恍惚虚弱，就听说猪来了。走出门，看到自家的那头母猪异常兴奋，冲撞加高了的猪栏，仰着脖子恶声哼吼，烦躁不安。他要儿子中秋护着猪，可中秋要夺他手上的枪。这时村主任敞开衣襟急哈哈地跑来说：

"白大爷，天不让你死，也不让你这杆枪死，还等什么，去打呀！"

白秀只感头沉如石，泰山压顶，被几个徒弟加上村主任架上就走。

到了坡上地头，猪已经扬长而去，地头上，庄稼七零八落，地里留有一拃厚的猪屎。

庄稼毁了，猪屎可是好东西。这高山上土地硗薄，本来就没有肥力，只长杂草，不长粮食，猪踏过的地方全是上好的猪粪，也算是一点儿补偿吧，于是家家出动，来收拾猪屎了。这东西怪味，像些死猪烂肠子的恶臭，可村民们也管不了这些，踏着满坳子的怪臭味去找，往粪筐里扒。咦，这屎哪来这么沉，还这么硬？人们扒开来一看，里面全是圆溜溜的石头。

“怪哩！怪哩！猪都成山精了哩！”

“人也想不出来呀！”有人说。

“可人还来收拾。猪跟了人一样，人跟了猪一样，换了个个儿。”有人丧气地说。

“怎么办？”“怎么办？”“我们怎么办啊？”

大家围在村主任和白大爷身边，忧心忡忡地问。

“咋办哩，你们说？”村主任吃着烟，好半天说。

空气里臭味越来越重，越来越恶心。

“就师傅一杆枪了……”有人嘀咕说。

“六指不能打些管子吗？管子不是枪？”有人说。管子是指那种猛一搂、一把捏、垫枪之类的短筒子。

“管子是不是枪，那要镇上定。再则，六指也不能瞎造子弹了，那是犯法的晓不晓得？”村主任提醒大家说。

秋风在树丛呼叫，到处是萤火虫的闪光，草发出枯干的声音。

有人说：

“不是咱跟政府作对，杀野猪不仅没枪，还要批指标，这不是不让人活吗？野猪是啥保护动物？好笑！猪是恶兽，猪都保护，咱活生生的人谁保护了？咱有孤老谁管他们了？咱生了病政府管了咱？没吃没喝今年大旱，谁管咱是死是活？猪跟咱夺口粮啊，猪还是大爷！人命比猪贱，这是啥搞法！……”

有人反驳说：

“你这是洋话。咱还是信民间说的：天地闭，贤人隐，恶兽出。如今天地闭了，这才是根本道理。……天地闭了啊，老兄！世道不畅了，贤人也跑了，镇不住这邪恶世界，恶兽才横行，晓得啵？”

那人不屑地说：

“包胜炸了手也是恶兽掰的？他自己炸了自己。人才是恶兽哩。”

有人说：

“包胜是为咱们。”

“只管打。”村主任突然说，他划着火柴点烟。手一膀，火柴就划了一条金线，暗落在草丛里。

“枪呢？毛爹，你不是伙同镇里全缴了吗？”白中秋说。

“胡说，那是为了救包胜。”

“可包姓（胜）的手还希（是）没了。”舒耳巴说。

“你们真正才是恶兽哪！”村主任气愤地说。

“村主任你说打，不是鼓励咱再一次跟政府作对？上次的事还没完哩……”有人说。

“不打行吗？伙计们！不打没了活路。这次断不可听政府的，白大爷，你既然活了，就给带领咱们打猪护秋！华山一条路！……这是猪逼咱。这次，大家不必把我扣着吓政府。白云坳是咱住的，不是镇长所长鸡巴长们住的……把屎往你脸上涂，让咱没吃的，还保护啊？！“村主任激愤地说。

“至于枪嘛，咱去想办法。”村主任最后说。

二

毛村主任背着十五个裹满猪屎的苞谷去了镇里。

其实各地关于野猪为害的消息，已经源源不断地传到了镇里。猎杀野猪的紧急报告已向省里林业厅打了。各地已采取了千奇百怪的行动：下套子、挖陷阱、做法事……

又来了一个要枪的，且是那个白云坳的！

“那时候，镇政府门口聚集了一大帮子人，大家要枪，要枪，要枪，保护秋收……今年的秋收一定要保护，老乡们，我们一定要千方百计保护今年含辛茹苦地得到的一点儿收成！今年大旱啊，整个夏天没下一滴雨，人民群众的苦乐冷暖我们是挂在心头的，是我们政府的头等大事。请大家一定先回去，我们会组织一支强干的队伍把猪害控制！”

崔无际镇长双眼通红，两片强大的嘴唇不停地开合说着话，可他的头胀得像灌了两瓢水，腮帮子发酸。好歹把一拨人打发走了。

“崔镇长，想请你去参加咱们的出征仪式。”毛村主任说。他的身后站着文寇所长。

“算了算了，文所长去就行了。”他像平时一样搪塞着。可他想想这位鬼头鬼脑的村主任说的啥活动？参加啥呀？

“你说的参加啥呀？”

“打猪的仪式，完全按古制，这是一场硬仗哟。”毛村主任说。

“胡说什么！”崔镇长听明白了，他咆哮道。突然血涌向囟门，刚才平息的情绪又被这个向他献上十五根猪屎苞谷的白云坳村主任给搅乱，就像喝高了酒一样难受。

“你同意了？”镇长斜过眼来问文所长。

“为什么不？群众是真正的英雄。”文所长挑衅地说。他的声音有些稚嫩，两只脚蹭着地。

“枪也批了？给了？”镇长很痛苦，口很苦。

“猪就在白云坳、咕噜溪、薄刀岭、清风寨、鬼脱岭一带。猪过去就咬死过不少人，这下上百头，没枪，甭说几颗粮食，人民群众的生命也难保。”文所长有理有据地说。

“只当我不知道……”镇长看着窗外的空白说。

“这可不行。我也是为镇长维护秩序呀，安全生产。”文所长说了一句不合时宜的笑话。

“听说你新近加入了个什么学会？”

“县民俗学会。”

“刚加入？”

“正是，刚刚。”

“古老的仪式也是一次民俗活动，那你可就大开眼界了，左边是枪，右边是相机，”镇长像一个很深的虚伪的官僚这么说，又转过来笑眯眯地对毛村主任说，“你这回该满意了吧，毛村主任？”

“枪并没有批啊。”毛村主任一脸委屈，道出了真相。

“你们可有大量的雷管，你们可有死而复活的传说，有成精的猎王，你们就可以大张旗鼓地抬出古制来搞出猎。那就是山下旌旗在望，山头鼓角相闻啊！好一派战地风光！”

“我曾经愚弄过人，这次万不可再愚弄，猪可不是好玩的，一猪二熊三虎，上百头林中之王下山来为害乡里百姓，镇长，这可不是闹着玩的。您不是在乡镇干部扩大会上带领我们呼过口号吗？稳定压倒一切，和谐社会万岁！这不是为了稳定吗？不是为了和谐吗？请您支持。”

崔镇长一看，文寇所长用修长的双手递过来一份申请：那是批三支土铳给毛村主任的，签字的地方已经给崔无际赫然留出来了。

崔镇长没想到年轻的（至少比他年轻）当过兵的文寇所长会出这一招，把他逼得没了退路。散发着化学气味的水芯笔已到了他的手边。他还有什么话说呢？

他只好签下龙飞凤舞的“崔无际”三个字。

三

鲁瞎子穿着一件县民俗学会的红色印字T恤，手拿着尖尖的令牌，头戴着道士帽，脑后还拖几条彩条，在那宗七爹门口的悬崖之上，跳着他的瞎舞，熊熊燃烧的大火把他的影子投到深不可测的崖下甚至更远的山林上、咕噜瀑布上。他的身影占领了半个天空。火星飞舞，宛若千万只金色的蝙蝠在深邃严峻的秋夜里乱撞乱扑。

这一次，鲁瞎子的刀就快了，手起刀落，公鸡的头就齐崭崭地掉落火中，那鸡头在火里发出“咯儿”的一声，腾出老高的火花来，血又滋滋地淌进火里，烧得嘣豆一样噼噼啪啪。鲁瞎子不知哪儿被火灼了，跳起来就将刀抹在鸡身上，然后扔进火堆，向空中空手一抓：

“来兮！来兮！”

一头用芭芒扎成的野猪给抬了上来。那猪还真像：血盆大口，弯弯獠牙，浑身蓬松松的，透着土匪般的野气。鲁瞎子接过一个火把，触到那野猪身上，顿时那猪就成了一团火球，毕毕剥剥燃烧起来，人们都笼罩在烟火里，十几只梆鼓就咚咚地敲响了，几支铳一起向天空放出，呼啸的铁砂子滚珠像猛禽蹿向苍茫夜空，地动山摇。鲁瞎子大唱：

炉焚三炷香，
香烟达上苍，
上苍来保护，
护佑降金光……
出邪秽心存畏惧，
一忏悔猪虎远去，
身体一力行，
力行心要诚，
诚心猪虎去，
去后悉清平……

火钹、锣鼓、镲子这时一起响了起来，鲁瞎子仰头面对黑魆魆的茫茫群山，再提高了嗓音念道：

游山捕猎围山大神，
七路草神换狗二郎将军，
拖山逐虎套猎大神，
梅山七怪十二花园姐妹，
迷魂山上遣猪土地，

放箭收箭取命无常老爷，
拿魂执票左右判官……
本部山王救众生，
驱猪逐虎痛肝心，
不是缘坛夫妇苦，
万不飞鸾度苍生！

道言　山王天子在芦山大殿之中兮～苦山老岩之处兮～～日与禽兽同居～食毛饮血～夜与星斗做伴兮～～人畜不分矣～迨至尧王出世舜帝登基～命虞掌火悉焚山泽兮～～禽兽逃匿～禹出九河天下平治～人民得安出入山野～禽兽不敢逼人兮～～迨至年月久远兮～～末法之世～人民不忠不孝～伤害天理兮～～作恶多端～故上苍发怒兮～～敕命山王土地放出百怪～五谷田禾受害兮～～鹊鸟猖狂～山中豆子苞谷四季无收～不能结米兮～～山猪野虎～尽行耗散兮～不唯五谷受害～人畜并亡～全家死绝兮～～小则牛马清亡～人命非灾矣～盗贼抢匪到处横行兮～～山王心见不忍～普度人民兮～～劝民早做善事～莫夺人之口业兮～～莫放人之大利兮～～莫使大秤小斗～莫唆讼告人挑灯拨火兮～～莫使人父子不和兮～～莫怂弟兄不睦兮～～莫欺神灭像兮～～莫养贼养人兮～～野猪害兽远遣去～百虫不生谷丰登～家家念吾山王经～春满乾坤福满门～～

这个瞎眼的老头今日唱得异常投入，两只瞎眼甚至冒着热气，稀疏外露的牙齿饱含着对山神和其他一切鬼神的敬畏与乞怜。那声音像一种哀鸣，一种绝望的哀鸣；他唱得天鹅绒般的天空更高旷，唱得万古的森林更昏沉，唱得荒凉的山冈更寒人。在火中添柴的人披着烟火发出呜呜的啜泣和诅咒：“烧死野猪！烧死山上的野牲口！……”

草野猪在鲁瞎子的祷歌中烧得坍塌了，大家一起高呼：“好！好！好！”几个比山更老的老者就各端了一碗酒献到他们推举的头领白秀面前。那些酒，竟被白秀一碗碗接过，一碗碗饮尽，他硬戳戳的白胡子上酒珠串串，在火光中焕出五颜六色。没喝完的余酒倒入火中，火又蹿唱起来。大家看到，白秀老人脸色像一块石头，像背阴的、被苍苔爬满的石头。

鲁瞎子又换了一把抹过鸡血的猎刀，喝了一口酒，用嘴巴在刀刃上舔了舔，一口向火喷去，吐出的是一条长长的火龙。那火龙又倏地变成一团老虎，跳跃几下，卷进火堆。鲁瞎子将那刀交到白秀手上，就面朝群山，大声呼唤道：

天地兮——勿闭！贤人兮——勿隐！恶兽兮——勿出！

这一唤，天空霎时白雾纷涌，星辰坠落，夜枭凄鸣，远远传来山吼地哼的隐雷般的声音。

“勿出啊！勿隐啊！勿闭啊——啊——啊——”一时群山呼应，秋风猎猎，黑乎乎的大地满是村民们呼喊祈祷的哭叫声。

这是真的吗？这是真的，真的仪式和真的人的感情！文寇所长感动了，他不由自主地将自己的制服扣好第一颗扣子，不由自主地让鼻头发酸。在听到让他讲话之后，他向司仪者鞠了一躬，又向大家深深鞠了一躬，看着那瞎眼的法师和白秀，诚恳地说：

“在你们面前，我感到自己很滥很卑鄙，很卑鄙……我说的是真话。今天，作为一个派出所所长，我觉得我有责任……对，我有责任来保护你们，保护田里的粮食不受野兽的糟蹋和掠夺。我向你们保证，只要是灭害兽，我是支持你们的！”

他说完后感觉自己轻松了一大截，两眼泪光闪闪，人变得无比庄重。

“……我，县民俗学会会员。可这一切并不仅仅是民俗，人民要吃饱肚子，这才是当前最重要的，顶顶的关键！我相信，在生命力极其顽强的老红军白秀同志的领导下，我们一定能打一个护秋保家的漂亮仗，让大家能过上安居乐业的日子。现在，我宣布：出发——”

四

咕噜溪。

八条壮汉抬着村里最大的梆鼓，一百多岁的宗七爹操棰，拼命地敲打着。三十几条紫铜毛赶山狗一字排开，像波浪一样推进；四个路口已经埋伏了二十多人和大量猎具“坐仗”。人们挤进白皑皑的茅花深处，在清晨的寒意中，白茅灿烂地摇曳，壮丽无比。溪水像扰人的蛙鸣，好似宣告着打猎队的到来。

猪们已经被逼近溪里。白秀在谋划着他复活之后的第一场硬仗——这是迫不得已的。他已经酒精中毒，大脑被牤筒和老铳指挥着。他想的是怎么将野猪咬出来——用狗，咬到亮处。他横过身子时一把挠钩闪到他的眼前，正好齐眉，一看是孙子白椿的家伙，他把孙子拉到身后，将挠钩按下说：“跟着我。”白椿顺从地退到后头。

从来就没有见过这么多的野猪。这是咋回事呢？我这个年纪了，我多大岁数了？白秀总以为这不是现实，这是他死后发生的事，在另一个世界。可是，人，儿子孙子、徒弟村主任、村里的人、镇上的警察，全是活生生的；冷风活生生，猎狗活生生，山坡、溪沟、峡谷里的植物树木活生生。

现在，我扛着枪，枪里依然装着六指造的子弹，腰间的刀、火药囊、香签筒、牤筒，全都一如既往地跟着我，仿佛我从没有离开过这里，我从没从棺材里爬出来，从没有人为我念过悼词做过法事一样。

冷啊！他感到那杆老铳的沉重，端它时两臂酸痛，手发着抖。抬到腮前瞄准时眼前模模糊糊，像起了雾。可徒弟们、乡亲们拥趸他，拿眼看着他——众望所归啊。可加上文所长拿回的两支铳，加上他手上的那把五四手枪，再加上叉啊钩啊，能对付得了这滚滚而来的野猪吗？白秀老人不禁一时心怵，感到被人摘了胆。

“不要敲了。”他小声地示意那梆鼓。

有人就传话：“不要敲了！停了！”

梆鼓终于从吵吵嚷嚷中停下来。

早晨的空气里弥漫着植物成熟的芳香和猪屎混合的臭味。蓝色的三宝鸟在树上亮翅，八色鸫“咯咕咯咕”狂叫，戴胜鸟也发出“扑扑、扑扑扑”的惊怪声。其实这些鸟们都很惊觉，它们知道会出事了。白秀再一次接过中秋给他的金钗酒——酒已过八巡，脸喝木了。金黄色的液体由扁壶倒入喉咙，空荡荡地滑进体内，有一点点热辣辣的激灵，但身体无法像箭一样唤起，仍然有许多地方在沉睡——睡在棺材里了。跟叉子的狗也像在梦游，它们的身上被露水打湿了，紫毛像癞皮狗的疮疤。紫花依旧是头叉子，可它怀有身孕，但舒耳巴家的那狗炸弹却不放过它，一路往紫花的背上爬，又被石头狠狠地咬下去。因为紫花肚里的狗崽是石头的。石头咬，白秀不让它们出声。这样石头就闷头咬，咬得发情的炸弹炸不出来，张着嘴仰天长嗥的样子，只能发出“咿——”的尖细可怖的声音，像在梦魇里。这种状态的狗能跟着什么？又怎么可能撵猪搏斗？

炸弹在不停的骚扰中两颗卵子已经憋得金瓜那么大了。

东方的云缝中闪射着橘黄色，山冈已经醒来，溪水流光溢彩。

猪这时候突然出来了！

猪们正是从溪水里一跃而起，像浪里白条——原来它们像鱼一样潜藏在水草中，水底下！所有的打匠都没见过从水中冲出来的野猪，它们裹满黑泥，嘴上牙上挑着水草，突然两条在前的狗一声惨叫，眨眼之间那两条狗就倒在地下，一阵抽搐，就一动不动了。

猪是做好了准备，要和人与狗决一死战的！

白秀的反应慢了，是他的徒弟舒耳巴一声喝唤，紫花、石头、炸弹就带领愣呆的狗们冲了上去。马上，几条狗围着一头猪，就将其分割。但场面已是一片混乱，加上雾气渐渐浓密，只听见开阔的溪边灌丛茅丛里，是狗与猪互相厮杀、逼咬的嚎叫声。

狗们还是如过去多年前一样训练有素，没多一会儿，一头猪就被咬到了光溜处。白秀适时地打了一个口哨，狗就散开，给打匠让出视线。白秀这下对准了那猪水淋淋的肩胛，一按香签，一条火舌就喷吐过去，硝烟还未膨胀，就听见打匠中发出“呀”的一声，白秀看见那头野猪，那头并未倒下的野猪，瞪着泼血的眼睛，挺着弯钩獠牙就向白秀排山倒海撞来。后面还有他瞎眼孙子白椿哩，那平时闷声不响的徒弟罗大拐这时疾风落叶般，一手拽一个，将白秀爷孙二人拉了过去，白秀正揭开火药囊往膛口灌药，这下药撒了一地。文寇所长一枪射去，舒耳巴的铳也响了。这大小两枪，铁子、铜子，把猪竟打在一根半截树桩上，让什么给绊住了。那猪左冲右突，不知是绳子还是藤子，欲逃不得。有人看清了，喊：

“是它的肠子！肠子缠在树桩上啦！”

那猪可不是头孬猪。那猪是英雄豪杰，临危不乱，浑身淌着鲜血，就用自己的嘴咬自己流出的肠子。把肠子咬断了，脱出树桩，向高地上跑去。

打匠们看到：有十几头猪在不近不远处策应这头落入打匠阵中的伤猪。当伤猪拖着断肠开始跑时，十几头猪一阵吼叫，一路向打匠们的“仗口”突围。

夺过了几个“仗口”，到达一个开阔的隘口，猪像冲溃堤坝的洪水，绝尘而去……

大家知道白秀不行了，师傅不行了。他眼里有翳子，手脚在棺材里搁了的，好像不再溜飒，一枪没打死，猪就呛着硝烟来要你的命，不是旁边人多补枪，不是猪把肠子缠住了，谁知道师傅会怎样，有没有人伤亡。大家又议着那些猪，伏在水里的猪，咬断自己肠子的猪。不是毛村主任领人凿了十几只大梆鼓来填补枪的空缺，猪会跑吗？大家就找文寇所长要枪。文寇所长说：我带了人带了枪来了。都把你们武装起来，那叫打猪？

中午，追赶的打匠们跟着血上了山冈。

六头半糙子猪赫然出现在人们的眼前！

这六头猪，明显地是来阻止打匠和猎狗们的步伐，掩护受伤的猪和大部队逃窜的。

白中秋一眼就认出了是自家的猪。

他说：“咱的猪在哪！”

他这一说，其余人也过细一看，看出了些许不同，有圈养过的痕迹，但一色的栗麻加淡蓝条纹，带着浓郁的山野气息，在它们野猪父亲的调教下，在与其他野猪的生活中，已具有了生硬的、响当当的野性。它们完全不认旧时的主人，它们用六个在山里长大的坡形嘴抵地，对着打匠，显示出不怕死的野蛮劲头；它们一个个肉滚滚的，百十来斤，山野的滋润让它们激情飞扬，目空一切。

“不要打！”

白中秋上前几步转过身来，两手张开，站在人与猪之间。可是他这也就成了目标，一头猪拱来，也不管是不是先前的主人，将白中秋拱了个嘴啃泥，头“当”地摔在石头上，顿时血流如注。又是罗大拐反应忒快，正举枪要打时，白中秋却一个鲤鱼打挺爬起来，按下了罗大拐的香签，没让啄到捻子。

狗一起扑上去的时候，文寇所长也扑上来了，手举着手枪咆哮道：“为什么不让开枪？老白？你找死呀！”头戴着许多树枝的文所长没用自己的手枪，将罗大拐的那“猛一搂”夺过来，就是一枪，那头拱白中秋的猪被打得跳了起来，身子麻花一般一扭，就口吐鲜血四仰八叉摔在地上死了。其他的五头猪就往后退。文所长哈哈大笑道：

“老子当年在部队也是神枪手！”

文所长得意忘形，隘口一阵黑风卷来，他觉得风声寒飕，五头猪原来哪里是跑，而是重新集结，再一次向他们冲来。这些猪被驯成了猪中敢死队呀！罗大拐这下顾不了那多，“猛一搂”就搂中了，一根根指头粗的钢筋头，打熊的火力，那头半糙子猪的脑袋就炸裂开了，白花花的脑髓四处飞腾。那猪就地一滚，像一袋石子把另外的猪撞出五尺开外。这一枪厉害哟！被救的文所长伸出大拇指大声向罗大拐叫好，而隘口的猪群突然齐刷刷地出现在制高点上，一声吼叫，屁股对着打匠们，立即刨出弹雨似的石头土块及猪屎，向打匠们砸来。一时间烟尘滚滚，打匠们猝不及防，或者说根本没想到，就被砸得清汪鬼叫，抱头鼠窜。你撞我，我踩你，狗也砸得乱咬乱跳。

文所长正叫着要大家镇定，有人一掌将他推倒在地，压着了正在爬行的毛村主任。文所长撑起头一看，是白秀，以为是在保护自己哩，透过尘埃再瞧，那老人怒目圆睁，一头犟劲。文所长明白了，是在恨他哩，恨他开了枪。既已开枪，就无回头路可走。文所长得意地在毛村主任身上笑了起来，上下牙齿一合，满口是沙石和猪屎。

“野猪就是野猪！”文所长大声对白秀说。

五

这白大爷不让人打猪，猪已如此疯狂精怪，让人不好想啊！猪打一个少一个，有什么不好呢？

不只文所长，大家心里也都疑惑：这老人是不是昏聩了？这是一定的。文所长已经发现，他的徒弟们也没对他有多大指望，他的存在不过是一种精神象征。他受人崇拜，是猎王呀，可他已经死了，就算从棺材里爬起来，也已经死了，已到了神龛上，或者说是活着的神像。可沿途的百姓认他，打到哪个村子，村子的人听说是白秀的打猎队，就箪食壶浆，大肉大鱼接待。加上他死而复生，传说连连，更有了神力。对那些精疲力竭，只揣着村里发的几个火烧粑粑的打匠来说，满足了口腹，也满足了虚荣。而且，白云坳子在白秀的带领下，将全县收枪的公安局警察（瞎传）打退了，这最让山里人伸出大拇指啧啧称奇。有人竟拖着未收净的枪来敬献给白秀——这不，沿途已收缴了三支枪：一支铳，两支管子。这就无形中武装了打猎队，有六七条枪了。

要是经常——据打匠们私下给文所长说，早就应该打死七八头了，逢着白家作梗硬说猪是他们的还说要活捉。那猪又成了精怪，哪能活捉，不发疯来噬人就不错了，又是在水里像鱼一样，又是刨沙石打人，这哪是猪啊。

作为象征的白秀还招人恨了，给打猪队办吃喝后勤的村主任老婆繁英从村里回来告诉大伙说：舒耳巴那活宝儿子糟蛋，在田里头用刀剁着骂白秀哩。白秀一听不信，想这小子不是还想求他当兵的吗？为何骂他呢？繁英说骂你今年春上招惹了红丧，把猪引来把他家苞谷弄得颗粒无收还把鸡娃子弄没了。众人就哄笑。白中秋说：那不是他自己栽在老腌菜罐里给腌蔫的吗？舒耳巴说：我家糟蛋绝不会骂白大爷，繁英款些鬼话。再说，糟蛋鸡娃子慢慢长出来了，这些天，天天在吃海螵蛸。村主任也说繁英，别在这里挑灯拨火了，影响大家打猪的士气。

那舒耳巴还是有些不放心，心里又气，就连夜赶回白云坳，走到自家田地里，果然看到糟蛋一个人还在月光下剁骂白秀。舒耳巴冲过去把儿子的刀缴了，一块好桦木砧板也给剁成木渣子。糟蛋说："你总不能缴别人的吧？"舒耳巴往糟蛋手指的地方一看，二愣子的地头有个人也在剁骂。正是二愣子。二愣子哭着说：他一只羊让野猪给拖走了。舒耳巴说这是瞎鸡巴谎话，猪拖羊，天下奇闻！二愣子说得有鼻子有眼，说两头猪，一头在前衔羊绳子牵着，另一头在后头赶羊。二愣子再怎么编也不会编出这等稀奇来，舒耳巴就一阵毛骨悚然，好像自己也得了缩阳症，两个卵子给齐崭崭地缩进了球窝里。

舒耳巴打着火把回到打猪队，就给大伙说二愣子的羊让猪捉走的事。大家不认为这是诓语谎言，说猪既能扎进水里，能刨沙石，就能抓走村里的羊。可大家又狐疑不解：猪未必吃羊？那不成豹子了？"猪不吃猪吗？"有人这么提醒，大家就想到今年红丧月发生的事及白大爷家弄到的那无头猪。

"跟这个没有关系。"白椿说。

"有没有关系反正是猪，是今年的猪。你还说猪把你带进迷魂阵哩。"有人说。

"岂止是迷魂阵，还带进那瘴气里，要与人同归于尽，这不就是猪的歪经吗？"

"还收枪！应该派人来剿猎。"

文所长哈哈大笑起来：

"围剿保护动物？哈！……说洋话！咱跟你们一起，是偷猎，晓得不，偷猎……乱捕滥猎，哈哈哈！……"

白中秋就讨好地说：

"文所长说是跟着咱打匠学习的，你这背了黑名了。"

文所长说：

"批猎杀指标的事，有崔镇长办，咱就不操这个心了。现在嘛，反过来了，我说要杀，你们不叫我杀……"

几个打匠说：

“那是师傅。”

一直抱着虎爪烟袋抽着闷烟的白秀依然不吭声，大家以为他要争辩一下的。他不作声，大家明显感到白大爷有了些痴呆。他不作声，有人就说别的，老弱病残要回去，鲁瞎子和宗七爹等。宗七爹说他老伴还住在山洞里，让猪烧过的房子村里还没给盖好，问村主任何时盖，村主任说：保证能过冬。

又说到猪的精怪，能烧屋，还掀掉了宗七爹的梆鼓。看来梆鼓是个好东西，猪怕哩，文所长就给宗七爹做工作别走，大家也说别走。宗七爹敲的是老点子，猪和百兽听了都怕的。

见人心浮动，毛村主任给大家说：

“再坚持几天，人多枪多，文所长督阵，咱一定能把猪灭了！”

可有人说到天天吃火烧粑粑拉屎困难，村里的补助又不兑现。村主任说，少不了你们的。猪肉是你们的。有人说不给食猪都不长肉，镇里也不表示一下，这不是给我们一个村除害呀。文寇所长见形势不妙，只好咬牙拿出自己的四五百元钱，交给毛村主任发给大家了，这才皆大欢喜。

六

已经气喘吁吁。已经不行了。生命快到尽头。白秀望着山冈。这是我们的山冈？垂死的苞谷像患了黄疸，向日葵也像驼背的老人，褪落掉金色的裙边，露出苍老的脸。荞麦在连天摇曳的野草深处，想藏起它们疼痛的红色。一路追赶的路上，哪有丰收景象？夕阳照在核桃林和花栎林子上。那些退化的花栎树长得怪头怪脑，在山冈上像鬼鬼祟祟的流窜犯，没一点儿亲切感。这些树是蓄着砍香菌木耳棒的，被称为耳山，退化严重。山冈像一个瘌子。没有肥力，成堆的巨石像打破的天体横亘在人们眼际。奔流的泉水从山洞流出，宛若一个拉肚子的病妪。蹚过落水河，跃上清风寨，猎狗和人都疲惫不堪。而白秀更甚。猪牵着他们在打转转哪！一连三天，大家吃不好，睡不好，披星戴月，餐风露宿，在山里头与猪们周旋。

“我的气数已尽。”白秀突然这么想。他几乎是被人抬着行走的。先是搀扶，可他摔了一跤，总算站了起来。当他这么想时，一阵深厚的悲哀像千年苍苔从心上泛起。苍烟落照，苍山滚滚，这新起的林中之王，百余群魔，我还能将它们消灭掉吗？俱往矣，枪也不许农民持了，连鸟枪、管子都不许。山已不是我的，剑吼西风，顶天立地的英气也不是我的了。就像我给我瞎眼的孙子白椿说的：山也不属于他了……可山究竟属于谁，今天？

莫非阎王爷弄错了，我只配睡在棺材里？

狗在互相撕咬着。它们的身上爬满了竹虱和山蚂蟥，还沾满了许多果球。它们叫喊着，蹭同伴的身子，想把那些果球蹭到别的狗身上去。它们痒得狂吠，就像看见了野猪一样，其实不是。山蚂蟥吸着它们的鲜血，在毛深处，一只只吸得通体发亮，可狗把那些东西毫无办法，只能任其疯狂饕餮。

上了清风寨。清风寨过去是个美丽的村子，在猎人峰二级大台阶上，现在因为猪害人们不能活下去，都搬到别处去了，留下荒凉的杂草断墙和夕阳。这个村子在白秀第一次踏上神农架翻越猎人峰时是没有的，几十年，有了，又没了。白秀记得七十多年前这里是阴森茂密的森林，没有人烟和田地，只有成群的扒狗子和老狼。

大家正在接近村子时，从石寨的口子处，突然扔过来几块石头，砸到了人也砸到了狗。人是毛村主任，当即倒地，口吐白沫，有人把白秀的金钗酒去给他灌了一口，他好半天才醒过来，醒过来就喊他老婆繁英，要吃放了辣子的懒豆腐。

大家以为又是猪搞鬼，正要开枪，这时从寨子后头闪出个人来，是个老倌子，头发深长，满嘴燎泡。有人就认出他是谁谁的爹。他是寨子里最后一个人，就等着收了这茬儿苞谷就离开这里。可他说这几天野猪把他害得可惨了。听说是白秀的打猪队来了，高兴得要命。说猎王啊！听说你活过来了，从棺材里爬起来的时候，新鞋底都破了洞——你说你走到四川丰都，阎王说朱笔把你点错了，就放回来了。白秀一听哈哈大笑，说没这个事。他让大家到他的土屋里，点燃火塘，给大家讲了几件恐怖的事。

他说猪会下障子，晚上，他无论怎么睡，一睡着就是几个花花姑娘，走近身就一股子猪屎臭。那几个花花姑娘把他往深魇里引，他就误了事，等醒来，苞谷被啃去了一大块地。

他说：前天他拿着猪叉去守地，碰见了一个老倌子，比他还老，满头白毛，一个劲儿地说肚子饿了，我把生苕给他吃。他一口一个，吃得到处是渣，又往田里窜。我说你可别往我苞谷地跑，这可是我一年的口粮。咱这地就是让野牲口糟蹋过不下去了，大伙才搬走的。那老倌子哪管这些，掰下苞谷就啃，把秆儿都踩地下，后来竟用嘴拱地。我寻思这可是个老猪精，就大吼一声，放了几个鞭炮，那老倌子就不见了。

他说最吓人的是昨晚他守夜，在地头的棚子里。因怕老熊，棚搭在架子上。他看到一个大青猴踩上了他下的一个套子，正准备去取那猴，却被一群猪堵住了，不让下去，啃他棚子的四个桩脚。十几头猪去攻击夹了脚的猴，猪却无一踩上他的套子——他下了二三十个套子。猪把那猴打得嗷嗷直叫，然后用嘴衔了石头去砸猴的头，砸破了，就喝它的脑髓——难怪猪这么聪明的，敢情是喝了猴脑。喝猴脑是掰了竹子做成吸管，一猪一口。后来，猪把猴全部吃掉了。他在棚子上又是放鞭炮又是敲锣，眼看四个桩脚要啃断了，他就落入猪口了，也是上天保佑他，平空一个炸雷，这才把猪吓跑……

老头说这的时候，雷又打起来了。天要变了。天上乌云滚滚，树林哗哗有声，天地间如此闹腾，大家就松了一口气，今夜也许不会闹猪了，可以睡个好觉，明早起来再说。于是，大家就睡在了这个废弃的村庄里，与过早冬眠的蛇一起入眠。

那夜的晚上显然有些怪异，大家直犯困，一蓬火就慢慢熄了。突然听到有人在黑暗中说："我，我没且（踩）你的脚呀！"是舒耳巴。有人揿着手电筒，照见两眼通红像酒缸里出来的舒耳巴。舒耳巴又糊里糊涂地睡下了。另一个人在黑暗中喊冤道："我没压着你的身子！"又一个人角落里大叫："我没踩你尾巴！"

不一会儿，大家就都醒了，都说听到了有人奇怪地喊说踩到他什么了，压着他什么了，闹得人睡不着。白秀也听见了，他先是梦见孙女白丫儿在崖镇长家受气，哭哩，说你年轻时给崔家打长工，我这辈还是给崔家打长工。后来就听到有人在他背下面抽腿说：压着我的脚了。

有人就说这里有鬼，一定是猪下的障子。在荒凉的村庄里，在这高山上，出现怪事是不足为奇的。猪也不仅是一种孤独存在的东西，这么多的猪，你这一干人要打它，就有让你不顺畅的奇怪事儿。就说过去白秀师傅最早打猎时，碰到的怪事儿更多，就要求白秀讲，反正大家也睡不着。

把火重新点着了，白秀就讲了一件他至今不得其解的怪事。他说那还是在中华人民共和国成立初期，与几个人去打羊子，睡在一个山洞里，正在烤红薯吃，洞口突然出现了两个红毛大野人，伸出手来找他们要吃的。白秀他们丢给了野人两个红薯，可吃了之后那两个野人还不走，还找他们讨要。这可不行啊，白秀他们打猎还带了个小挖锄，碰到有好药材也顺带挖起来。见野人不走，白秀就把小挖锄烧红了，当红薯甩给野人，野人接过去烫得哇哇乱叫跑开了。可那天晚上，他们睡在洞里，几个人都无事，白秀却被老鼠咬得难睡，一只脚趾头都咬掉了，早晨起来，别人的鞋还在，就他的一双鞋不见了。罗大拐也说了件很奇怪的事情，说他有一年打猎从八里荒回来晚了，忽然听到成百上千只猪娃儿叫，他一个人，没狗，心中恐惧，就大吼。一吼，就不叫了。走了一段路，见山上有火，又听见成千上万只蛤蟆叫，后又有猪娃儿叫。他朝天开了两枪，还是没镇住，还是叫，把身上打的野物全扔了，还不行，后来想到吃烟可以退鬼，就把烟点燃。走回坳子，一包烟都吃完了。

有人说：只听说狐下障子的，猪做么事能下障子？就说到薄刀峰小学发生过这么一件事：学生反映说晚上都感觉到有人跟他们睡觉，且是女的。那时是二十世纪七十年代，这事反映到公社，公社说是阶级斗争新动向，就开始查是谁搞的鬼，就是下障子放蛊了，一查查到一个老师成分不好。可老师声称与他无关，还答应此谜他来破。他把男学生放一边，女学生放一边，把所有窗户插紧，那老师就手拉电灯开关绳站在门里。熄灯后，一个黑影顶开窗户爬了进来，老师把灯一开，是一只狐狸，就和学生一起把它打死了。狐狸身上有股子怪香味，能把人迷住，使你产生幻觉。那狐狸趁人睡着后，专吸你口中的唾液，把气味一放迷糊你，你就以为有女人陪睡哩……

正待大家又进入梦乡的时候，突然一个人大声喊起来：

“我爷爷不见了！”

大家借着打火机和手电筒光，看到是惊惶的白椿，站在茅草上，双手摊开着。

领头的不见了，大家就急了，披上衣服到外面去找，一直找到地头那老头守秋的棚子里，都没有。狗带走了一条，枪和子弹带走了，衣裳穿走了，烟袋带走了——本来就是挂在胸前的。

七

峡谷里一片秋汛的轰响和雷声的爆炸。黑夜茫茫，冷雾滔滔。白秀老人是怎么醒来的他完全不知道。他只知道，他被魇住了。他咬着说是猪或者徒弟们说的狐狸下的障子，在山里头，这种事常常有。他就跟着一只羊出来了。是羊，后来他又说是猪。他听见了歌声。这是可怕的，歌声的指引把他引向了凶险万端的峡谷。可他没摔下崖去落进河里也是又一次万幸，就像俗话说的：大难不死，必有后福啊。那歌声一路诱惑着他，他听得清清楚楚：

我们辛苦的农友们，
大家振精神，
唱个歌儿听，
不用悲不用哭，
死里去求生！
压迫我们的，
土豪和劣绅，
可恨那官僚，
残害我农民，
杀尽那压迫我们的，
那时候你我农民才有出头天！

他说，那不是他和十二个战友唱的歌子吗？紫花闷闷地跟着他。那狗一声不吭，只是咬他的脚和裤腿，把他往路里边赶，不让他走到崖边。一失足而成千古恨。他走着，那随着风声雨声雷声漫上来的妖人般的歌声像雾气一样把他吞没了。

这可是死去的村庄，曾死去的人，死去的歌声，在这猎人峰山腰的荒凉半夜。长满青苔的、白茅摇曳的路，灌丛像史前的世界，秋虫喁语，几乎没有人生活的痕迹。它叫牛下水？那一线琮琮的水流，从石缝凹处流下，像母牛拉尿。在冬天的时候，它就挂成了一片冰瀑；那时候，雪多大啊，冰子儿像子弹砸在人身上，雪过膝盖，万木森森，整个世界都是肿的。舅舅杨夺水砍掉自己的伤手，他含着蓝玉石烟嘴止疼，牙齿咬成了碎片叭叭往下掉。小鹞子王品贵被扒狗子掏肛后用草塞住屁眼还在唱“我们辛苦的农友们”……

“你唱什么呀，白大爷？”

白秀老人被一声叱咤给唤醒了。他发现他站在雷电之中，离悬崖只有半步之遥，他的儿子白中秋将他拽住，他的孙子白椿拿过他的枪，他的狗在叫着，告诉他他不是在人家废弃的屋里。我如何站在这里？这是哪儿？

“这是哪儿啊？”他说。

“牛下水嘛！”舒耳巴有些不耐烦地说。

接着他就听见一片叹息之声，好像他是累赘。

“我听见有人唱歌了……”他这么说。

“我们听见您一个劲儿地在唱哩。”众人很怪地看着他们的师傅。

“你还想造反不成？！”文寇所长要把他唤醒，要把这个梦游的老人彻底唤醒，也要把自己内心的惊恐压压，把那个心魔压住。

“你老要造反你就开枪！有种的开枪，朝我开！”文寇所长的牙齿咆哮着，喷出子弹一样的唾沫，那牙齿在蓝闪闪的闪电里像一排野兽的牙齿。他大吼大叫，还要唤醒这一群昏寐的打匠，这些成为山冈恶兽的猎人。

“你们装神弄鬼，你们消极怠工，不想打是吧？那是护你们的秋保你们自己的平安啊！不打就把枪还来，还给我行吧！”

"应该是这里……应该是这里……"他们听见白秀老人依然喃喃地说。他还是没有醒来。

雨哗哗地下起来了，雷声隆隆，闪电像山怪们你来我往厮杀的古老兵器，凌空向大地和森林劈砍，峡谷里，山冈上，到处是蓝荧荧的幽灵。一条闪电像一条巨大的裂纹爬向天空的最高处。雨从山壁上滚下来，立马变成了浊流。

"爷爷！"白椿哭颤着喊。

这是很伤心的时刻。徒弟们看着白椿去他爷爷腰里摸酒壶——那是个军用铝壶，已经歪歪瘪瘪了，里面是空的，晃荡着轻飘飘的声音。

酒把他害了，文寇所长这时突然想到，是酒害了他！

"他应该怎么办？"文寇所长忧心地问大家。

他的孙子，为找到他，已经将膝盖摔破了，正流着血，还流着泪。

这时白中秋一把扯过他爹就说：

"爹您来干什么的呀？"

白秀直瞪瞪地看着自己的儿子，看他气歪的嘴和一脸苦瓜相。

"你个狗日的，你咋能管我哩！"白秀大骂儿子。

"您这一失蹄您就分文没有了！"白中秋指着他爹脚下的悬崖恼怒地说。

"钱？……你说的是钱吗？我说的是歌……让我走一走。我没事的……"

白秀老人不回去，不跟他们回到村子里，他挣脱了他们的手，冲出来向峡谷的深处跑去。

雷电在山崖上劈杀，一团一团的天火在头上翻滚。狗跟在他身后狂吠，崖下的秋潮滔滔。打猪队的所有人跟在他身后追赶，竟不是他的对手，他把所有人都甩到了身后。

八

一阵骇然的围猎牤筒声大爆起来，两边峡壁发出巨大的嗡嗡回声。白秀抬眼一看，东边的山缝已拉开了靛青色的帷幔，诡谲的雾气像云彩一样在山腰奔涌，有似无数潜行的兽身。再往那山崖上一看，高大的鲁瞎子蓝光毕现，手举探竿与令牌，高声吟唱——

奉请降龙伏虎神，
左提金鞭金灿灿，
右提铁锁响铮铮。
差下金伶儒，
捉虎大将军，
先锁龙头并龙尾，
后锁老虎脚后跟！
……

白秀怔在那里，浑身冒着湿漉漉的热气。雨彻底地住了。峡谷里滚滚的乱石间突然血红一片，太阳像一个火球弹出山脊，无数漂亮的锦鸡子出现在乱石上，展开金羽，狂肆地跳起了艳舞，嘴里焦声急鸣："茶哥！茶哥！……"

狗龇出牙齿狂吠不已。

那乱石缝中，突然拧起了无数个黑煞煞的猪头，长长的秃嘴像炮管，一支支直视天空。

白秀还没反应过来，就听见一阵铺天盖地的喊杀声："杀呀！杀呀！"他的徒弟们仿佛从天而降，猎狗也像是长了翅膀的流氓，一下飘了过来，与猪短兵相接了！

"师傅！"

白秀看到了他的爱徒扈三板。扈三板也回来了？又是梦游？可分明是扈三板，拿着红得发紫的双筒猎枪，稀朗的头发上露光四射，宽阔的龅牙威风凛凛，绑腿紧凑，球鞋新崭。

"师傅啊，咱们又会合了！"

原来，镇里和县里对白秀都不信任，还不仅仅是说他年老体弱，而是对白云坳子里的那批刁民十分警惕，就暗中请回了是党员的扈三板，由他组建镇的打猪队。这天半夜，文寇所长爬上清风寨的山顶，竟撞大运一样地收到了微弱的手机信号，于是报告给崔镇长说猪被堵在了清风峡谷，而白秀失踪了。刚被请回的扈三板就连夜赶到了这里。

师傅明明在，那就肯定让师傅指挥。

“师傅，我来支援你了！打呀！”

一头猪就在那前面，要朝这师徒扑过来，扈三板将上了膛的双管猎枪递到白秀手上。可白秀使不惯那家伙，还是把自己的老铳贴上了脸，他还没点捻子，双管猎枪就响了，一头猪就应声倒地，喷血死去。

扈三板的枪真是快枪啊！枪法也好。这一下激励了大家，正吼着欲开枪时，却见一个身影披着灿烂的霞光冲向死猪，手上还举着一把明晃晃的菜刀。大家一看，坏事了，那个要猪心肺的金牙女人是从哪儿蹦出来的？如虹的气势就被生生掐断了，打匠们勒狗收枪站在那儿。只有舒耳巴不顾一切地冲了过去，抓住那女人就把她往前一推，同时口中高声詈骂道：

“老妖精！让局（猪）啃你的心肝五脏！……”

一头野猪就从大蓟丛里跃出来，一口咬住了那个女人，那妇人却不示弱，挥刀就朝那野猪乱砍。舒耳巴的狗炸弹也扑上去，朝那猪咬去救人。并把主人舒耳巴挡在了它的后头。人、猪、狗搅作一团，乱草横飞。那猪的獠牙寒光闪现，像新砍的桦树椽子，猪身上的所有箭毛都沾着露水，在太阳的反射下透出恶狠狠的铁红。

那女人拿一把菜刀猛砍，刀口都砍卷刃了，自己的腿也被猪咬得鲜血淋漓，这可是个不怕死的女人，邪女人！因为人、狗、猪一堆，打匠们不敢开枪，文寇所长面对这不相识的疯女人，也不知如何是好，都在看她和一条狗与一头猪搏斗。舒耳巴因为气急，摔在石缝里。一爬起来，就准备开枪——将那猪与女人一起崩了。这时候，扈三板大喊一声：

“耳巴，别开枪！”

一声过后，上百头野猪突然像溃口喷涌而出，三十多匹猎狗想都没想就像三十几块紫色石头，与那“黑浪”交会了！黑、紫两条巨浪冲撞出一丈多高的“浪头”，猪摔狗跌，山谷里终于响起了久违的厮杀声，野兽与家兽展开了浩浩决战！

“闷（命）！闷（命）！”

舒耳巴不知怎么身上到处流血，提着枪搜寻那个金牙女人——今天他豁出去了，他最大的敌人就是对准那个女人，让儿子糟蛋得了缩阳症的女人。可他定睛一看，在一片惊呼声中，两头猪一头一脚衔着那个女人跑了，女人身子离地，手上还拿着砍卷刃的菜刀，嘶声乱叫“救命”。他以为自己看花了眼，转身去看师傅白秀、白秀和师兄扈三板以及文所长，却张着嘴巴看呆了。

的的确确，猪衔人跑了。白秀活了快九十岁，只见过熊和虎衔人，没见过两头猪抬个人走。就是活了一百多岁的宗七爹也绝没见过啊！宗七爹在山上拼命地擂梆鼓，身旁的鲁瞎子就高声地喊着退猪的歌：……

立起五台山一座，蛇见不抬头哪，虎见不伤身，蛇隔千层草，虎隔万重山！一隔红毛老祖；二隔扫路土地；三隔妖魔鬼怪；四隔山精木魅，还要隔你这吃糠咽菜啃虫蛇蚂蚁放瘟屁拉臭屎一生一窝个个凶丑怪相身披野鬼蓑衣黑煞煞的野猪呀！……

人已衔去，如何能隔，死了人那可就事情大了。文所长急得直跳脚，站在一块高岩上朝扈三板大喊：

“救人要紧！给我救人！”

扈三板哪敢朝猪打，猪等于是绑了个票挟了个人质。何况还有那狗与猪正杀得难解难分。

文所长喊叫没人听，他抬手一枪，打中了一头猪，没死，猪扎进猪堆里不见了。一杆火牙子搂响了，一阵拼命的硝烟子弹就像狂风朝猪们卷去。野猪闻到硝烟，更加疯狂，毫不退缩，迎着硝烟向打匠们扑了过来！那搂火牙子的回头就跑，边跑边填着火药滚珠。滚珠簌簌地往地下掉。

又一杆铳响了。扈三板的双管猎枪也响了。文所长看到，他们是在护着有些呆笨的白秀老人，把他拉向文所长站的高处。

就在这节骨眼上，那舒家的糟蛋小子不知从哪道石缝里蹦了出来，手举着一杆锈迹斑斑的土铳，大喊道：

“姨！我救你来了！”

就见这不要命了的糟蛋逆向猪潮，一张脸像个扭曲的大红薯，几根稀软的头发像菜叶子，眼珠牙齿突出三尺开外。可猪们一下把他抬起来了，又淹没了。他爹舒耳巴一见此景，魂都吓没了，抱着头喊唤道：

“我的儿呀！”

好在几个人把舒耳巴拉住了，不然又一个人将被滚滚猪潮吞没。

打匠们打不能打，只有吹起惊天动地的牤筒，唆唤着狗与猪搏斗。

狗是天底下最烈性的狗，赶山狗，山都赶得动的。狗知道主人们遇到了麻烦，就要献身了——那也不在乎！狗们在冲入猪群中后就要拼了命救出那个糟蛋，那个被猪蹄猪嘴蹂躏的糟蛋。舒家的狗炸弹现在完全像一颗炸弹，又抓又咬，想排开一个保护糟蛋的空当，其他狗此刻都跟上了它这个“叉子”，那紫花倒不见了。一排救人的凶狗与一群恶猪狂咬，得气势者得天下，得气势者得性命！那猪哪甘示弱，你咬我戳，你戳我抓。狗有牙和爪子，猪有两口牙——本牙和獠牙，天下罕见的恶兽！狗啃猪皮，啃猪卵，啃猪眼，猪屄；狗被猪咬成了皮筋，咬成了棕丝，咬成了葫芦——没了耳朵，断了爪子，舌头落地，肚皮开花。狗肠、猪肠，搅和缠绕在一起，在石头上、树枝上挂拽着，扯绊着，一片呜咽，一片惨叫，一片狂吠……

一头猪咬瘸了，没了方向，跑过来倒在地上抽搐。打匠一拥而上，用刀乱砍，砍得那猪嗷嗷乱叫，鲜血迸溅，身首异处。打匠们又去敲那凶残的獠牙，敲断了，就朝猪掷去。

舒耳巴狂喊救他的儿子，白秀已将那无准星的老枪贴上凹陷的脸颊，大家看到师傅终于要下枪了，白中秋却在拦他爹，爹误伤了糟蛋更是不得了。白秀哪服中秋，好像横了心要打出这一枪来救糟蛋，还听见白秀在向糟蛋喊：

“闪开！糟蛋！”

“还不如把白椿捉！”白秀听见儿子白中秋恶声讽刺说。白中秋就将白椿的手引向爹的那枪管。也许白秀还真不敢打了，就真的半推半就把枪让给了瞎眼的孙子。祖孙三代一起摆弄这枪，你拉我扯，枪就响了！瞎眼的白椿手上的枪说话了，火药像一条毒蛇游去，一头猪应声倒地，打在眼睛上，从喉咙里发出了带血的哀叫。有人高声欢呼：

“打着了！”

这时糟蛋从猪群和石缝里爬起来，手上竟举着一团血糊糊的东西——那东西高挑在一把猎刀上，喊道：

“姨！药有了！药到手了！”

他一边喊着一边向那被猪衔去的女人奔去，就像一匹发了情的驴子。

奇怪的景象这时候发生了：也许那女人听到了糟蛋的说话，突然从猪嘴里挣脱出来，精赤条条的，就向糟蛋迎来——这可真是死里逃生啊！

糟蛋手举那血淋淋的还在跳动的猪心肺，野猪群闻见了同类的惨烈血腥，等于是自己身上在淌血，自己被剜开了胸膛，不用喝唤就向糟蛋和那光身子女人撞去。几十头猪啊！那些披坚执锐的古代武士般的猪，每个背上像背了黑棺材，就是来装人的亡魂的。

更神奇的一幕出现了：糟蛋家的那只狗炸弹，这时一跃而起，将糟蛋手上的猪心肺叼了过来，衔上就跑。

——这是在引开猪群，好忠义英勇的狗！

果然，猪就跟着那血淋淋的心肺跑，管它是人是狗。狗叼着心肺往峡谷深处奔去，糟蛋这时跳上一块石头，脑壳好像清醒了许多，又往树上爬。紫花带着一群狗去增援炸弹。

炸弹往哪儿跑啊？聪明的炸弹，往罗大拐和扈三板设的“仗口”跑。扈三板他们早就埋伏好了，炸弹将猪引入“仗口”，双管猎枪一打一个准，猪倒下了几头，就炸了锅，不知道这枪为何如此厉害。就拢了猪群往一个隘口跑。可那里峡谷逼仄，还要上一道坎。文寇所长与白秀一起带着人就去追撵。

猪进了一个山洞。山洞口荆棘丛生。大家集中了一下手电筒，再扎了几个火把，将药和子弹填满了枪膛，并且不紧不慢地吸了一支烟，就劲抖抖地钻进洞去追击。

洞越追越深，越追越开阔。洞中有山，有水。最后，越追越亮——洞穿啦，是个穿洞子！一道蓝幽幽的光像一道瀑布泻了过来，猪全跑啦！

文寇所长悔死。作为县民俗学会会员，同时也是省洞穴探险者协会会员的文寇所长，痛心疾首，捶胸顿足。他的努力白费了。自己掏出的四五百块钱激励起来的斗志完了！

第五章　雪山咒语

一

白云坳的打匠们从清风峡谷铩羽而归的当天，白中秋发现他的患健忘症的母亲白娘子因为忘了做饭，已饿得皮包骨头，牛因为放养，还能吃到一点儿草，而圈里的那头母猪，已经把柱子啃穿了，腰下的两排乳头像两排绳头子，看见人，就张着牙齿要来噬咬。

父亲白秀梦游，他就想着快去请郎中来配药，并要儿子白椿去镇上把白丫儿叫回来，让她来伺候两个老人。

话分两头。

先说白椿摸摸索索地往镇上赶去，路上走着，就见前面一个人在骂骂咧咧，全是骂白云坳子打匠的话，什么浑蛋、球子、乱弹琴什么的。听清楚是文寇所长。白椿害怕路上遇见野猪，现在就不担心了，就说：

"跟所长走就不怕野猪了。"

文寇所长说：

"还有什么野猪，都被你们哄闹跑了！没一个是东西。"

白椿脸就红了，有些尴尬，说：

"就为这骂哩？猪确实不比往昔。"

文寇所长把手上拿的一些东西丁零当啷往白椿背篓里放，说：

“什么东西，就算我对你们崇拜得五体投地，也不能这样作践我呀！……回去我就等着受处分咧，带领一群打匠猎杀省二级保护动物……”

“哪个处分你，崔镇长？”

“他有这个权力！听说省林业厅已坐镇宜昌，研究捕杀方案，整个鄂西都在闹野猪。他们杀才叫杀，咱们杀不叫杀；他们杀是为民除害，咱们杀是犯罪——真倒霉，跟你们这一群乌合之众，什么用都没有，只见识一下场面，个鸡日的，场面还是蛮壮观的，差一点儿咱把小命都赔上了……”

白椿背上有些沉，便问文所长拿些啥。文所长说：

“还不是缴获的猎具。光钢丝套就几十条，铁猫子三副，垫枪两支。嘿嘿，撞上你了，有个背篓……”

到了镇上，去镇长家一打听，镇长去宜昌开会去了。带那个疯狂生长小儿的是另一个大妈，说是临时带的，白丫儿回家休息去了。白椿就又往林场赶。

一路艰难地去了林场。一问，三伯三妈告诉他，白丫儿并没有回来，那去了哪儿呢？三伯三妈着急得不行，心想怕不是半道上出事了？三伯白端阳立马就与白椿去白云坳。回到家里也没见白丫儿，白椿的爹白中秋去请郎中还没回，白秀尚好，在田里收拾没被野猪啃干净的零星苞谷。白端阳又和白椿一起往镇上赶。

在镇长家询问那代班的保姆和那憨儿子老拔子，保姆猜想白丫儿是跟开会的镇长一起到宜昌玩去了。这更急坏了白端阳，明明是与镇长到宜昌玩去了，为什么给那保姆大妈说是让她回家休息？这妮子该不是……就不敢想了，一个没老婆在身边的男人，又是个胆子忒大的乡镇干部，这不要出什么伤风败俗的事吧？白椿也这么想，而且还更强烈，预感更强烈——瞎子总是有特殊的嗅觉的。就说快去镇上看联不联系得到崔镇长，看白丫儿是不是在他身边。可走到镇政府门前的那座晃晃悠悠的吊桥头，白端阳就踌躇了，就说：“那这么一闹，不就公开了吗？事情就会大了，他镇长完了，咱白丫儿也完了。”白椿问啥完了，白端阳不作声，就在街上来回逡巡。碰上了文寇所长。白椿就说问问他，白端阳拉住白椿说死活不能问的。叔侄两个束手无策，唉声叹气。白端阳就拉着白椿再去了镇长家，想找出镇长的电话来，却在保姆大妈口里掏到了一句意外的话，那保姆大妈说：白丫儿走时说过她可能要去宜昌读书了，还是什么职业学院呢？说崔镇长也打过电话，好像是为她联系读书的事，还是三峡大学哩。

这可是空前的喜事，又是三峡大学又是职业学院，白端阳是读过初中的人，老初中生，这个他都懂。莫非我姑娘真要读大学？崔镇长发善心？不对劲儿，喜忧参半，决定去一趟宜昌，自己去找。凶多吉少啊，自己这老来得子的水葱样、嫩茶叶尖的十六岁闺女。听林场过去在县里待过的人说，崔无际在县政府干通信员时可是像狗一样的人，见了领导就鞠躬。在台下是条狗的人，上了台就是狼。没人格的人都如此。在我姑娘面前像狼……这不敢想了，赶紧找回我女儿！

再说白中秋。

白中秋这一趟可差一点儿丢了性命。一路走一路都听农民惶惶地说猪又要下来了，说猎王白秀不行了，死而复生后猪就不怕他了。满眼荒寂，饿雁声声，到处是被猪耗散的零星粮食，到处是猪的传说和恐惧，到处是关门闭户，守秋的锣鼓、破盆与梆子。成群的乌鸦因为啄食不到秋天的收成，发出愤怒的怪叫，听起来就像是村主任发脾气。

请到郎中后，白中秋就顺道去了一趟鹞子峡，去看看苦荞。说实话，他还真有点想她哩。思念心切就抄了个近路，过吊鹰岩、百步梯的险道走。

浑身带着打兽的气味，又没带枪，与儿子白椿想的一样，可别碰上猪啊，只身一人。可人横了，想苦荞心切，龙潭虎穴也敢探。到了吊鹰岩下，就听见老林子里传来野牲口撕咬的声音。心想说不碰到不碰到，还是碰到了。不过是牲口与牲口在打架，声音还蛮大的，不是小兽。这白中秋好奇心使然，就凑了过去。不看不知道，一看吓一跳，是一头野猪与一头老熊在打架。那老熊是快冬眠的熊，身上脂肪丰厚，身坯巨大，那猪好生熟悉，就像是见过的，虽然老熊雄势，猪却是山中之王，与熊在林子里你来我往打得死去活来，不分胜负。可不知为何，一见到白中秋，那猪掉头就跑。白中秋正在纳闷，瞅瞅四周，没有其他牲口，又瞅着那野猪逃跑的方向，回过头见老熊一身血淋淋地站了起来。当即把白中秋吓得半死，就想也跑了。可那老熊晃荡了几步，又一头栽倒在地上——估计它受伤太重，被猪咬得只剩一口气了。白中秋见它趴在地上，胆就大了，就靠近观察它的伤情。也是贪心害了这白中秋，心想今天我可以割两只熊掌加一颗熊胆。熊掌一对就可卖到上千，我这是啥运气啊！两对熊掌，心里掂量了一下，至少四十斤。就不由自主地摸腰上背叉子中的开山刀，准备抽出来下手了。

还没等他下手，那老熊却又一下坐了起来，一阵风飙来，就抱住了白中秋的腿。白中秋心就嗖地凉了，心想这下送把阎王了，猛然觉醒：好阴险的猪，是故意脱身，让这老熊来结果我的性命啊。最终杀我的杀手就是那猪！人总会急中生智，生死关头人与牲口也有一拼！白中秋虽算不上正宗打匠，可在山里也有对付野物的经验，就一把抓住了老熊的头，见旁边有个树丫，就将那熊的头摁在了树丫上，不让熊吃到他。

白中秋死死摁着老熊的头，可不能松手啊，松了手就是我死，不松手还兴许有条活命。他摁着熊头，又不敢腾出手来去抽开山刀，只好在山林里喊叫：

"救命呀！快来人救命呀！老熊要吃我呀！……"

这岩谷之下，荒无人烟，哪有人来救他。白中秋用全身力气摁住熊头，与它僵持。可熊的爪子却是自由的，乱刨乱抓，树皮一块块地给刨飞了，又刨白中秋。隔着树，刨烂了白中秋的衣服，刨到了肚皮，肚皮差一点儿刨开了，又刨到颈子、脸。好在头不能动弹，熊爪发挥威力有限。白中秋肚子疼得山呼海啸，没手去捂，脸上血淌淌的。白中秋一边抵挡一边喊叫，还真是怪事，竟叫出了几个人来，手拿着大棒和砍刀杀叫过来。白中秋见来了人，用手去捂肚子，那熊趁机就跑了。

几个人忙来看白中秋的伤势，给他找草药。白中秋一问，原来是在这岩底下偷偷烧炭的四川人。一个窑主，两个砍树人。再一看，他们手上拿的棒子都是铁匠木、刺叶栎，全是烧炭的好木，不让砍的。这两种木头烧出的炭叫金子炭，都偷偷卖到日本去了，听说比金子还贵；用它烤火，一天只要两三块，放在手炉里，二十四小时不熄火。

那几个人救了他，他也不会去检举告发他们，倒是他们教会了他胆儿是可以大一些的。那几个人说，烧一窑的炭，起码可卖到三四千元。这就让他动了心。

浑身抓伤的白中秋到了苦荞家，苦荞的老哥苦瓜在给苦荞颈子上刮痧，并说准备去白云坳喊他去的。原来苦荞照秋在田里受了风寒，老是腹痛，腹痛还泻得慌，就想到了白中秋。刚说到白中秋，白中秋就来了。听说白中秋与熊打了架，都不相信。当他拿出身上仅剩的几十块钱来时（还是文寇所长发的），他看到了苦瓜兄妹那淡然的、怜悯的目光。

"我要搞到钱！"白中秋在内心里狂烈地呼喊道。这种意念越来越强烈，意志越来越坚定。

二

白丫儿的父亲白端阳一路火忙火急地赶到宜昌。那宜昌远不是他小时候跟养父白秀和两个哥哥白大年、白中秋小时候来过一次的宜昌，也不是他在伐木队跟车时经过的道路。路已好走了，平坦的柏油公路一直通到宜昌。宜昌人流滚滚，大得像星空，到哪儿找他的姑娘白丫儿去呢？只好在三峡大学周围乱窜。因他的脸、手被山火烧过，疤疤疖疖，像鬼一样，宜昌的城里人见了他就害怕，连问路也不给他指，逃命般地躲开他。

再说他的哥哥白中秋，此刻也在赶往宜昌的路上。

白中秋瞒着爹和儿子，在死人沟打了口窑。他把苦荞说动了，还让她投资了一百块钱。白中秋虽未读过什么书，可有一张能说会道的嘴，他一共投入了三百多块钱，树砍得差不多了，窑也打了，只等点火，烧成后一窑的三四千块钱到手，他什么不能做？把苦荞娶回白云坳，再给瞎眼的儿子娶个媳妇。当然，不止这一窑。只要一窑出了炭，再来第二窑。我说苦荞啊，这年头，山上不长庄稼，加上兽害，庄稼人活得无滋无味，就像一块洗得干干净净的石头。那就只好饿死胆小的，撑死胆大的。林场的李八棍，靠打猎，发了大财，起了三层高的楼房。四川的人都来这山里冒险烧炭，钱让他们赚了，我一个本地人，为何不能赚呢？岂有此理！咱是个贱命，生性胆大，小时候坟山都敢睡的，红丧月敢背猪回，就不敢烧炭吗？命是赌出来的。去年，咱打只灵鬃羊，罚去了五百。要是没抓到呢？光肉也能卖五六百，还加上一张皮子，上千块钱还不是归我了。事没做好。今年一定要做好，赚回去年损失的五百。……我把窑打在无人敢去的死人沟，那儿白骨累累，瘴气沉沉，你到哪儿发现我去！剩下的就是窑的好孬了。防窑塌，防提前熄火，防熄不了降不了温把咱的一窑炭真个烧成粉……当然，只要先把窑祭好——祭个活口，这是第一重要的事。已请了师傅教，说用鸡用条狗来祭也行。可白中秋不放心。一只鸡、一条狗是压不住这死人沟的阴气的。这不是在咱村子里哪道明沟里烧，这死人沟过去土匪火拼，解放军剿匪，加上闹土改，“文化大革命”，不知杀过多少人，血流成河。一到夜间，鬼火荧荧；一到阴天，鬼哭狼嚎。要祭活口，就要祭个大的——旧社会，往后推去五六十年，咱这一带烧窑都是祭人——都是到四川、宜昌买来的死囚或是土匪绑票后要撕的票。人一投进窑口，那窑必定大红火，窑主定发大财。于是，白中秋就想这次老子不搞就不搞，搞就搞好，祭个活人！祭了活人后，就是降温退火了——这他也找师傅学会了雪山咒语。他给苦荞说：“你给我守着，我回村去弄个活口，弄条狗来。”

他说的是最多弄条狗，这就出来，取道凉盘垭、响水河，悄悄从密林深处来到了兴山县的地界。

他想不花钱弄个人去烧了。

那还不是去宜昌当年要走的路吗。当年——他想到爹白秀带着他们三个要吃猪油锅盔的儿子，背着药材到宜昌去卖的情景。那是多少年前？他不记得年月了。他只听说爹老叽里咕噜地说他的战友刘锄子、刘锹子兄弟，就是说因为能去宜昌吃猪油锅盔才跟着他舅舅杨夺水出来革命的。结果他们在神农架就走不见了。爹说：宜昌有大轮船，宜昌有洋灰马路。爹说，结果是他一个人从巴东过的江，宜昌连见也没见着。好在跟上了别的部队。过江时，风急浪高，又死了不少人。

爹那时本来是不想让端阳去的，那时候他还小。可在筹集药材的时候，这小子运气来了，在一天放学回来的山路上，碰见老虎赶獐子吃。老虎吃了獐子，咬碎了獐子身上的麝香，让刚好路过的端阳捡到了。还是个白獐的香囊，白獐黑獐，麝香都是黑褐色的，细沙一样。就这样，爹就答应了端阳也去，并许诺他两个鞋板一样大的猪油锅盔。

又是一个好秋天啊，当然是指天气。从凉盘垭子到响水河谷，一路上山花烂漫，百果累累。秋天该熟的野果猫儿屎、八月炸、猕猴桃都散发出一阵阵朗朗甜味，引来嗡嗡的蜜蜂和苍蝇。吊钟样的蔷薇果和一串串海棠果也不住地往地下掉，仿佛要争先恐后钻入地下去一样。白中秋坐在蔷薇树下，鲜红的吊钟果满地都是，随便抓一把塞进口里，酸酸甜甜满是味道。五味子果是紫色的，一嘟噜一嘟噜挂在灌丛中、悬崖上、河坎边。山里说冷就冷，冬天会突然而至，一些动物都嗅到了冬天可怕的气息，正在拼命补充营养，或者晒着太阳以吸收更多抵御寒冷的热量。比如，一些黄褐色的蛇就像树枝一样攀缘在树枝上，一动不动地晒着太阳。走到河谷的时候，白中秋听到一阵凄惨的叫声，刚跟老熊过招不久的他，一个尿噤，仔细一瞧，是一只猴子，正在拼命甩手，最后从树上掉下来，号叫着，不一会儿就死了。

白中秋走过去，看到猴子肿大的脑袋，就知道是被那晒太阳的毒蛇咬死的。他凭空捡了一只猴子，塞进背篓里，突然觉得这一幕似曾相识，在哪儿经历过的。对，就是那次跟爹去宜昌的时候，也是秋天，也是猴，也是蛇。还有那令他突然回忆起的深夜的山林恐怖。

……那个蓝色天幕笼罩的山林的夜晚，星空宛如万双生冷的鬼眼。爹因背了太重的药材而睡了，要他们兄弟三个给火里添柴驱兽。大哥白大年老念叨着猪油锅盔，吮着黑黑的手指也呼呼睡了，弟弟端阳也歪在草丛中睡去，就剩下白中秋还睁着两只眼睛，拼命往火堆里添柴。那个深夜啊，那个通往宜昌的少年的深夜，树冠在头顶岔七岔八地编织成一张网，柴火发出燃烧的毕剥声，夜枭和鬼瞪哥（猫头鹰）不时发出惊叫，就像被大人呵斥后忍泣的哭童。远处传来凄凉的麂子呼唤，娃娃鸡一阵一阵地恸哭，狼或者扒狗子在仰天悲嗥。他心中的惧怕是那么深广，只盼着天快点亮。终于，天边出现了一线曙色，可以看到爹活动胳膊和腮帮子了，一只晨雀跳出岩缝吱叽了一声，哗哗轰响的响水河又现出它流水的姿态，白中秋才把绷紧的神经和肌肉放松……

今天，响水河依然流淌着。白中秋走在这条曾走过的山路上，心里伤心难受。爹老啦，哥白大年抠瞎我儿子的双眼坐牢啦，弟端阳也烧成了一个“树蔸”。爹老糊涂了，我也老啦，可身边连个知热知冷的女人也没有，生活艰难，在土里刨食就像刨金子一样难。我心有不甘啊，心有不甘！

这又是一个蓝色的森林的夜晚，白中秋已没有了恐惧，拢着火坐着，思前想后，不禁鼻头发酸。泪就扑簌扑簌地流下来了。咱山里人像个啥哩？咱这个家，像个啥哩？还有啥指望哩？那不就破罐子破摔了吗？不能像爹这么吃了一辈子苦终老，变成老糊涂啊！

远处的猎人峰像一个传说站在夜幕之中，在烟云迷茫的最高处。白中秋摸着脸上被老熊抓过的伤痕——已经结痂了，口里念着窑师傅教给他的雪山咒语：

奉请雪山玉龙王，
急急打马降坛场。
一更之时雪下地，
二更之时下大霜，
三更之时雪子下，
四更雪上又加霜，
五更金鸡来报晓，
山中树木响叮当，
龙来龙现爪，
虎来虎退皮，
山中百鸟退毛衣……

念了这个咒等于给自己驱了睡魔壮了胆。心想现在可不要等下雪下霜，我要弄个活口祭了再说。

三

白中秋走到古夫，一个深山里矗立起来的童话般的城市出现在他眼前。那里的每一栋楼都是新的，马路宽阔，车水马龙。过去这是个小公社，现在咋就……一打听，才知兴山县城从高阳搬至了这里。因为修了三峡大坝要将高阳镇淹掉。白中秋坐在昭君广场上，看着绿的草、红的花、美的人和蜃景般的大厦，恍若梦中，也感到自己在山里大门不出真是白活了，外面是花花世界哟。有戴着大盖帽的人在前面出现，白中秋想到自己背篓里还有个死猴子，不敢多待，就去了街上一些餐馆。哪想十分顺当，不敢开口的他一开口，就被一个老板相中了，提起来嗅了嗅，还没发臭，也没理会那死猴肿得像南瓜的脑袋，就给了白中秋一百块钱要他快走。

白中秋死死捏着那一百块钱，心想只要这钱是真的我就划得来。走到没人处，掏出钱来照太阳，掸，摸，揉，搓，抠，全面检查了。又到了一个卖烟的商店买了包两块五的红金龙烟，店主找了他九十七块五，这才检验了钱是真的，又喜滋滋地吃了一碗牛肉面，叼着烟美美地想：只要干事腿勤，还是能挣钱的。

吃饱喝足的白中秋在这个三峡库区的新县城游弋，想到哪儿偷个人。死囚？撕票的“叶子”？这年头只怕不好偷奶娃子（婴儿）？都让人看护着。小娃儿？弄得不好让人抓住打一顿咱也是受不住的，还得投进监狱，跟哥一样吃牢饭。他就把目标投准了那些叫花子、收破烂的呆傻儿。

他终于逮到一个在古夫河边拾荒的半拉子傻儿。

“喂，给你这个。”白中秋给他一颗棒棒糖。

那叫花子见有人给吃的，就接过去，将糖含进嘴里，响响地吮着。

“跟不跟我去？有吃有喝，山里头。”

哪知那叫花子拉出棒棒糖，朝他咧着嘴傻笑：

“嘿嘿，嘿嘿，跟你有吃有喝？鬼才相信，你穿得比我还破！嘿嘿！……”

那傻叫花子不傻哩，飘飘然走了。

白中秋朝那叫花子一看，再朝自己一看，真的，咱山里人走哪儿就是这么穿的，在山里头大家都一样不觉得破旧，可一出门，连叫花子也瞧不起，比他们还破烂。蚀人哩！就扇了自己一嘴巴。唉，哪个跟我这叫花子不如的人走啊！哄鬼都哄不到。

白中秋自卑地在新县城走了一圈，就是个叫花子啊！咱就是个叫花子。在白云坳，咱还不是最穷的，穿得也不是最破的。这世界的差距咋这大呢？心中郁闷，就听人喊：

“到高阳，到高阳的上车了，三块钱，三块钱！”

高阳是兴山的老县城，可还有车，就想反正是没指望了，到高阳看看长江水是怎么淹了那县城，也等于是怀了次旧。

三块钱坐上中巴车到了高阳，老县城果然一半淹进了水里。香溪河已成了宽阔的深深的大河，河面上跑着高大的游轮，那轮船就像一座水上豪华的城市。从船上下来许多高鼻子蓝眼睛黄头发的洋人。这是来旅游的。他慢慢才弄懂大洋船、洋人与这条宽阔香溪河和水淹过的县城相互之间的关系。他一路跟着那些洋人队伍往岸坡上走。那些洋人穿得十分洋气、汗毛很长，手上拿着稀奇古怪的照相的玩意儿。上了岸坡，又碰见拉人去宜昌的中巴车，三十块钱一个人。一问，只要三个小时。白中秋以为是开玩笑。心想开车的不会开玩笑，分明有许多人在上车。他想起去宜昌走了七天七夜的艰难的情景，就是为了吃上两个猪油锅盔。只当这只猴没捡。他一鼓气，就上了车——他要去看看小时候见过的宜昌；如今他已经老了，一只猴子竟让他能去看一趟宜昌，有什么不划算的呢。

四

有一句老话叫冤家路窄，现在让崔无际镇长真正领教了。那天他开完会先去三峡大学找熟人问问白丫儿上学的情况，从学校出来，一下就发现了白丫儿的爹白端阳，正坐在一块石头上东张西望——那张脸他记得太深了，那曾经是一张让人学习的英雄的脸，在当年，那是有光芒的，而现在，它已经暗淡成本来的面目，像一颗烧煳了的大红薯坨，现出它丑陋悲凉的现状来。

他的家人已经知道了？！这没有什么，仅就事情本身来说，倒是可以给他们一个惊喜——能让这初中就辍学的妮子来上大学，且学费全由我负担，他们会多么高兴。高兴之余他们会想崔镇长为什么会这么慷慨，是不是要与我家妮子……当然，可事实已经成了，生米煮成熟饭。我要花一万多块钱才能让她来这儿学三年拿个专科文凭我为的啥呢？也许我在宜昌已租了一间房子有了个安乐窝与这妮子同居了——我要娶她！我要离了婚娶她，就算大二十来岁，那又算什么呢？我还不老啊，我还不到四十，我年轻有为，我要有我身心俱全的爱与婚姻生活！美是不可战胜的，年轻也是不可战胜的。美是一种夺人魂魄的魔手，我被美击中，被一个才十八岁却发育得相当成熟的乡里美妮子击中了。她让我否定了过去一切的生活。与黄一婵护士长的生活那不叫生活，那叫苦难。猜疑、防备、折磨，这么一个不男不女的人，竟与他生出了一个超常生长的娃子真不可思议，一个男人一个妇人怎么会有这种悲剧一样的奇异结果？我爱这个女娃子。疯狂的欲念（包括占有欲）像松毛虫一样啃噬着他的心，有时候，卑鄙无耻的他会情不自禁地从洗衣盆里捞起她那廉价的小胸罩，拼命嗅吸着那上面的体味儿。是汗馊味，又脏，他做过后为自已的举动羞愧难当。一个正当壮年、一年多没有性生活的男人，上帝呀，原谅他肮脏的欲念吧！

有一天，他的手在她滚圆的、豆腐一样有弹性的肩膀上拍抚了一下，只有零点五秒。

有一天，他想进她的房中去，在她甜睡时看看她或是摸摸她的胸脯——在她完全不知道的情况下。

有一天，他快发疯了，在月光下手淫——这可是第一次，真正的第一次。过去，那儿死了，那个东西死了。他把什么都忘了，只当自己是个庙里的和尚。

有一次，他在梦里大喊：我要和白丫儿结婚！白丫儿，我的小老婆！……

现在，他看到了他的“小老婆”的爹。因为钱太多，读书的钱太多，他一下无法承受。就算交了，如果那妮子不从怎么办？他父母全力阻止怎么办？还有她爷爷，那个越老越横、常和政府对着干的猎王白秀阻止怎么办？白秀老头肯定会阻止，因为他不会让我占到白家的便宜的。这老头杀过我伯伯，他心里横着块石头呢。

心里还是虚虚的崔无际，空手走出这所想把自己未来的小夫人培养成一个大专生的学校，八字还没有一撇，八字可能没有一撇，就无意中碰上了她爹，告诉他，今夜他必定不成，必定阳痿。

他是怀有这种企图的。这已是第三夜。灭害兽保秋收的会议开完了，他刚刚从会议上出来，以极不在意的样子与白丫儿登记了一个标准间。他说：你睡你的，我睡我的。这是麻痹她以让她放松警惕。可是，她爹却……

这个晚上。关上房门，就剩下他和她了。

他当然没讲碰上她爹的事。关于读书的事，已勾起了她的向往——这在水布镇家里已说好了。他说他就是要让她读书，不能再像她家上辈和同辈的那些人，那些神经质的、没有文化的野蛮打匠，偷猎、给政府献宝、抠亲人的眼睛……说到底了，就是没有文化造成的，她应该过一种更好的、更清醒的、更文明的、更有知识的生活，不能再在这种愚昧顽劣中煎熬。

"慢慢来吧，希望还是有的。要找一种不考试的院系。考试你考不来了。"他是这么给她说的。他给她买了一套很好的衣裳和一双皮鞋（都不贵，主要是她都没穿过的很洋气的式样），让她快去洗了换上。

关上大门，他将和她睡在一个房间里。

"你去洗啊，没哪个动你的，我见着都烦了。"看着木木地坐在床上的她他就说。他真的有点烦了。这个在家精灵一样的妮子，一旦防范起男人，惧怕，就很令人生厌，鼻了不是鼻子，嘴不是嘴，眼睛不是眼睛，让人提不起兴趣，让人想不顾一切地将她扔下，自个儿回去继续做他的水布镇镇长。

好久，当她从卫生间洗完之后出来，空气中散发着一种从热水中泡过的松散气味，他才恢复了一点点对她的好感，会把她当一个人看待。可这时，他发现他和她都不是人了——

他先是看到白丫儿投在墙上的影子，两个小辫儿一翘，就是一对羊角，灯影斜拉着她的头、嘴，羊头、羊嘴。再一看自己的影子，一只额骨高耸、龇牙咧嘴的大老虎！他内心惊骇不已，再一细看，她本就是一只小羊儿啊，你看她：通红的羊嘴，通红的圆楚楚的鼻子，羊眼，可怜扇动着待宰的耳朵，无处可逃的绝望、嫩生生的眼睛，下巴上还有一挂柔软的白胡子！他不由把眼睛去看电视机前穿衣镜里的自己，天！我，我啊？红爆爆的阴险眼，吐气的鼻，大尖牙，心怀鬼胎摇动的小耳朵，额头上有个“王”字，身上全是扁担花！崔无际镇长猛然想到神农架的人世世代代笃信人一天有两个时辰是野牲口的说法。这不会是空穴来风，肯定有人见过的！

他的心一阵暴乱，神经快崩溃了，人晕眩，恍兮惚兮。他感到他真的是一只兽，一只肉食动物，正在向一只年幼的草食动物扑去。

“老拔子已经砍了你很多伤吗？”他这么说，让她掀开她的背部。

她就让了。因为是老拔子的爸爸要心疼地为她检查伤。他掀开她的T恤，那少女的背脊就现在昏暗的灯光下：真是一道道的伤痕，像一道道梯田，像患了严重荨麻疹。他摸着，骂着自己的儿子，诅咒着，手就向白丫儿的胸前移去。可是白丫儿的双手臂紧紧护住胸前，让他进展不得。这种僵持和相搏是在说话的时候，一句话说完就没有了任何再进行的理由。这妮子的手臂非常有力，没有让崔无际有任何成功的苗头。他遭到了强烈的抵抗。一头大老虎与一只小山羊。他拍拍她，是在慰抚她让她继续放松警惕他再行偷袭。他说——他愤怒地绝望地说：

“你唱个山歌子看，你不要这么紧张，谁又不能把你吃了。”

他说：

“你就唱那杨二姐梳盘龙，你怎么这样啊，你唱歌的时候才最可爱，你怎么咬牙切齿啊，是冷吗？”

……阳雀子叫叫得凶，杨二姐梳盘龙梳子往上飘。阳雀子叫叫得快，杨二姐出坡来锄头往上飘……

崔无际听到白丫儿用颤抖得像打摆子的声音唱这个歌，他突然大笑起来：

“哈哈哈……你像冬天在河里洗澡，牙齿打莲花闹哩……你是咋的啦嘿嘿嘿……怕真让我吃了？我不吃人啊，你是不是白丫儿？那个唱起山歌子来声音像溪水一样的亮汪汪的白丫儿？……”

他大喊。他愤怒。他发狂。他不能自制。

一个苞谷一个窝，一个妹子一个哥，苞谷长在窝窝里，鹰子啄来也不脱，铁链拉来不挪脚……

他唱道。他想哭。他把她扳倒在床上。他终于从她那紧守的胸前摸到她的扭动的、反抗的乳房，小小的乳头。他说：“你以为我是假的骗你？不会对你负责？我要娶你的，娶你做老婆，你还不明白啊？你亏了啊？”

那妮子说：

“崔叔叔，崔叔叔，我就跑的，我就喊的……”

“我就唱——太阳落土又落坡，哥到妹家讨茶喝，心想留哥吃晚饭，筛子关门眼睛多……”

未来的崔无际现在的大老虎踌躇地退缩着对自己说：

“就是两个时辰的兽性！两个时辰，我要忍耐到十二点一刻！”

他看了看手表。

他不知怎么没有关灯。所有的灯开关都在床头柜上。女人们反抗也许是因为灯光，如果我关了灯，那种在灯光下的拼死反抗就会土崩瓦解。黑暗里，再强大的女人也会乖乖地投降、堕落，最后变成什么也看不见的野兽——羞耻看不见，危险看不见，最痛苦的蹂躏变成了快乐和享受……他这么在白丫儿的继续反抗中抓着她那十八岁的乳房，并且克制着，竟然一下看到自己的双手变成了长满黄毛和铁青长指甲的兽爪——这不是她爷爷胸前吊着的那个虎爪吗？它将要把一个纸一样薄的妮子抓破，抓得稀烂；他的嘴里涌出一股虎腥味，黏黏的，他的舌头变得又红又大——它要接近那张妮子的嘴了……巨大的森凉的兽爪！它伸出去时好像要把整个世界掳到自己的嘴下，要把猎物撕开，把它们变成滋润喉咙的血和一条条塞满牙缝的肉。

“请你不要害怕哟白丫儿，你为什么还叫我叔？你什么都不要叫，不要叫您，不要叫，什么都不要叫……”

痛苦万端的崔无际镇长盯着自己的一双手，那双罪恶变异的山野中的手，爪子。他干咽着喉咙，不让自己向野兽滑去，他要看电视——那是真家伙，那才是这个世界里的真实世界：电视在播送着伊拉克和以色列的新闻，熟悉的播音员、主持人。另一个台是凤凰台，几个人在分析今天发生的台海事件，今天是200×年×月×日，屏幕下方拉动的字幕新闻告诉大家，山西又有一起矿难，死亡三十四人，伊拉克发生三起自杀式袭击事件，炸死美军一人警察六人平民五十八人……

他盯着电视，他控制住自己的意识，看看表，已是十点半钟。西陵峡的江水发出奔向江汉平原的沉闷流淌声，江上夜航的汽笛像森林的叹息。他听见他的血液也这么流淌着，在秋天的血管里悲凉呼号……

那个妮子在惊恐中竟然睡着了，眼角上挂着一颗晶莹的泪珠。他看着她那印泥一样的小嘴，白嫩光滑的脸，突然觉得下面的东西坚硬如铁一样地挺立起来，这可是生命的欢呼啊！一种强大的信心让他关了灯不顾一切地向她扑去，掀开她的毯子，扯开她的内衣。这时，妮子醒了，一个尖锐的东西划到崔无际的手臂，一阵深切的疼痛在他身上蔓延开来。他立马闻到了自己身上的鲜血味道。那是人血。

他摸到开关，打开一个灯来，就看到了白丫儿手上攥着一把刀，一把带血的刀。

他搂着自己长长的伤口，他彻底冷静了。他看了看镜子里的自己：头发蓬乱，满脸忧郁，鼻子委屈地抽搐着——他又变回来了，他重新变成了人！他看看表，正好十二点一刻。

五

白中秋穿行在宜昌的大街小巷里，看了西洋景，喝了瓶装酒（扁瓶二两装的三峡小曲）。这天刚从一个肮脏的小馆子里喝了酒出来，就发现巷子拐角处有团活物在地上蠕动。一看，是个活人，小小的，没屁股，屁股上有个小板凳在挪动着——他就这么走路。白中秋突然想：这不就是个活口吗！这人也不是个人，烧了就烧了。喝了酒，胆大，见前后无人，就走过去弯下腰看那人，那个软骨人，有脸，脸很小，无肉，嘴，嘴也很小，耳朵就像一块木耳，头发又黄又稀，头就一拳头大。有下巴，下巴上还生着几根胡子。喉咙很短，估计说话没力，就问他：

"你姓什么？"

这是试探。那人果然没什么声。答是答了，发不出声来，或者说声音很小很弱，又是宜昌话，让白中秋听不明白。或者是他心虚吧，耳朵里只是自己脉管突突突跳动的声音，像开拖拉机。

"跟我到乡下享福去！你这多可怜啊？走，我买吃的给你去。跟我上福利院去不去？管吃管喝啊……"

白中秋不费吹灰之力就让这事做成了，没有反抗，就把那人连同小凳子一起抱进了他的背篓，再用一张雨布一遮，人就不见了，成了他囊中之物。喜滋滋的白中秋想宜昌可真好，就小跑一样地逃离这个地方，往来路走去，拦了一辆客车，神速地离开了宜昌，事情差不多就办成了。

连个死猴都不如。就是个死猴。不吃不喝，不屙不叫，就偎在背篓里，狗也要叫几声拉一泡尿啊。

第二天就把那人背到了死人沟，往地上一倒，还是活的，还笑，还眨巴眼睛。

"中秋，这是啥呀？这是咋回事呀？"盼着白中秋回来的苦荞见了这地上的一团人就讶异地问。

"嘿嘿，活口，不容易，从宜昌搞到的。"白中秋得意地说。

“你要杀人啊，这是个人，不是只狗，不是只鸡咧！”苦荞说。

“甭大声嚷嚷的，这死人沟杀了几多土匪。”白中秋说。

“他不是土匪啊。”

“他是个人？你看看他是个人？”

“你与他前世无怨，今生无仇，你心是狼心狗肺是咋的？犯法呀，要砍头的！”

“苦荞，我求你了，没事的，我把他往窑里一塞就没事了，这里连鬼都打不到一个，哪个能发现？一路都没人管，你还管啊！快烧快变活钱，咱们不能耽搁。”

苦荞护着那个软骨畸人死活不让白中秋点火开祭。

“你若把他祭了，我就走人，你永远不要找我！我说得出做得到！”

“苦荞，苦荞你是为什么哩？”白中秋苦苦哀求，可苦荞不管。白中秋急得一嘴火泡，喘着气哭，口里念念有词说我好不容易弄来的你又不让，你是不想让我赚钱娶你啊苦荞……他后来竟发了牛劲，夺过去那个软骨人死活不给苦荞，苦荞就想给他打拖延战术，去找个人来劝白中秋，就说：

“等我去庙里问菩萨，算个卦，卦说行就行。”

苦荞走出死人沟，感到孤单无助。找谁呢？外人是不可找的，找本家哥哥苦瓜，那是个大闷杠子，砻子也压不出个屁来。找中秋他爹？听说已糊涂了。他急急走着，却漫无方向。看到山上开始泛红的树，就猛然想到中秋在林场的弟弟端阳。

赶到林场，白端阳正在发女儿白丫儿的脾气哩。

白丫儿赌气走了。白丫儿是回来了，他前脚从宜昌回来，女儿就后脚回了林场，背了一大背篓东西，有吃的喝的穿的。给他买的衣服，给妈买的衣服。

“你真不要脸，你不要脸咱白家杨家也不要脸了？我白端阳也不要这块老脸了？！”

那些衣服丢了一地。他老婆就拉住他说你发丫儿的火做什么？她好心好意给你带回来这些东西。

白端阳就发了疯，把那些东西踢得乱飞，踢到门外，哭了起来说：

“咱杨家白家祖祖辈辈没有不知羞耻的，你要不检点你就不要进我家门啊！”

小小妮子哪承得住这样唾骂冤屈，当下就要寻短见自杀，又是找绳子又是找刀子又是找水塘。她妈就拉住她大骂白端阳不是东西。白丫儿边哭边喊说她是清白的，她没做什么坏事，镇长也没做什么坏事，这衣裳是我的工钱给你们买的。她妈把哭哭啼啼的白丫儿关进房里问了一通，开门就出来给白端阳说：白丫儿确实没做见不得人的事，那崔镇长也没有欺负她。去宜昌崔镇长是去开会，帮她问了下读大学的事，没对她瞎来。她顺便去玩了一趟，有很多人，不是与崔镇长两个人（白丫儿这上面说了点儿假话）。

白端阳心里信了口里也不会信，抽烟、喝酒，满脸的火烧疙瘩都在扭曲、抽搐、紫肿。他摔着杯子不听她们的解释述说，狠命地流着泪，朝她们吼道：

“滚！不争气的！你们都给老子滚！滚！”

他踢门，踢罐子。白丫儿母女俩果真就“滚”了，不回来了，不知上哪儿去了。

可马上门口又有女声在说话，一看，是哥中秋新近好上的那女人苦荞，一脸汗湿，敞着怀，浑身冒着白色的热气，就给他说了中秋要烧人祭窑的事。白端阳听到这事后，不禁仰天长叹，白家戢家祖宗前世都做了些什么，养出这等荒唐的畜生后代。咱这家人咋就这般命！大哥是畜生你跟他一样成了畜生，比蛇蝎还毒啊。他想了想，在林场小卖部买了五斤地封子酒，便与苦荞一起赶往死人沟。

一路闷雷阵阵，天上地下都像有石头错动的声音，像有个巨人要把这天地之间的万事万物磨碎了，恨不过，将它们碾成齑粉。山在撕裂，猎人峰要垮下来了，路会断……白端阳心里惦记着赌气跑了的老婆女儿，心中想老牛还要啃嫩草哪，这个姓崔的快四十了，我妮子才十八，可恨啊可恨。畜生也还分大小，但愿她们说的是真的，但愿我妮子留个清白身以后好嫁人好找婆家……

一路上净想着这事，死人沟就到了。白中秋看到苦荞引来了弟弟端阳，大为吃惊，说：

“啥事儿来这里呢，端阳？”

白端阳说："寻白丫儿和她娘，跑了，就走到这儿了。"

白中秋见弟弟东瞄西看，就嘿嘿笑着说：

"烧个窑，也不是砍你们林场的树。"

白端阳说："那也是，林场离这儿远着哩。"

天上雷声连连，白端阳将酒蹾在石头上，说：

"山要塌了，山哼得厉害，咱就带着这壶酒，这下好了，哥，咱们喝了这壶守天亮。"

白中秋说："端阳，你把我稳住，等派出所的人来抓我哪？"

白端阳说："哥，咱就算不是一个爹妈生的，也是几十年的兄弟，一口锅里吃饭的，我坏你的事干什么？"

"是啊，这个家也不像个家，这你不晓得体不体会得到哥的苦处？白椿明明可以去当兵的，这下也完了，田里差不多颗粒无收，全让猪糟践了……"白中秋又去问苦荞，"算的卦呢？"

苦荞拿出一条鱼来，煎得焦黄，上了葱花，却还蹦跶着尾巴，说：

"这。"

白中秋见了酒鱼，肠子就翻动了，口水就往外淌。这一天他等着苦荞还一颗米都没吃。

白端阳说："哥，咱喝隔山杯。"

就要苦荞站中间，两兄弟就举起了酒杯，把酒往胃里倒。去了一斤酒后，白端阳又说：

"哥，咱来连珠杯。"

白中秋怎么喝怎么好，左一杯，右一杯，一斤酒又没了。

两斤哪，可白中秋纹丝不动，眼珠子还蓝闪闪的，就像秋高气爽，神闲气定的天空。眼里却是对白端阳的猜忌和嘲笑：

"弟，红了！红了！你泪汪汪个啥哩？！"

"想起大哥，俺亲爹，还有你我老去的爹妈。"白端阳说。

"倒酒啦，苦荞！"

苦荞也泪汪汪的，看着歪歪欲倒，一脸火烧疙瘩和一双烧成干苕的双手的端阳，不忍哪，手悬了那壶，不敢倾出。

“倒啊，苦荞姐，难得碰到你，碰到你们。”白端阳一抹沉重的眼眉，伸出杯子。

“三响炮！”他说，白端阳说。

“三响炮？！”白中秋都愣了。

“弟，白丫儿和弟媳妇究竟是咋回事呢？”他哥白中秋问。

“别管她们，咱管自己，咱兄弟俩，从来到你们家，我就是跟哥你睡一个床。这雷啊雨啊下得瘆人，鬼火重重，得喝好了退鬼，窑我帮你点火，哥，我被火烧过的，火气重，一点就着。”白端阳说。

“端阳老弟啊！”

三响炮就三响炮，难不倒白中秋。白中秋先干了三杯，全是满当当的酒面。

白端阳喝着，心里拔苦拔苦。中秋中秋，你究竟是何方怪物？酒也灌不醉你，鬼也吓不走你，天不怕地不怕，你未必是牛魔王托生？

“咱、咱、咱喝急流水……”白端阳还这么自咬着牙撑好汉。话没说完，自己溜到地下去了。苦荞和白中秋把他拉起来，两兄弟又喝。又赶去了一斤急流水。白中秋毕竟年岁不饶人，也渐渐晕了，听见那闹哄哄的雷声说：

“怕不是文所长来捉我吧？”

“你还有个怕惧的，哥！”

白端阳就一杯酒向白中秋泼去。白中秋脸沐在酒里，就木了，结着舌头说：

“端、端阳，你、你发酒疯？”

“烧我呀，来烧我！端阳我反正是被火烧过的不是啵？！”白端阳气得脸像秋茄子，眼像火漆果，下巴骨像碾苞谷的碾子。

这时候，那个软骨人就从棚外滚进来了。白端阳也不惊，明知故问道：

“哥，窑子里养着精怪啊？”

白中秋说：“祭、祭窑的，不、不碍你、你的事。”

白端阳摔了酒杯，说：

“胡说，这哪是宜昌捡来的活口？分明是咱死人沟里的肉芝！”

白中秋也糊涂了，问道：

“肉、肉芝？”

“咱这神农架老山产灵芝你也不知道？灵芝分几色？六色——紫、赤、黄、白、黑、青。这六色灵芝又分几种？五种——菌、石、草、木、肉。肉芝就是肉，人肉，人的鼻子与眼睛，吃了可长生不老啊！……”

苦荞故意说：

“端阳，这不就是肉怪？”

“芝与怪你们也分不清楚！芝就是芝，怪就是怪！中秋哥，你这禽兽不如的家伙，你可知肉芝是国家保护的植物，你还想拿它烧成一块栎木炭？不识货的东西！还不交给政府！”

苦荞护着那软骨人，就朝白端阳跪下来，哭诉道：

“端阳，他可是个人哪，你也糊涂了？！”

白端阳一脚蹬开了苦荞，一时泪水滚滚，冲出棚子，外头是瓢泼大雨，漆黑一团。白端阳对着山喊道：

“塌下来吧，塌下来吧，塌死他们吧！这些禽兽不如的家伙，畜生，你把他们都埋了吧，老天爷！”

在闪电的光线中他看见那高远的猎人峰，像一个悲愤的巨人。等他回过头来，那软骨人两粒亮闪闪的小儿般的眼睛望着他，眼里满是求生的渴望和乞求。

云塌下来了，天更黑，沟里满是奇怪的吼叫。

六

活口被弟弟端阳和苦荞背走了。留下白中秋一个人守着那冷生生的窑。我还得祭活口啊，我得点火啊。因为大雨滂沱，他也不能回去，就砍藤子做了十几个套子。不出一天，就套住了一只毛猴。可猴是个死猴。因为它两只脚都套住了，又没有人的智力把那简单的套解开，这烈性的猴为了活命，就咬断自己的脚想跑出来。还没有咬断第二只，血估计流光了。看着那断脚，看着那一摊黑血，心想野牲口也不都像猪那么聪明。野牲口还是蠢的。套子简单得令人发笑，将那套绳一端系在一根树上，另一端打个活扣，野牲口最后束手就擒。上苍没给野牲口们传授这么简单的求生术，是想让咱两脚人把那四脚兽杀光捕光哩，不是这个理又是哪个理？

山里连日大雨，死猴又不能去山外换钱，越看越想越觉得晦气，就将死猴扔在了坡上又去套别的。果然又套了只果子狸，活的，就扔进窑里点了火。守着烧窑，却听见山坡上一阵猴叫，声音怪惨的。一看，就看傻了：一群毛猴正在那儿埋他扔掉的那只死猴。猴子们闹着嚷着跳着哭着，用手刨坡上的土石，刨了个坑，将那死猴埋进去，像人埋人一样，堆出了一个土包。那死猴的尾巴太长，就没埋进去，竖在土堆外。那时雨已经停了，猴们都守在那土堆周围，就像人们守灵。一阵风吹来，那留在土堆外的猴尾就像杆旗帜摇晃了几下，猴群一阵欢呼，去刨那猴坟，把死猴拽了出来，你递给我，我递给你，把死猴抱在怀里，又摇又打，又抚又抛。不一会儿，猴们又呜呜哇哇地将那死猴重放回坟坑，重堆上土石埋了，尾巴依然露在外头。可又一阵风吹来，那尾巴又飘飘摇摇起来。刚静下的猴群又喧腾了，又去扒拉土堆，抱出死猴，你传我递，又摇又抛……

白中秋终于看出了门道：原来那尾巴一摇，猴们就以为土里的死猴活了，就挖出来。如此一而再，再而三……白中秋看到这里，一阵心酸，猴们也是有情有义的啊，比人还重情义，人不认人了连自己家里人的眼都敢抠……人啊猴哟！白中秋就抽泣起来。后悔不该套死这只猴，又想到自己要拿人来烧了祭窑，自己也成了比牲口都孬的家伙。幸亏没烧，那真是伤天害理，禽兽不如。

白中秋赶跑了猴群，重新将那死猴的尾巴埋进土里，这样那群猴才依依不舍地散了。

窑烧到第五天的时候，看着看着快好了，要封窑口闭炭了——这就要退窑火念咒了。而这时，天果真变了，有些昏暗，有些冷。白中秋心想事也就成了，一只果子狸也行，能压住阴煞气。就在心里开始念那雪山咒语退火，最好是下雪子，那雪粉往窑上一壅，慢慢退了火去，炭又干爽，背出去也轻省。坐在窑顶上念了几遍咒语，还真的飘起了稀稀朗朗的雪花来。白中秋想，好神哪，这咒语还真灵验哩，莫非这财该我发了？运气来了你门板都挡不着。正念着，突然出现了三个人，那三个人不看不打紧，一看吓一跳，是巡山的护林队员。虽不是拿枪的派出所警察，可也穿着一身的迷彩服，一个个五大三粗，皮肤黝黑，胡子拉碴，一看就是在山野里蹿的狠人，什么都不怕的。

那三个人见了他只当没看见，竟嘀咕着钻进白中秋的棚子，吃起烟来。白中秋心里虚，见他们招呼都不打一个，正念到"龙来龙现爪，虎来虎退皮"，心想该不是什么山精木魅吧？白中秋心乱如麻地进去时那三个人在找水喝，找到弟弟端阳的那个壶，摇了摇，他们说："还有酒哩。"又从自己的背包带子上取下杯子，往杯里倒酒，说："怪呀，这深山老林，未必是红毛野人酿的酒？"

白中秋就说：

"我的酒，尽管喝哩。"

那几个人只当没听见的，自顾了喝，说：

"有点菜就好了。"

白中秋就从一个岩洞里掏出半碗腌黄瓜来，呈递过去。

那几个人还是没看他一眼，倒是把那碗接了过去，一人拿了条黄瓜，呱唧呱唧地吃起来，满屋的酒味和黄瓜的酸味。白中秋以为他们会感谢他的，他就要收买他们了，想着兜里还有多少钱，也不多了。可那三个人吃了，打了嗝，还是没跟他说话，只当他是空气，只当这个世界他不存在。

"还有三个雷管啊。"一个人给另两个说。

三个人就都拿了雷管。

白中秋预感到大事不好，就看他们怎么干。那三个人就出去了，走到他窑口那儿，拉开堵窑的石头，一会儿大火纷飞，火舌卷到空中有几丈高，像一条火龙！炭见了空气，又燃了，要烧成白灰！白中秋见此景，就扑向那窑，却被三个人紧紧抓住，并且把他按倒在地。白中秋真真切切地看到他们把三个雷管投进窑里，一阵惊天动地的响声，窑飞了，满沟里都是热气腾腾的炭灰，就是炭灰。白中秋一声惨叫就哭了起来，可回头一看，那三个巡山员不见了。

"我娘耶！我完了！这辈子算完了！叫花子讨鱼胆，穷苦的命哟！……"

七

苦荞答应了要将那软骨人送回宜昌，这就动身了。没钱坐车，就走小路近路，穿山越岭。好在软骨人又小，充其量四五十斤，山里人背惯了，也不算什么。那软骨人坐在苦荞背柴背猪草的背篓里，还是安静如初。苦荞就诅咒着天杀的白中秋。山中有秋雨，只好用雨布将自己的头和软宝的头盖着，也就盖住了整个背篓；那软宝的头搁在她背颈窝里，左摇右晃的，吹着丝丝热气，算是个活人，走路就格外小心，怕滑倒了，把那软骨人摔了。人家可是城里人哩，宜昌在哪儿咱也不知道，没去过，但方向还是知晓的，穿过兴山，再穿过夷陵，不就到了宜昌市吗？如拦到个便车，就更快了。

到处是淋湿后阴森森潮乎乎的树，乌桕的红叶一蓬火从雨中冲出来，还是无力，呛着烟子。山楂红串串的，像树淌着鼻血，疯长的山荷叶还是很茂盛，在溪沟边摇摇曳曳。苦荞见旁边林子里有响动，就拍拍那背篓说：

“有野牲口，我就把你喂着吃了的啊！”

有个人说话，人还是胆大些。那“人”虽不能说话，又小，毕竟是个四肢俱全的人。

“宜昌有大楼房和大洋船吧？”

“宜昌的女人都很漂亮吧？……宜昌人吃啥喝啥？长成你这么个蔫不拉唧软宝相，未必宜昌没苞谷吃吗？咱神农架山里，男娃女娃都长得敦敦实实的，打得死老虎，都叫苞谷墩子……”

这么说着，到了傍晚，雨的翅膀收了，有晚霞钻出来，山上又有一派爽气，路也干了，听到远处的山上有歌声和牛哞声，就唱了起来：

送郎送到床档头，
撞破灯盏泼了油，
破了灯盏不打紧，

油了衣裳要丢丑。
送郎送到房屋门，
双泪难忍哭一声，
你也哭来我一哭，
哭来哭去走不成。
送郎送到道路口，
伸手拉住我郎手，
舍不得丢也要丢，
奴手丢了心难丢。
送郎送到大桥头，
手扶栏杆望水流，
莫学江水无情意，
但愿天长与地久……

唱完，那背上的人竟拍起手来。还能听哩，也能吃，给了他个火烧粑粑，就吃完了。走到一家住户，想讨歇过夜。可那家人说："背个啥哩？猴娃？"苦荞一听就气了，说："咋说话哩，这是个人，人家还是城里的，宜昌的。"那家人就说："人不像人，猴不像猴，不是猴娃是什么呢？"就朝她打量，看那眼神，好像这背篓里的人是她和猴子配了生的。就气愤地走了。回过头又问了一句："这里闹不闹猪？"那家人说："猪啊猴啊鬼啊都闹的。"

苦荞心想吓不住我，就往前走。走到一个路边岩洞，就把背篓卸下，点燃一些火，又用开山刀砍了些芭茅，塞进背篓里，自己靠在火边，太累，一闭上眼就睡着了。梦中梦见了自己的儿子春鹊，这春鹊咋就跟这软骨人长得一个样呢？软软地走来，却能说神农架的话，用神农架的口音喊："娘哟！在这里歇么事啦？"春鹊死后，苦荞的一头好秀发全掉光了，两年后才又长起来。用手去抱春鹊，春鹊又变成了猴子，说："娘，我还要去树上摘云雾草吃。"醒过来见自己坐在火边，竟搂着那软骨人的头在胸前。冰凉的水咋就往手臂上落呢？自己哭了，泪滴在那软骨人脸上，把软骨人也惊醒了，向上瞪着一双单纯的猴眼看着她。不就是个猴子吗？人家说得没错，就是只山猴：猴脸，猴嘴，猴牙齿，猴耳朵，还猴叫声哩，咿咿呀呀的，是在问她为啥子落泪？

苦荞就想抹泪，把那背篓放一边去，心想我还真怕他被野牲口吃了不是，又不是我的儿。看人小，可年岁估摸着也不小了，脸上有了褶子哩，还有几根稀黄的胡子，小老头啊！

“你甭看，我梦见了我儿哩，不关你的事。”

一宿无话。

第二天早上起来钻出洞子，晴霞高山，红叶薄雾，顿时太阳就沸沸扬扬，顿时山里就果实噼啪炸裂一片。秋天欢呼雀跃，人的头上热汗滚滚。

身子虚，没吃啥，又没睡好，身上又背着个活人。那无人的路上还时常看到野猪的蹄印、遗落的臭屎和拱过的土石。走到一条河溪边，卷了裤腿就要过去，看见河对面山壁边一排亮闪闪的长齿猪！猪呀！

“妈呀！”苦荞心里叫了一声，还不敢叫出来，就收了脚，手上抓着根过河的棍子，就交给了背上的那个小人儿，又从腰里抽出山里人个个出外都有的开山刀，心想：你们要过来，咱就跟你拼了！

山里人都知道，当你与野牲口遭遇时，又没能力打败它，你千万别慌张，站哪里还是站哪里，别跑，眼神不要游移，不要东张西望，脚也别挪动，就直勾勾地盯着它，管它是猪还是熊，是虎还是豹。听说野牲口虽比人厉害，却不敢看人的眼睛。人的眼睛里放出的光，让所有野牲口发寒。苦荞就那么盯着河那边的野猪。心想反正隔着一条河。河虽不宽，水却湍急。看着看着，竟发现脚下与河对岸相连的路不是条人行道，是条兽道——野牲口来来往往的。而且那群猪（少说有十多头，有大有小）丝毫不怕苦荞的眼睛，不但没退缩，反而有跃跃欲试过河的企图。

猪群中有两头白猪，有两头大猪，嘴有两尺长。那两头大猪估计是头领，它们把长嘴杵到地上不动，发出低沉的哼哼声，身上的硬毛直竖起来，这是要发出进攻的信号！

苦荞背着那软骨人站在那儿，眼盯着，身上都麻了，心想逃不脱了。万般无奈之时，感谢猪群中的几只小猪，这些猪娃们不知道大猪想要过河攻击人，它们的天性开始跑动了，并且是往下游山坡上的灌丛里跑。小猪一跑，大猪吃不住劲了，就去撵小猪。冷跑一个，热跑一个，不一会儿，猪群全部跑掉了。等没了猪影，苦荞还站在那儿，腿直发跳。

好一会儿，她才把那背篓扔到地上，自己脚一软，倒在了河滩上。

背篓一摔，可能摔着了那软骨人，一阵猴被狼吃了的咿咿叫唤，那软骨人就从背篓里爬了出来，身上冒着滚滚的冷汗，像一条软虫。他什么都看见了，他吓出一身汗。

“软宝，就是你！咱为送你，差一点儿被猪吃了！你叫唤个什么啊，摔不死你！让你活着就是天大的人情！”

拎起那软骨人，就朝河里扔去。那软骨人被丢进河里，哪儿会水，就扑腾起来。苦荞不是要淹死他，是去抱他时，闻见一股令人作呕的酸臭味——这家伙自被白中秋背来就没洗过，就像一团粪。她是要给他洗个澡。

“淹不死你！淹不死你！”就将那软骨人的衣裳三八两下扒下来，扯了把蓝韭草便在他身上搓。

那软骨人在水里扑打扑打，身上搓得红赳赳的，还没忘了用一只手护住私处。

“你那也叫家伙！”心里这么想，就扯开那手把下身也给他搓洗了。那东西果真不是个东西，就是个小田螺，可茅草还不少，真是个大人呢，小老头哩。

洗干净了，洗出个人样来了，就扔到河滩上。太阳正好，不大不小，卵石热乎乎的。苦荞再为他洗衣服，洗了，摊到太阳下晒。可自己身上也湿了，汗湿加水湿，干脆脱了衣裳也把衣服洗了再洗自己。转过头来，那软骨人一双老鼠眼滴溜溜地盯着她的身子看，就忙钻进水里，朝那软骨人戽水道：

“把头转过去，闭上你的眼睛！要死啊，再看我让你喂猪！”

那软骨人就转过头去，又转过来，朝她眨眼睛，还笑哩。这狗日的，小卵泡！苦荞就赶紧洗了，护住胸前，爬上岸躲到远远的一棵大树边，等衣裳干。

衣裳干了，两人穿上了，再背上他，往哪儿走呢？还只得过河，往前面走啊。心里这么想，泪水就涌出来了。默默地揩干了，还得走呀，硬着头皮往前走，谁叫你给这软骨人说了，给白中秋也说了，要把他送到宜昌去。

横了心涉水过河，泪水扑嗒扑嗒往下掉。哪知道一只手就伸过来了，替她揩泪哩。转过头一看，那家伙也好像在流泪，眼红红的。他是为哪般？

好在，过了河，又上山，再下河，再爬山，没碰到野物。只是，快到傍晚时，下了一场秋雨。这雨在山上一下，就是剥皮沉水的感觉，前不沾村，后不着店，看来又得在野外待一夜了。好在洞多，就进入了一个岩洞躲雨，有些行人打的茅草、柴火，也是有人睡过的——她嗅了嗅，是人睡过的，不是野牲口躲雨的，就放心进去，生火，把那软骨人和自己的衣裳又扒了烤。一触到那软骨人的身体，咋冰凉的？想是伤风感冒了，又没吃的，就干啃了一个红薯，还是在人地里扒的。这人冷，还打战，牙齿像打机关枪，哒哒哒哒地磕。就是块冰！只有出气，没有进气。快死了？这人快死了！心里怕不得不行，只好把那团“冰”抱进怀里，用自己的体温暖他。

边暖边嘤嘤泣泣哭着，哭自己死去的男人和儿子，哭该死的白中秋，哭自己的命……

哭着哭着，竟搂着那“冰”昏昏沉沉地睡着了。一阵冷风吹进来，惊醒了，山里是熊吼狼嗥，怀里的那软骨人有了些热气，人大概也活了，还有个东西顶着她不舒服哩，往下一摸，抓到那家伙的下身，就是下身，就像火烫了一样，苦荞立马爆起来，将那使坏的软骨人扔到草堆里：

“邪！邪！你想干什么？啊？！”

那软宝也从混沌中摔醒过来，一声“咿咿”，就在草堆里疼痛地挣扎起来。

“摔不死你！看你邪气！”苦荞两个大白奶子气愤地跳跃着，“你是狗子坐轿，不识抬举！给不得你一点儿好，来——”抓起一把草就往他嘴里塞，不让他叫，这是惩罚。

那软骨人虽然口里塞了一把草，可脸上一脸的愧赧色，那样子，是恨不得找个地缝钻进去。

苦荞不理他，他难受，就到火旁扒拉他的衣服自己要穿。还真能穿，那衣裳也干了。可苦荞却在一边越哭越好哭，越哭越想哭。那软骨人在那儿不知如何是好，晓得自己做错了。唉，也算不上错，遇到暖热，生理自然反应，也不能怪他哪，他虽是个畸人，那东西不畸。他待在一旁不知如何是好，连道歉也不会。这时，苦荞就见他上来拉她的手腕。苦荞看着这个小猴样的人，不理。那猴人又拉，并且指着她手腕上那块表不放。

苦荞那表都一年多没走了，戴在手上，也就是个摆设。丈夫的，丈夫的遗物，见了表，就是个怀念。

那人要她捋下表来，很固执，不放。又见那猴人去背篓里，费了好大劲儿拿出他行路的板凳来，从板凳横档抽出个小抽屉儿，里面还装着不少的东西，一个包，摊开来，全是修表的工具。苦荞虽未见过修表，可当那软骨人把那小小巧巧的一大堆工具摊开时，她就感觉到这工具与手表有关。

软骨人捡出一块无表带的电子表，又指了指她的表，又拿出一把小起子，苦荞就明白了六七分。就疑疑惑惑地把那表摘下来。

那软骨人拿起她的表，示意她把火再添一把。火烧大之后，那软骨人就把那个带玻璃的塑料软圈往右眼上一贴，就贴住了。就开始拆苦荞的表。

三八两下就把表拆开了，就开始修，几下修好了，一上发条，表就嚓嚓嚓嚓地开始走了，走得好稳沉好雄健。那软骨人按电子表上的数字对好时间，将那表递过来，一脸孩子笑。苦荞就接过表重戴上，哈哈，真修好了，嚓嚓嚓嚓，秒针赶分针，分针赶时针。那软骨人摘下那红塑料镜，捡起根烧过的树枝，在石头上写起字来。苦荞凑过去看——她多少认得几个字，那石头上软骨人写的。

字还写得很好呢。这城里人,定是上过学的,还是个修表匠。哪能想到啊！这么个残疾人，却有这么好的正当手艺，比起那四肢健全却走邪门歪道的白中秋，人家就是高山，白中秋是一坨狗屎。

苦荞开始重新打量起这个人来。虽不像个人，可怎么看怎么亲切，怎么看怎么心疼。

“小猴猴儿啊，你这个小猴猴儿……”苦荞在心里颤颤地说，泪水又叮叮咚咚流出来了。

天亮了。

第六章　阎王塌子千斤榨

一

“你说什么啊？！”

白中秋一听说苦荞嫁到宜昌城里了，就像一条狗一样气疯了，并且打狗，打得家里的紫花和石头嗷嗷乱叫，狗急跳墙，跳到屋顶上，朝天上的乌鸦乱吠，一声铳响传来，白中秋他爹白秀朝狗开了枪。有人就说：白家一屋的疯人疯狗。

白中秋那个气呀，心想，我还是你们俩的介绍人哩！心里对苦荞和那个人不像人猴不像猴的软骨人那个恨呀。苦荞哩苦荞，那又不是个人，你咋喜欢上了他呢？不就看上他是宜昌大城市的人，有个城市户口？！咱神农架的人咋就生得这么贱！

心里恨不过，又步行了几天去了趟宜昌，站在东山大道上对着宜昌大骂了一场，人流匆匆，车流滚滚，噪声隆隆，没个宜昌人理他，只好自己干巴巴地回了家，蒙着头睡了三天三夜不吃不喝。把他儿子白椿倒吓住了，怎么劝也不吃。三天之后，心里就想成熟了。说到底，咱还是一个钱字，没钱休想讨到女人喜欢。

白中秋丢下一屋的老弱病残，自个儿去了镇里。他想买老鼠药，毒死天下的野牲口，把山里的活物杀完；他想买敌敌畏，把河里的鱼毒它个片甲不留。

他想杀人。走到街上，迎头就被一个人杀了一刀。那是个木刀，好在没危险，扯起那人就要劈巴掌。有人就拉住他：这可打不得，崔镇长的相公！白中秋想，这就是那个长成屋山头了的老拔子。白中秋气无处消，看那傻大个小儿，口中高念着“冲冲冲，杀杀杀，杀得你们像狗爬”。后头就赶来了侄女白丫儿。这个白丫儿还是到崔镇长家来了，她爹拦不住。白丫儿一来，见是二伯白中秋，就喊：“二伯！”白中秋头上生疼，眼还冒着金花，就说：“白丫儿，这是个啥牲口？老熊啊！”白丫儿说：“二伯对他要顺毛摸。老拔子！老拔子！回去！回家去！”

叫老巴子啊，那不就是一只虎吗？虎在神农架就叫老巴子。老巴子这虎占着镇子，还有老百姓好日子过吗？

摸着头上鹅蛋大的包骂骂咧咧地撞进了些微醉餐馆。餐馆的巴东老板就问：

“师傅，吃什么呀？”

“有啥呢？”

“就牛杂锅仔。”

“多少钱？”

“十二块钱，一大锅，包你吃得汗直流，全货真价实，咱不做假的。”巴东的牛杂碎师傅鼓着腮说。

“那就没点儿野味？……比方说野猪肉？”

“那东西能存着？三天两头停电，放就臭了，就这东西，哪儿打得到啊，猎王白秀都打不到，听说今年的猪都是精怪啦！如今的人，都想吃活的，恨不得敲猴脑吃脑髓……”

“你是说，活的才值钱？”白中秋压低声音问。

“那可不是，皮、肉都值钱，哪儿弄去！”

吃着牛杂碎，一股牛屎味。手上还捏着一张刚在庙里求的签，签是个下下签；马超追曹，签辞上说：得宝醒来在梦中，自是南柯一场空。苦求婚姻并问病，别寻条路为相通。那老和尚追出来找他要签钱，他边跑边骂：

“老秃驴你坏了我的好事，不找你赔钱就是好的！”

酒还是很滋心的，酒让人泪眼汪汪，思前想后，枉托了一场人生！十二块钱一锅的烂肠臭肚锅仔呀，煮出一股牛屎味的锅仔，我哪点得罪了这世界，这世界这么看不起我？……想起“活的值钱”那句话，心里便有了谱儿。

跌跌撞撞地往山里走去，到处是湛蓝的天空自由的秋色，野蕨和蕙兰闪闪发光，铃兰敲打着叮叮当当的噪声，溪水滚动着金链一样的身影，山顶的雪痕像神仙摊晒的盐——敢情山顶上都下了一场雪啦，雪一下，那金丝猴不就要下来了？……想到巴东老板说敲猴脑吃的话，肉与皮都值钱，听说一张金丝猴的皮要顶台拖拉机，这话是听谁说过的……

山越走越深，口里越走越有一股牛屎味道——全是巴东人的牛杂碎弄的，看准咱只配吃最便宜的牛杂碎锅仔，欺负人哩，一个外乡人还欺负你。正走着，忽然听到了森林中一阵响动。抬眼望，红桦林子全翻开了卷皮———到秋天就要换皮哩，哪有什么东西！没猪也没猴，是榛子在风里叭叭往下掉，木通在风里咚咚往下落，海棠果在风里唰唰往下溜，鸟啄的，一群不出声的黄嘴大蓝雀正拼命啄食。

风一吹，天就凉，到了哪儿啦？这不是清风寨的牛下水嘛？我知道我走到这里了。牛下水密不透风，高寒荒凉，一到秋冬，就是金丝猴们的栖息地。果然——

但见一阵狂风卷起，一团团金色的火焰出现在远处的林梢，宛若一团团烧红的铁泥从六指的铁钻上飞了起来。呀！看，金丝猴们披着长长的披风，闪着蓝蓝的圆脸，霓虹般飞卷的尾巴，宝石般含情的眼睛，神情镇定自若，身影超然物外，活脱脱一个个宜昌城里的美女子！这定是城里美女的精魂所变，依恋咱神农山水，才托生到此的。这群至少有上百只，它们驮儿带女，采食苔藓松萝，这些仙人仙兽仙女呀，它们张望着，逗闹着，依偎着，互抚着，煞是好看啊！

白中秋心中一阵激动，手无寸铁，只有一把开山刀一个背篓，如何能……

“咿耶——啊儿——啊儿——”

一只哨猴在树梢瞭望，发出尖锐的叫声。白中秋赶快闪到树的背后。就听见那猴群一起发出了呼应：

“喳克！喳克！”

国家一级保护动物啊，宣传了的！口里就泛出了那野花椒籽味和牛屎味来。辛辣动人的野花椒籽味和恶秽杀人的牛屎味在这山野里即刻搏斗起来。野花椒籽味说：滚开！滚开！你这没洗干净在牛肚中肠子上沾着的牛屎味！牛屎味说：滚开！滚开！你这野娘儿们生的野种野花椒籽，牛屎乃我牛杂碎的本分！不装我这牛屎，这牛肠牛肚又有何用？既没有用，就没得吃，哪还有你后来烹煮的机会？！你想压倒我的锐气，休想！野花椒籽味说：你这龌龊的东西，我乃神农山上心性高洁性格强烈之调味品，烹煮你这不干不净的东西，算我瞎了眼！牛屎味呵呵一笑说：不干不净，吃了不生病。没有我这牛屎味，哪有我们主人的恶心，没有他的恶心，哪能记起我这一介草民来呀。野花椒籽说：恬不知耻，你算什么草民，你是屎民！所以，你我没有什么高雅低俗之分，就算你是皇帝的宠臣，最后同奔粪缸，成为肥料，滋润万物。说不定你最后的气味还没有我深厚浓郁绵长持久，还能放进锅仔里烹煮呢……

生性高傲的野花椒籽味与涎皮赖脸的牛屎味在这傍夕时分的山野争斗了半天，打了个平手。白中秋就想到了些微醉餐馆，那油腻腻的桌子，四处飞舞的苍蝇，咕咕欢叫的红辣水锅仔，那尖嘴猴腮的老板给他神秘的递话：现在活东西值钱……

他盯着金丝猴看着，看得可贪婪了。这活的……活的，远在天边，近在眼前！……

一只小鹿来到了溪边，开始试试探探喝水。暮色把它渐渐吞没了。白中秋看着，眼泪唰唰地流了出来。

高傲不驯的花椒籽味与涎皮赖脸的牛屎味在这高山上奋勇铿锵地争斗了半天，白中秋也苦想了半天：干还是不干？！

“干！”他说。

二

白中秋背篓里背着一个小金丝猴回村，就碰上了他的老克星文寇所长。这个瘦瘦的，像小孩一样笑，像狗一样发怒的派出所所长，又摸到咱家，莫非发现了我进山……

好在他没进屋有人就跟他说了文寇所长在他们家，真是天助我也，我得赶快把那东西藏起来，就闪到后头竹林，再下到一个岩坎，藏进一个小山洞，用牛草堵严实了。他是想把这东西先放着，再找下家。听说林场李八棍是倒腾这个的，他有路子走这野牲口，价钱也可能公道些（熟人嘛），没想到先碰上了煞星。

进了屋，才知文所长不是为他。是为一种阎王塌子千斤榨的大猎具来的。白中秋一进门，毛村主任借着文寇所长的狠就朝他一顿狂嚷——是批评他哩：

“你让你家爹妈吃啥哪？让白椿瞎摸灶门？把屋烧了你就好了？让他去放牛还捡漆树籽，你是个什么东西！咹！你一路游山玩水搞女人……”

说到搞女人，白中秋就要打断村主任的话了：

“我搞了女人，女人跟人跑了你不晓得，你讥笑我哩，村主任！”

本来心里有鬼，搞了野生动物，可说他搞女人是最屈他的，就跳了起来，差一点儿与村主任动了手。文寇所长就说算了，你们放一放咱还是讨论阎王塌子千斤榨的事。

几个徒弟都说这东西难做，简直没见过，现在山里的大兽少了，哪用得着这种让山兽断子绝孙的猎具。他们的师傅白秀老人有些糊涂，说见是见过，旧社会见过，砸老虎豹子的，还砸那种大独角兽和林豚。林豚是啥？就是棺材兽。有人见过，砸棺材兽最狠——那棺材兽，一口棺材那么长，一头大一头小，头上还顶个“奠”字，枪子不能伤，真是刀枪不入，只服这阎王塌子千斤榨，当年，是秦岭下来的打匠鼓捣这玩意儿，要几千斤大石头，几千斤芭茅，几千斤树筒，还必须是杉料，一般粗的，弄得不好，打匠塌死在里头，这东西危险大，不是打大兽的老打匠，谁都不敢摆弄那玩意儿。

为什么要搞这阎王塌子千斤榨，白中秋听着听着就听出了一点儿门道。原来镇里县里发大头症，说要变害为益，不光要捕杀野猪（崔镇长从省里争来了二十头猎杀指标），还要搞野猪养殖。县里的领导说：野猪养殖，可是大有可为的阳光产业。崔镇长说：到宜昌开会，谁不说，咱神农架的野猪泛滥是个宝啊。把那野猪全收到圈里来，家家养殖野猪，那不要发大财农民就富起来了吗？城里人就好这口呀！野味呀！有的外地乡镇长说，你们还怵什么，这是丰富的自然资源，老天爷赏给你们的，不收白不收。那就搞呗。可如今这猪都成了精，枪打不到，套子套不到，陷阱下不到，你有再大的本事千军万马又奈它何？还是文所长懂这个，就想到了那失传的猎具阎王塌子千斤榨——这是一个浪漫主义的想法，一个浪漫主义的人，一个民俗学会会员和洞穴探险者的奇思妙想：弄些阎王塌子千斤榨，砸死几头猪砸伤几头猪，那不就都有了吗？猪什么都见过了，这种猎具没见过，它就会往里钻。

白中秋倒是对这个很有兴趣。他想起小时候听爹讲过这种猎具，砸那棺材兽和大羚羊的故事。可他惦记着山洞里的那个小猴，就没了心思。文所长逼着白秀要他带领大家把这个东西搞出来，继续把猪打了。白秀只是咳嗽着，几十年的泥肺又犯了——是在山里受了风寒。他话也说不清，几个徒弟包括村主任都摇头。要徒弟们搞，舒耳巴因肛门做了手术有问题，便秘，成天叫唤，包胜手炸成两块生姜样，还能做什么传说中的阎王塌子千斤榨，就是做个鸟笼也不行了。

这让文所长很恼火，脸色很不好看，像患了痛风。没人接手做这个，人们对养殖野猪发家致富的兴趣也不大，叫文所长那个恨啰——恨铁不成钢。心里想：你们这群懒惰鬼穷酸猪，你们过的哪叫人过的日子啊，整个村里充斥着一股人畜便味，一个个家徒四壁，破衣烂衫，最好的鞋子就是黄力士鞋，最好的上衣是冒牌的有肩章的黄色警察制服，以为背个肩章就威武了。你们睡的枕头是荞麦壳枕头或塞的破棉袄，你们盖的被套是到处起球的化纤织物。你们的家里酸臭扑鼻，你们的厨房烟熏火燎，老鼠蟑螂成群，你们的窗户用塑料纸蒙着，你们的桌子上跳跃着鸡子，揩了鸡屎摆筷子请客人上桌吃饭。

你们一家两个袱子（毛巾），黑黢黢的，公公媳妇用一个毛巾洗屁股下身；你们啃了十几年的筷子，你们的牙刷毛都趴得像老母猪的毛。你们不知道世界究竟怎样了，一个连什么叫枕头都不知道的人不是连畜生都不如吗？可悲啊，可悲。

“可是，”他在那儿大喊，“白大爷，你们跟政府作对倒是很积极的哟！为何跟政府合作总是这也不愿干那也不肯干？”

“那哪是对着干不肯干？”大家七嘴八舌地说。

“……咱这信息不通嘛。猪又鬼精，能打谁不打？……政府对咱师傅不错这大家都看在眼里，老红军终于定下来了……”

文所长心里说：

“你这老红军、猎王也就这般能耐，有人还怕你成为传说扯杆子上了猎人峰让社会不安定农民暴动呢，什么本事都没有，完了，完蛋了！

被文所长内心蔑视的白秀白大爷左右不吭声，只是在虎爪烟袋里抠烟丝填烟锅抽，吧嗒吧嗒的，两腮凹进去荒了。

白秀后来说话了：

“做这样的千斤榨，那是要短寿的。”

这一句话，就把所有人的路给堵了。那鲁瞎子也附和道：

“是折阳寿的。想想，枪打一只，千斤榨砸一片，断子绝孙这也是断打匠的活路吗。没想到政府说保护，还鼓动咱做这号猎具……”

文所长当即反驳他，说这与保护无关。二十头猪的指标你还没打一半，我弄几头猪了见好就收。

说服不了别人。

三

文寇所长只是在白秀的家里围着火塘听到了一些稀奇古怪的传闻。比如，说某人要搞女人，女人不让搞他就闭女人的尿，咒一念就闭了，女的三天拉不出尿来，来找他，只要答应跟他睡，尿就排出来了；比如，木匠使坏，在人家新婚床上钉钉子，原因是没招待好吃喝，钉了钉子新婚夫妇床上爬上爬下就是搞不到一块儿去，钉子一取就成了；还比如做房子使坏的，在门上画凶符你不知道；等等。气呼呼地回到镇里，镇里还在大张旗鼓地宣传把水布镇变成野猪繁殖基地，并将活捉野猪的悬赏提高到五百元，将倒闭的木材加工厂改造成野猪良种养殖场，还不知从哪儿请来了一个说话不利索的广东人来传授野猪养殖技术（听说是联营）。母猪是家猪，就是“鄂西大黑猪”，繁殖力强。已经将木材加工厂过去的职工宿舍改造成了比较规范的猪圈，上面用铁拦网（据说公野猪可以跳过四米高的墙）。并且将蔬菜队划出了一大片土地种野猪喜欢吃的白三叶、红三叶及高羊茅草。听那个广东人说，一头野猪一天要吃两块钱的饲料，如果加些草，就可省五角钱，而且草很使公野猪母家猪健壮，不会便秘，发情期长。两年能生五次崽，一次至少十二三个。一个月哺乳，断奶后就又可发情。家猪肉十七八块钱一斤，野猪肉到了城里的超市，就要翻一倍到两倍。而且野猪与家猪杂交的这种野猪肉啊，皮薄肉细，吃起来不腻。

三头母猪已经开始发情，只等捉来的公野猪配种。真是万事俱备，只欠东风了。

可领受捉猪任务的文寇所长却急得像热锅上的蚂蚁，到哪儿逮猪去？还是公猪！我的天啊，天啊，天啊，母野猪呢？死的呢？母野猪也行呀。也有了方案，让镇上高三驼子的公猪（当地叫脚猪）来配，也是一样的，一半家一半野血统，一样皮薄肉细，瘦多肥少，野味不减。

在贯彻执行上级交给的任务方面，崔镇长可以说是不遗余力的，而且道理还都冠冕堂皇，说起来还能催人泪下哩。

当然，文寇所长之所以愉快地接受了这个任务，也与自己的隐秘有关。作为民俗学会会员，他在猎俗收集整理方面做了些什么，全镇子的人没有谁知道，连派出所的人也不大清楚。反正，借着治爆缉枪，他的欲望得到了空前膨胀，他的由此而滋生的宏伟计划，正在一点点实现，并且迅猛发展，离胜利几乎只有几步之遥了——阎王塌子千斤榨呀，我爱你，我渴望弄到你，我渴望复原你，这失传的伟大猎具，在神农架这个打匠辈出，野兽成群的山岭中，你应该在我的手上重现，成为一种象征，一种猎人精神的象征，气吞山河，吸海垂虹！它就是猎神，就是猎神啊！

有一个人正在悄悄向他走来，那就是猎王白秀的儿子白中秋。

不过那是在数天后，绕了一个弯子向他的拘留室走来的。

四

白中秋背着那小金丝猴到林场找李八棍，他弟弟端阳说李八棍哪儿在场里，满世界到处跑。去问李八棍老婆，李八棍老婆说她都两个月没见他了，谁知道死到哪里了。那就只好去找那个巴东卖牛杂碎的。

大雨哪！几个村都出现了泥石流，雷打得人惶惶不安，心里一跳一跳的。该不是为这一只猴吧？不不，听说青龙潭的青龙醒了，前天听到山吼，走到哪都听说山吼了，地哼了，是“黄安”。黄安是一种蛇，到咱神农山区修炼的，五百年后就修炼成仙，就要借道出海，腾空为龙，这就叫起蛟，听许多人说，今年要起蛟了。是起蛟哩。

走到鬼脱岭休息，剃头的夜壶鼻子老范说：八里荒一棵天师栗前天晚上一雷劈出条大蛇，劈到半空中，落到河滩上。镇上昨天派人去看，可蛇不见了，尸骨无存，有两丈多长……

白中秋滑滑溜溜地背到镇上，来到些微醉餐馆，已是傍晚。那巴东老板已不记得这吃过牛杂碎锅仔的顾客，热情招呼他想吃点儿什么，白中秋站在那里，难以启齿。老板很诧异，盯着他看。见餐馆里没人，白中秋就鼓足了勇气把老板拉到后头厨房里，老板不知他要干什么，或者知道他要干什么。白中秋从背篓里拉出一个蛇皮袋子，又从蛇皮袋子里拉出一个东西，提到一半，老板已经看清了：是个死金丝猴。

老板“咿呀”一声，倒退了两步，一脸恐怖说：

“搞这个啊！”

连连摆手，并将那死猴摁进蛇皮袋子里。白中秋拿出来时自己也一愣：咋就死了呢？不就套断了一条腿，路上还“咿咿”叫唤的，咋到了却死了？心疼，那老板又不收，像对待瘟神地对待他。

“没事的，没事的。”他说。

“这要杀头坐牢的！”老板说，“蛇、雀子、花面狸、螃螃（石蛙）还差不多……还是个死的。”就把他往外撵。

白中秋重回到雨中，一脚的湿泥，还冷。这秋天的雨，在山里一入夜就像万把刀子割肉。他徜徉在小镇的街巷里，湿鞋咕叽咕叽地踩在高低不平的石板路上。可以说他那时完全是饥寒交迫。口袋里没钱，是等着卖给李八棍或者这个老板后，兜里才有点响动的。现在，兜里瘪瘪静静，牙齿冷冷清清，鼻腔寒气袭人。

一脚踏进旅社门前的泥水里，也闻到了一些食物的气味。那儿，几家挨着的小吃店和简易餐馆都开着门，有煮卤菜和蒸包子的气味漫漶，还有呛锅的声音，辣味。噢，闻到辣味暖意汗意就来了。也有带牛屎味的牛杂碎。

白中秋走了两家，不敢问人家卖那死猴。失失落落，可可怜怜地想着今夜该到哪儿歇个脚，就见后头一声喊唤：

“这不是中秋吗？”

白中秋急速回头，天！救星！救星来了！救星就是李八棍！

李八棍一脸病相，手上端着烟，腰是弓的。听说他在宜昌割了背上的什么恶疮百鸟朝凰，就是癌，身子就薄了，腰就弯了，没了生意人的雄气与喜气。

“八棍！啊，八棍！”

恨不得抱上他。过去恨过他。不就是去年么，要他去打羼羚，说收羼羚皮。白中秋不就去下套子套羼羚么，还未出手就被派出所逮住了，关了十五天。

“我正找你哩。”白中秋声音有些发颤地说。

“走！”

李八棍就把他带进一个餐馆，进了一个苇席夹的包间，里面霉味扑鼻，可这是温暖的霉味啊！

火来了，很好。白中秋就把脚上的破解放鞋脱下来烤脚，脚都让雨水泡白了，像死尸的脚。

“你找我啊？”

“是啊是啊，我还去了林场，我……”

“喝两杯再说。”

就上了牛杂碎锅仔，散装苞谷酒。

酒、火、故人，还缺啥哩，就把背篓打开了，说弄了点儿东西。那李八棍是个老手，瞄一眼就行了，什么话也不说，就从肮脏的裤子里搜钱，大的小的毛角子一大把搜出来，放到桌上，选了张大的，最大的，一百的，递了过去，放在白中秋搁酒杯和瓷调羹的面前，掸了烟灰，说：

“我弄出手了，再给你五百。”

“那活的呢？”白中秋急切地问。

“那就高多了，负责你不会吃亏，乡里乡亲的，胀死你的荷包！不过这要稳当。别出麻纱哟。再则，你咋让它死球呢？给吃的它，再多加点儿草护住，伤了就给包扎啊。”

白中秋连连点头。吃了，跟李八棍滚了一个铺。第二天，神清气爽，衣裳也干了，拿着那一百块钱，买了双新解放鞋，又买了二十袋方便面和二十根火腿肠，就回村去叫儿子。

五

枪、套子，白椿以为他爹是要他一起进山套野猪去的。听说镇里的悬赏涨到一头活野猪一千块钱了，成年公猪更高。

天气十分晴朗，太阳一出，潮气走了，山冈上晒满了阳光和鸟雀，当然还有野花，泥土冒着热气。

山走了很深，白椿依然不知道此行的目的地和究竟要干什么。反正他爹白中秋不肯回答，只要他跟着走便是了。

走到第二天，白椿听到一阵叮叮咚咚的响声，是不是到了清风寨的牛下水嘛？上次爷爷梦游的地方，还是与野猪遭遇的地方，可能还在更里头呢。因为植物的气息令人窒息，这是个人迹罕至的地方。

“咿耶——咿耶——”

这不是金丝猴吗？是金丝猴！再侧耳细听：

“咿耶——啊儿——啊儿——”

“爹，是金丝猴哩！”

“甭说话，咱还没下套子哩，这里猪多。”他爹白中秋说，便开始下套子。

“爹，做不得的，这可是金丝猴哩！”白椿喊。

可他爹一把拽住他，把他拽了一个趔趄，并将他按在草丛中，不让他动。

白椿贴在石头上，感觉到有个活物从手上向手臂爬，大约是个蜥蜴。他在听着，耳朵分外敏锐。他听见他爹在扳弄爷爷的那枪。他还来不及叫唤阻止，就听见一声清脆巨大的声响，子弹炸药放出去了！一声金丝猴的凄厉叫声——肯定有猴打中了！

白椿连喊也喊不出，喉咙是硬的，像被竹竿绷着一样。

“哦喳！哦喳！哦喳！哦喳！……”

满山里都是猴群的叫声。

白椿看不到，这时，他爹白中秋看到一只母猴中了枪，顿时山林就乱了，树上的猴群山呼海啸一般向远处逃去，像金色的狂风，狂乱地掠过树梢，一片哀恸地唳叫。

“爹！”

白中秋摆脱白椿的拉拽向前跑，他要赶快逮住那只受伤的金丝猴。就在这时候，白中秋看到那只受伤的猴子站了起来，双手举着，腿流着血，胸前两个女人一样的奶子。白中秋不知它举手是为何，那伤猴又用手指了指一块石头背后，再指了指自己胸前。白中秋好生诧异，看这伤猴怎么搞。那伤猴闪进石头背后，一会儿，又跑了出来，又举起双手，又指指石头、胸前。这样往返三次，最后，爬上石头，拖着一条断腿，用手招呼白中秋，大约是要他去抓它吧。

白中秋疑疑惑惑地走了过去，那伤猴果然没跑，往石头后面一看，还有只小猴，嘴上沾满了白色的汁液，肚子已经凸出，估计是吃饱了奶，再看石头上，用一张芭蕉叶圈成的一个碗，碗里装满了白色的液体，还冒着袅袅热气——那是奶，猴奶啊！刚才这母猴原来是在给小猴喂奶，并且给小猴挤了一碗奶搁着，然后等打匠把它抓去。看着那奶"碗"，看着那"碗"边一摊摊的血迹，等白中秋明白一切之后，他的心一震，手上的枪差一点儿掉落地上。那受伤的母猴虽然断了腿，淌着血，可一派平静，那张天生的蓝色的脸上，没有疼痛和赴死的恐惧，只是护着身后的小猴，用手向白中秋摆动着，要他别伤害那只小猴。白中秋鼻子一酸，就要哭起来。可还是把酸压了下去。心不能软啊，它再有人性，也是畜生，我要靠它活下去的，它就是咱的银行啊。他狠了心，就去抓伤猴。这时，儿子白椿一阵风一样扑了上来，一把将白中秋压到了地上。儿子大声说：

"爹，别打金丝猴啊！这不是一般的畜生，爷爷从来也不打的。再说它是顶级国家保护动物，要掉脑袋的啊，爹！"

白中秋被这一惊吓惹恼了，且腰给硌在石头上，一阵生疼，断了一般。那小子还不松手哩，紧紧把他箍着，使其动弹不得，还用手抓住了白中秋手上的枪管。

"椿儿！做啥哩？疯了吗？疯了吗？！"

"爹，不能，您可不能疯啊，家里人都疯了，您不能再疯！"白椿喊。

父子两个在草丛里滚作一团，一个要出来，一个不放手，两人滚来滚去，挣挣扎扎。天上的鸟就叫了，远处的猴群也狂叫。

"你懂个屁！你知道你眼是咋瞎的吗？还不是因为没钱你大伯才疯的！没钱人才疯咧狗日的！我这辈子算完了，你不找个媳妇给咱传宗接代？生娃儿不要个女的，你一个人能生啊？女的就要钱！一只猴子李八棍说了，活的五千块钱，胀死你的荷包！狗日的！……"

"我不要老婆！我不要老婆！您别打猴！……"

父子在地上滚着扯着，又一阵风卷来，十几只壮年的猴突然从天而降。白中秋转过头来，那伤母猴和小猴都被抢掳走了。可儿子的双手还死死不放。

“放啊，放啊，狗日的，猴早跑了！”白中秋沮丧地朝儿子杵了一拳，把他的双手打脱了，站起来，衣裳也扯烂了。山里一片寂静，桦树林兀然屹立，落净了叶子。只有那血迹，那一碗冷却的猴奶。

“喝吧。”白中秋小心地端起那“碗”猴奶，送到儿子燎泡累累的嘴前。

“啥东西？”

“猴奶。”

“我不喝猴奶，我不打猴，我捡漆树籽去，漆树籽也能卖钱咧！”

“那你捡去，滚！”

白椿果真就走了，背上空空的背篓走了。

“你回来！你到哪儿捡啊？讨牲口吃了！”

可儿子不回，儿子不回头，用探竿摸索着往峡谷走去。

“你这个犟糟瘟！”白中秋骂。

山影如浪，山林血红。

白椿往前走着，心想哪儿来的一碗猴奶呢？

白中秋没唤儿子，他不想唤了。他感觉到儿子这回在这高山里，一定会被野牲口吃掉。他颓然地坐到地上，呃呃哽哽地哭了起来。

六

那是个大集。逢九。

白中秋背着满满当当一背篓麻羊子肉。他在山上守了三天，下了二十几个套子，吃方便面。这次想搞个大的，却让儿子给搅黄了，金丝猴无影无踪。他先是打死了一只黄麂，麂子太小，一顿烧烤就给它吃了，皮先放着。第三天套了只麻羊子，掂了掂，有四五十斤，肝让他趁热吃了，增加了点儿热量。想着先把它出手，就奔下山来。

集上人山人海，白中秋瞅了瞅周围，找了个空位置就开始卖肉。刚开始大家不敢买他的肉，以为是死猪肉，他先是没吭声，后来急了，就说了出来，就是说麻羊子肉，八块钱一斤。买肉的闻闻，是内行，说是的，也还新鲜，一传十，十传百，肉就卖得很快，并且打抢了。谁都爱吃野味儿，这是没办法的事，而且还便宜，比猪肉还便宜一倍。白中秋是急着脱手，也不晓得行情，乱开的价，准备把钱弄到手了找李八棍卖两张皮去（麂皮和麻羊皮）。白中秋卖到兴奋了，就告诉镇上的人怎么个吃法，说煮党参、牡丹皮或者牛蒡，或者野山药、山枣、榛子、锥栗，红烧、煮汤都好，天下第一美味……白中秋正说着，"轰"的一声，就齐齐地被两个人压倒在地上，爬不起来，刀也收缴了。白中秋以为是吃黑的，定眼一看，用腿跪在他身上的两个人分明眼熟——派出所的！白中秋一声"呜呼"，就整个身子软了。

再说白椿。

他没被野牲口吃了，背着一背篓沉沉的漆树籽下了山来，不过他头上、脸上给划了无数道口子，都是树枝给划的，膝盖破了，结着血痂，两只手也是，指甲都翻在外头。刚把漆树籽卖给一家山货店出来，手里攥着八十三块钱，就听到街上乱哄哄的有人叫"让开，让开"。白椿问是什么，有人给他说派出所抓到了一个打麻羊子的，白椿问是哪儿的，有人就说是白云坳白秀的儿子。

"爹！"白椿脸就红了，就躲在那路边的礓礤坎子上，手捧着脸生怕别人认出他来。

"蚀人！"家里又抓了一个，爹又抓了一次。家啊，家。这个家怎么啦？

白丫儿啊，白丫儿妹妹，快救救我那可恶可恨的爹吧，快给镇长说说，放他出来，家里爷爷奶奶还没人管哩！……白椿几乎是跑着去了镇长家，眼睛又被戳瞎了一次——被那做生意的人搭凉棚的竹竿。眼里流着红艳艳的鲜血，上了那镇长家的楼梯，妹妹白丫儿就惊叫起来：

"呀！哥呀！哥呀！咋搞的呀？！"

白椿眼里汩汩流着血，嘴里啊啊哭泣着，抱起他的白丫儿妹妹就站立不稳了，就晕倒了。这几天在山里头摸摸闹闹，吃没吃的，喝没喝的，是怎样把个身子撑着背上百斤的漆树籽来镇上卖的，只有老天爷知道一个瞎子的苦楚。

白丫儿把哥哥扶到椅子上坐下，给他灌了一瓶老拔子的牛奶（豁出去了），哥哥白椿才慢慢苏醒，便把他爹的事给白丫儿说了。

白丫儿听着，看着他哥白椿这一副可怜凄惨满是伤痕血痂的样子，也放声哭了起来，兄妹两个抱头痛哭。哭过白丫儿要哥哥白椿别急，她自会给镇长崔叔叔说的。

这时那个手拿木刀的浑蛋老拔子回来了，见有人喝了他的牛奶，朝白椿乱砍。白丫儿只好要哥哥白椿赶快走掉。

七

派出所后院那个死气沉沉的围墙就横亘在那里，它圈着死亡和寒意。它圈着生命，养着天下最厉害的警察和号子里最凶的老鼠、臭虫和虱子。虱子一个个像蜘蛛，鼓着红沉沉的肚皮，朝白中秋瞪着毛刺刺的眼睛。天下有这等可恶的地方啊！几只夜鸦子站在那蒿草墙头，哑哑歌唱，像几个唱丧歌的巫师，像鲁瞎子。他现在开始怀念起村里的家了。家比狗窝都不如，可毕竟是家，有火塘啊。在干草里冷得簌簌发抖的白中秋，用手背揩了一把清鼻涕，手上还留有分解麻羊肉后的油腻、血迹和羊骚味。他看看自己空空的双手，想哭哭不出声。我这个命啊！假如——假如卖给那个巴东的牛杂碎老板，假如让李八棍参考一下……就是看那么多人，想立马换成钞票，心急吃不得热豆腐呀！……悔死。

还有什么可悔的呢？到了这个地步。正在想日后怎么办时，就有人喊他了：

“白中秋！”

派出所最高长官文所长踹门进来，迎头就朝他两耳光：

“混人打不死你！混！”

文所长愤怒地叱骂着他，手还在捏着，还想抽。白中秋脸被抽麻了。心想如果所长把气出了，放了他，这脸挨几下也是值的。

文所长把他带到办公室。他提着裤子（因缴了裤带）磕磕绊绊地跟到那个昏暗的、空旷的、透风透亮的办公室。办公室空荡荡，一桌二椅而已。文所长不给他坐，让他站在墙角，踹了他一脚，又开骂道：

“我操你妈的！说，还杀了什么？杀了金丝猴没？！”

“杀了。”这嘴顺了，就顺着说了。

“什么？”

“没，没杀呀！”歇斯底里地纠正。

“咱们的崔镇长要我问你，杀了虎没？”

“没！”

“杀了豹没？”

“没！”

“杀了人没？”

“没，没！没呀！”

“尽给我添乱，你这个老不清白的东西，要你逮猪的呢？逮活猪的呢？”

“我是逮猪呀所长，我是听您的逮猪，可麻羊子撞到了我枪口上您说……”

“没要你用枪打啊！”

“那我用什么？”

“阎王塌子千斤榨！千斤榨！千斤榨！”

文所长脖子粗粗的，因血胀得发黑，头发一根根竖起来，两只耳朵像两只锅耳，蜂眼豺声，甚是恐怖。

“您让我再去逮猪啊……”声音是乞求。

“你们乱砍滥伐，乱捕滥猎，乱采滥挖，专跟政府作对啊！你们这些狗打匠，猎人，你们要翻天不是？！”

文寇所长要他跟着自己往一个乱地方走去。白中秋磕磕绊绊地走那坍塌台阶断砖碎瓦，就进了后院中的一道隔门，进了一栋破败的房子。文寇所长用钥匙把门打开，门“吱呀”一声开了，霉气就冲了出来。白中秋心想给我换地方哩，让我更遭罪的地方哩。可是灯一拉开，豁然开朗。金黄色的灯光照着那四壁：哇，全是猎具，全是白云坳子的打匠们使用过或很久没见到了的老猎具。这么多枪啊，你看，火枪、鸟枪、铳、自响枪、管子、垫枪、猛一搂、一把捏；短枪、一丈多的长枪——打鸟的；笨重的、轻灵的，胡桃木柄、红桦柄、枸骨过冬青柄、五脚槭柄、枫香木柄、野核桃木柄；有精美的，有粗糙的；有刻了人名的，有刻了花纹的；有山牛皮做的背带，有兽筋背带，有拖拉机皮条背带；有钢箍、铜箍、铁箍；有拴了小链，有拴了铜钱的，有拴了民国镍币的……

再进一个门，墙上是各种猎刀，各种刀鞘；刀口缺头凹脑，沾满乌黑的血迹；刀鞘大多呈暗红或黑赭；牛卵子皮的火药囊、狗卵皮的火药囊、羊皮缝制的火药囊；有圆形、椭圆、方形、不成形；有蓝布子弹袋、黑布子弹袋、绣花子弹袋——绣着山椒鸟、八哥、喜鹊、荷花、梅花、牡丹、杜鹃；有香签筒——箍铜皮的、不箍铜皮的、楠竹的；各式杙筒，大大小小，数十个之多；还有脚码子、挠钩、猎叉——二齿、三齿、五齿、七齿、九齿，钢丝套、绳套、藤套、地弓、驯鹰眼罩、手套，铁猫子；这铁猫子大的达一米，重如石磙，机关重重、弹簧巨大，抓耙抓爪如巨魔之手，铁都可以抓断——这是谁的啊，这是文所长从哪儿收来的？好阴沉的铁猫子啊！真是强中更有强中手，一山更比一山高，咱打匠村也没见过这大的铁猫子，咱爹猎王也没打造过这般铁猫子，难怪难怪，难怪山上野物绝迹了，难怪逃脱的成了精，这样的猎具大海里，跑出来的还不成精成啥哩！

再一间屋子，那就是地狱了：各种野牲口的头栩栩如生，恍若隔世地挂在那石灰剥落的墙上：狼、扒狗子、野猪、獐子、灵猫、虎、豹、青羊、麻羊、岩羊、大羊、黄麂、青麂、梅花鹿、毛冠鹿、豪猪、獾、石龙子、熊、猴、貂、狐、鼬、狸、兔、竹溜子、飞鼠，还有一个个鸟的标本：鹭、鸢、老鹰、金雕、苦恶鸟、大斑鸠、鬼瞪哥、松鸦、红嘴蓝鹊、山凤、乌鸫、歌鸫、树莺、鸦雀、山雀、太阳鸟、绣眼鸟、白腰鸟、红腹锦鸡、娃娃鸡、长尾雉、灰雉、骨顶鸡、啄木鸟、腊嘴雀、松鸦……这就是昔日的山林，这就是那阳光灿烂，百鸟争鸣，万兽奔跑嬉戏的山林，可突然之间一下在这里冻住了，喑哑了，仿佛是凝固的一瞬间，让白中秋惊骇得呆怔在那里，睁大眼睛望着这一切，这墙上的景象。而墙上的千千万万双牲口的眼睛、野鸟雀的眼睛，都好奇地看着他，充满了孩童般的、单纯的善意。它们并不凶啊，它们像是与我们同路的路人，它们与我们擦肩而过，也是去赶集的，也是去吃酒的，也是去走亲戚看大戏的，可它们……

“这是被你们杀死的！被你爹他们杀死的，全在这儿了！一屋的冤魂！一屋的鬼！一屋的血海深仇！……你们干的好事！你们伟大啊！你们把山林杀得鲜血滚滚血浪滔滔，把野牲口全杀成了皮张、骷髅，让山上安静了。你们这些杀人不眨眼吃人不吐骨头的魔王，凶手！……”

白中秋想躲都躲不了，文寇所长揪着他的衣服就往外扯，拨开后院里的藤蔓和荒草，随手摘起一个枕头大的冬瓜，嘣地砸到地上，顿时白中秋眼前出现了一个大坑，白中秋欠过身朝坑里一看，那深坑中躺着的冬瓜已被无数根竹尖穿了洞。

“绝后窖！”白中秋不禁脱口而出。

再一抬头，看到文寇所长站在一堆整齐的木料和芭茅垛上，甩给他一捆铁丝，道：

“给你！限你一个星期给我做成阎王塌子千斤榨。不做好休想我放了你！……”

说完拂袖而去。

八

白中秋站在那一堆材料面前，突然想到他爹躺进棺材的那天，天空曾出现的异兆——这事他跟谁也没讲，他以为是个梦，一个幻觉。那天早晨起来，他去林场给弟弟把信时，看见乌鸦凄鸣，松鼠乱窜，天空中飘浮着一个巨大的木架子，那木架子像崩岩一样地砸下来，天地中出现了奇怪的啸声。顿时，千万个野牲口的身影像水花一样飞溅向天空，天上布满了猩红的舌头，森白的牙齿，黑洞洞的喉咙——它们扭成一团。天上红霞如血，大地万物似幡。那是一个初秋的早晨，霜打着通红的柿子，溪边的熊耳草瑟瑟发抖，向日葵发出金黄色的呼叫，溅起一片温暖的秋潮……一会儿，他又看见路边林子的腐殖质中，陡然钻出一具虎或羚羊的骨架子，扑上来就要咬他。他抽出开山刀劈杀。那骨架往土里钻去。他去挖，挖出一些白森森的碎片。他记得他揣着几块碎片去问鲁瞎子，鲁瞎子摸了摸说是龙骨，一味好药，治小儿惊厥和热疾的。

白中秋，一个打匠的后代，他自己并没有打到多少野牲口，可自己的脚后跟却被打了。小时候跟爹一起上山，不知谁的枪走火打了他。至今一只脚穿四十码的鞋，一只脚只能穿三十六码。不过这个秘密谁都不知道，连苦荞都不知道，在人前，一样像正常人走路，没人时才会打点儿瘸；鞋子里塞一把茅草也就一双脚齐了。这个悲惨的猎王后代现在被逼得没了退路。他要搞出那歹毒的家伙来，那断子绝孙的阎王塌子千斤榨来，否则就只有在号子里忍饥挨饿滚茅草。

他陡然想到，那天爹抬进棺材的早晨，天上飘着的，就是这个巨型的猎具阎王塌子千斤榨。这是老天要传我！他就开始回忆，那木架子的做法，每个细节竟都回忆起来了！天助我也！

想一想吧，什么样的架子可以承受几千斤重的石头，门，能让避风的野牲口特别是那些野猪钻进去，机关怎么布置，钩在哪儿，哪儿一拉动，哗——轰——这千斤榨就砸下来了，榨干这猎物身上的血，榨断它的喉管，榨碎它的五脏六腑！让这些在山里如今横行的猪精们乖乖地钻进去，把它们斩尽杀绝！死的活的，一大窝，猪是成群的，进去就是一大窝，然后……

这就要说到白中秋鼓捣出的阎王塌子千斤榨竣工的那天。

文寇所长牵了两头半糙子猪来，赶进那黑暗凶险的门里，不一会儿，就见山崩地裂的一声，一座伪装得十分巧妙的茅棚子就訇然倒塌了。石块纷飞，烟尘滚滚，冗长的余音结束后，派出所七八个干警一起将那木料、茅草、石头搬开，一头猪已成了肉饼，另一头猪也哀哀叫唤，已不能动弹。

九

本章附录（可跳过去不读）：

文寇所长给白中秋摆的庆功宴上（白中秋第一次吃到了地地道道的黄牛肉火锅），以下是白中秋喝酒时给文寇所长“吹”的猎经——

“……说到这打猎呀，打匠是一听，二察，三看，四访。像我爹这种打匠，把山势一看就知道出什么牲口。听是听声音，察是观察草啊、地上、树上的痕迹。看是看路线，山势。访主要是访当地人。上山一看，半山腰出什么，山顶出什么，心里有数了，再看兽迹，那兽是进去的，还是出来的。进去的可能有收获，出来的你就别指望了。我爹出猎最迷信这红丧日了。红丧日对野牲口明凶暗吉，对打匠明吉暗凶，最后都是大凶。首先要请张五郎，就是猎神了，您那屋子里挂着有，用檀香木雕的最好，有的打匠就用南瓜蒂雕个小五郎神，也灵验。猎神盒子背着走，还要念咒，念开山咒和收山咒，念咒要念七七四十九天，满后再念才有效，临时上山围猎念咒，那是无效的。念了开山咒，就能打到东西。念了收山咒，这山上的野兽别人就打不到了。一个麂子别人打十枪八枪也打不到，打到了你自己也捡不到，被别人捡去了。上山还得问卦，用三个铜钱，也有用两块竹片的。是顺卦，顺背上；倒卦，倒背上。不背五郎神四山爷，那你就要倒血霉了……我爹有个徒弟，仗着年轻胆大，不信五郎神，上山下自响枪打熊。第二天与小舅子一起去清枪，下的三个枪，只找到两个，另一个死活找不到。他找啊找啊，就听一声轰响，他小舅子去看他姐夫，听到了他姐夫乌鸦一样的叫声，声音全变了。跑近一看，他姐夫衣裳全剥光了，在老林子那个跳呀吼呀——大腿中了自己下的枪啦。还有一个徒弟，也出门前忘了背那四山爷，与好友一起去打熊。走着走着，那徒弟看到树上一阵摇晃，以为是熊在树上呢，一枪下去，从树上掉下个人来，正是他的同伴，同伴就喊起来：‘你打到我了，你打到我了！’他去摸同伴，肩胛上的血直滴，就把他背出山去诊治，刚上了公路，人就断气了……

讲到打熊，我爹的徒弟舒耳巴最惨了。他爹过去是土匪，杀人越货，万民共愤，也活该他报应。有一次他上山去清坝，就是收套。套子套住了一只小熊，正解小熊的套时，母熊来了。来不及开枪，赤手空拳与母熊搏斗，这舒耳巴年轻时很有一把力气，保了条命，可母熊把他的脸扒去了，没了下巴，从此以后那口里的恶涎就这么流啊流啊，胸前的衣裳都沤烂完了，一辈子围小娃儿的涎兜儿，这辈子可造孽了……熊吗？我看您也谋了个熊头，熊可是独心独肝的，公母不同道，母的带小的。冬天它就不下山了，躲在山洞里。天暖和些就在树蔸下、石头下面掏蚂蚁窝吃，山蚂蚁、白蚂蚁都吃，也搿竹笋吃，还吃地泡子。逢上有人家养蜂蜜，它就偷吃蜂蜜。夏天就吃马桑果泡子，秋天吃苞谷啊黄豆啊，冬天就吃花栗树的果子，青冈栎果子。咱猎人峰有好多大青冈栎，熊吃不完，所以熊冬眠时饿不过，也出来寻吃的，特别是咱神农架白熊，干脆就是不冬眠的，反正有吃的。可惜现在难见到熊啦。熊跟好多野牲口一样，都是独心独肝，像豹子呀，老虎呀，都是这个德行，不团结，所以灭得快。熊冬眠就舔前掌子，如果掌子舔薄了，它就要出洞吃麂子獐子了。那熊掌为啥右前掌好吃又金贵又值钱呢？就因为熊冬天舔那掌。吃熊掌先是把毛刮掉，只剩下白筋了，刮出来以后，跟人的脚一模一样，刚吃的人看了就不敢吃。熊掌也就那个味，城里人、当官的把它抬好高，煮不烂，跟虎肉一样。煮一天还像牛筋。这些东西，上苍不是让它们给人吃的，否则那不是蛮好煮吗？吃了熊肉熊掌，人很来劲儿，力气大，搬得动山。吃过之后浑身皮肤像要裂开似的，性燥呀，是大补的东西。……说到熊冬眠，我爹有一次在山中走着走着，掉进了一个石坑。刚踩下去，石坑底下一个东西跃起来，一掌就把它打上了坑顶，您知道是怎么？那坑底有头冬眠的熊，熊趴在坑底，身上落了一层又一层落叶，我爹哪知道这样的朝天坑也有熊过冬呢？这自然是往年喽，老熊没了冬眠的地方，凡是山洞树洞，全睡满了熊。冬天抓熊，那是十拿九稳的，我爹有一年冬天抓过九头熊。那熊活生生地抓回来了，还睡在你屋里，跟抽了筋似的，没一点儿力气，也不吃你。人冷了，就睡熊胯里，暖和得很。

“……您说熊跟虎比，哪个厉害？还是熊，不是有一猪二熊三虎之说吗？

虎吃牲口从来不蛮干，是有头脑的。它先是拼命追，然后就悄悄藏在草丛和灌丛里了，那些羊啊麂子啊鹿啊，总是恋自己的草场，见追杀停止了，过不一会儿它又会回来的，于是老虎在路上等着，然后扑上去将牲口吃掉。熊跟虎斗，起码两天两夜才分胜负。有一年我们山上的老林子里，一头熊与一只虎斗。那老虎想吃那熊，那熊也有劲反抗，就这么两兽在老林子里声震九霄地吼，那是个白丧日，打匠们也不敢上山，听到那两兽相斗声，村里好多人碗都吓掉在地上。两天以后，声音停止了，人们才上山去看，那块地方刨出了几尺深的坑，都是熊和虎刨的，树皮都刨掉了，那是壮胆刨的。地上血迹斑斑，但没有尸体，估计都受了伤，又都跑了，打了个平手。……我爹打熊的事这您知道？……嗯嗯，我爹打熊从不失手。打熊要打两枪，第一枪打了，它就站起来了，你就得快换药。我爹换药不超过五秒——这您都验过，知道。那熊站起来，胸口就有个白三角印子，你照那儿打，保险一枪完事。照屁股打？可不行啊，除非你打断它尾脊骨。……说起打虎，您也听说过我爹的那点儿事了，我爹刚开始到白云坳做抵门杠子（上门女婿）时，还不认识虎，跟别人一起上山赶仗打虎。那虎因衔了个人走了；老虎衔人把人往背上一甩，就像搭件衣裳，悠悠荡荡地走，根本不怕人。就听前头响起了枪声，我爹赶上去一看，果真有一只虎坐在大雪里，一身的扁担花，两眼瞪得铜铃大，威风凛凛像个将军。我爹拔腿就跑，后面上来个有经验的打匠说：它早死了，虎死就是这个样子，坐着的，虎死余威在。就用枪头一推，那虎就倒了。虎死是不倒威的。那时候，虎骨不值钱，我爹分了三斤虎肉，煮了三天三夜还煮不烂。虎肉最难煮了，比熊掌还难煮。它一寸膘一寸精肉，不是给人吃的。虎吃人两眼放光，跟人一样。你没听说咱白云坳有个叫王四块的娃子吗？那是个游手好闲的人，整天喝酒。有一天，他喝了酒，倒在山道上睡觉，被虎发现了。虎没想招惹他，从他身上跨过去，这四块就用手去扯虎腿，还不放过那虎，虎扯急了，就把他吃了衔着他的头往咕噜崖走。虎吃了人两眼放红光，被王四块的爹发现了，知道虎吃了人，就去追杀那虎，那虎丢下人头就跑。王四块的爹一看虎嘴里滚出个人头，那人头还喊了声‘爹！’王四块的爹一看，这不是他娃子吗，就叫上几个人去追那虎，没追上。虎难打啊……哪里哪里，我爹算什么英雄，撞上了，有山运。我再讲个有山运的奇事儿与所长听。我爹一个姓罗的徒弟，一回去围猎赶仗，他是坐仗口，坐着坐着，突然觉得后颈窝一股凉气，扭头一看，一只老虎的嘴巴触到了他脑壳上了。他一个跳步，上了一棵水青树，老虎不会爬树，围在树底下跳着咬他。他正准备继续往上爬，娘呀，头上的树丫上盘着一条大花蛇，吐着红森森的双叉舌头，这徒弟把火药囊取下了，折了几根水青树叶把火药顶在头上，然后用燃着的香签把火药一点，火药嘣地往上喷那大花蛇，蛇被火药灼伤了，扑通掉在地上。老虎见有个花花绿绿的长东西掉下来，也没看清楚是啥，就是一口，咬住了大花蛇。大花蛇拼死挣扎，缠住了老虎。那蛇至少七八尺长，碗口粗，老虎哪还动弹得了，就像遭绳子五花大绑了，虎与蛇就往沟里滚，那姓罗的徒弟下树来，充充裕裕地用枪照蛇与虎一膛铁火子儿打去，谋了张虎皮，还谋了张大蟒蛇皮，您说这山运得的……山运这东西，你不信不行，打匠最怕碰到什么？山精。有一次我跟我爹上山，下了雪，雪地上出现了一些小娃儿光脚丫子踩的脚印，我爹顺着看，有几十个，后又突然没有了，我爹说：今日遇到了山精，赶快回去。遇到山精后，你就什么也打不到了。再是遇到野鬼……迷信？那我不说了，还怕遇到瘴气。您说我亲眼见到了什么？我见过虎，可没打过虎。我弟端阳倒是见到老虎赶獐子吃，吃了獐子，咬碎了獐身上的麝香。端阳捡了一火柴盒子，后来我把麝香放到烟锅里抽，最差的烟叶，因放了麝香，抽起来异香扑鼻呀！这麝香黑褐色的，细沙子一样，我抽了几次，发现上了瘾，跟鸦片一样。没抽了之后，我那些天又是打哈欠又是流清鼻涕，好难受啊！……驯野猪？您讲要驯野猪？野猪难驯，野猪你能驯它？没听说过，一身的毛也要扎死你。驯山雉那倒好驯，山雉温顺，那叫媒子。主要是逮母山雉来，养大后把它拴着，在山里头搭个棚子，叫春棚，做得蛮隐蔽，棚子有个小眼，称千里眼。母雉已经训练过了，你扯它腿上的绳子，它就叫。母雉一叫，公雉就来了，咯儿，咯儿，你在棚里看见了，枪口伸出棚外，用铁砂子打，一天可以打六七只山雉。……驯鹰子啵？鹰子您别看凶，驯起来也好驯，就是时间盘。驯的鹰子主要是金雕。金雕一身的金毛，弯嘴喙，黄眼珠子，黄腿杆，白色的四爪——您刚才那屋里不是有个金雕的标本吗？这驯了的鹰子有的会抓猎物，有的也就成了媒子。驯鹰子说穿了就是熬它，抓到的小鹰，脚上拴了绳子，放在横木上，底下放一盆炭火，不让它眨眼，几天几夜下来，威风就打掉了。也有的给它戴个眼罩，让它不分日夜，给它吃的肉，可别用新鲜的，用山泉水泡，泡它个三五天再给鹰子吃，吃那种肉，鹰就没劲儿了。驯了公鹰，就让它抓黄鼠狼啊、兔子呀、花面狸果子狸呀，小麂子它也能抓。母鹰呢就当媒子。到鹰鹫往南方飞去的秋天时节，你把这鹰子拴在山上，旁边放一张苫网，它一叫唤，那天上的鹰就下来了，沾到网上，就跑不脱了。打匠有顺口溜的：'家有一只鹰，顿顿不离荤，吃肉不长肉，跑得血潽心。'……您说为什么要打那些野牲口，哪有什么仇啊，人穷了呗，靠山吃山呗，有话说：要吃肉，上山打，要用钱，上山挖（药材）。人哪生成就是要杀野牲口呢，我们家在 1960 年就养过一头小熊，在山洞熊窝里捡的，那小熊捡起来好可爱，跟小狗似的，可看着看着就长大了，还得吃肉。想想，咱们饭都没吃的，天天上山挖野菜。我那时还小，十几啷当岁吧，一点点把它喂大的，我爹说只好把它打死了，不然咱们吃的全让它吃了，咱们得饿死，于是就让我打。我拿起斧头就去打，先打了它一下，它见是主人打它，双掌抱头，竟一点儿反抗也没有，一动不动，就这样把熊给打死了。你看这熊对主人……我为这熊哭过好几天哩，煮了的熊肉我也不吃，吃不下，自己喂大的嘛……您问我，我这人哪还有人味，都头上长疮脚底流脓，坏透啦。我哪还有人性，见了野牲口就想打，现在不打啦，不打啦，改邪归正，在您文所长的教育下，我是幡然醒悟，决定重新做人……您说的阎王塌子千斤砸我算是完成了，真是世上无难事，只要肯登攀，敢上九天揽月，敢下五洋捉鳖……酒您不喝，让我一个人喝了？恭敬不如从命，我也不客气了，那就喝了……我哪算个人才，棺材！……"

十

白中秋获得自由的这一天，霜风飕飕。在文寇所长搭信要毛村主任将白中秋领回之前，白中秋就溜之大吉了。

又一座阎王塌子千斤榨在派出所后院建成之时，文寇所长怀着恐惧的心情带着崔镇长来参观了。崔镇长便要求让毛村主任一起与白中秋回去。逮猪的阎王塌子千斤榨做好后，一个千斤榨必须要三个人看守，严防误伤其他野牲口，只能砸野猪，出了事由村主任负责。对野猪的渴望已经让崔无际镇长快发疯了，发情的三头母猪日夜悲号。可是当文寇所长力主鼓捣出这个庞然大物矗立在崔无际镇长的面前时，又让他惊悚，再看那一堆肉泥的猪，那砸断了四条腿满口牙的猪，这威力不是太大了点儿？得压缩一点儿，降低力量，全砸出死的，那不只为餐馆贡献了一点儿力量吗？当然，砸死猪是好，今年的猪害不捕杀，会贻害无穷。至今还不知道这猪是咱神农架自长的还是从西面的巴山、北面的秦岭下来的。这些猪来无影去无踪，还没办法治它们了！现在，克星找到了，就是这惊天地、泣鬼神的阎王塌子千斤榨，传说中的猎具。必须慎重，必须慎重，制出来是福，放出去是祸。

白中秋何曾想到这些领导先生的感受和担忧。在割面的冷风中他内心热切地扑向深山，只感到自己在一寸寸、一尺尺、一丈丈地长高：他成了——他终于将成了一个站在高山上的人，因为他制造出了那久以失传的阎王塌子千斤榨，而当之无愧地成了神农山区的新猎王。爹已经黯淡失色了，是他的天地，他的世界了。他像一颗闪耀的新星，蓬勃燃烧着，冲腾而出，所有的打匠都要向他朝拜，所有的女人都要向他而来。阎王塌子啊，千斤榨啊，我砸死你们！砸死这鄙视我不把我当人的世界！我拥有了阎王塌子千斤榨，我不就抓着了这山冈的命脉，哪一天不都是捏住了野牲口们的咽喉？你总有管不住咱的一天。咱怕个球？咱一无所有怕个球！面黄肌瘦，两个肩膀扛个饿骷髅，不让咱有枪，下套子，设地弓，咱还不能做个阎王塌子千斤榨，你看都看不见！咱砸死他个狗日的，欺负咱的，轻视咱的！咱有了这家伙，咱就是阎王爷，是现世的活阎王。咱才不会跟村主任回去，把那咱研究出来的技术传与他人，让他们与咱分享。死猪活猪，都是钱。文所长说了，猪只吃这个，什么都制服不了它们了。也是，猪被人类教乖了，油盐不进的铜豌豆，可这个，猪们还得学几年认识它。等你们会认识这东西，怕早就被我白中秋砸光了。

霜迹慢慢变成了薄雪，已走到雪线之上，白中秋意外地发现了一行老豹的脚印。这个他多少知道一点儿，从小跟着爹看兽迹。这豹踏下去雪迹中间起凸，就证明此豹掌子下没了肉，干枯了，就是只衰老的豹子，且见那几个指甲印很深，指甲一长，豹就老了。见了这老豹脚印迹，心里一阵高兴，先做了几个套子，套点儿小兽做诱饵，然后，他就挥起开山刀，砍树砍藤，做起他的阎王塌子千斤榨来。

砍了两天树，做了三天，这五天里白中秋睡在一个避风的山洞里，可是不知为什么一闭上眼睛就出现幻觉。幻觉中有男有女，还有持着老铳汉阳造的军人，甚至唱着“我们辛苦的农友们”这些爹经常唱的歌。后来干脆进进出出的就是那些禽兽——在文寇所长那库房里见到过的禽兽，豺狼虎豹，雉鸡鸦雀，还有那断了腿给小猴喂奶的母猴。这些幻觉折磨得他整夜整夜的失眠，烧多大的火也不能把它们退去，后来他用套子套住了一只山猫，喝了它的血，才觉好一点儿。将这山猫做了诱饵，挂进阎王塌子千斤榨。

又等了两天，又开始做第二个家伙，一鼓作气，又将一个小点儿的千斤榨做成了，只是石头搬得少些（要下河谷去搬）。因为他已经精疲力竭，白天都会产生幻觉，老看见有野牲口张着血盆大口要吃他。好在这一天晚上，一个千斤榨塌了。第二天去搬石头清理，好，那头老豹终于见了阎王。剥着血淋淋的豹皮，那幻觉越来越厉害，将豹头割掉之后，白中秋披起豹皮就跑，跑出了密林和峡谷，跑到山路上。

十一

当白中秋披着一张豹皮在大街上奔跑的时候，他何曾想过这就是他的末日。感到一只血淋淋的豹子正在他身后追赶他，他听到有人在后头喊：“豹子！豹子！”白中秋为了摆脱这头豹子的追赶，左冲右突，飞山过涧，穿街串巷，可脚下一个绊子，他就重重地摔在了石板路上，眼珠子都快震出来。几个人把他按倒在地上，剥了他的豹皮，发现是鼻子淌着血的一个人，鼻子里爬出几只山蚂蟥来。

十二

文寇所长的梦想就是：建一个在中国独一无二的私人猎具博物馆。现在，他在白中秋离去后，自己又搭建了一个小型的阎王塌子千斤榨。

小的也是大的，也可堪称巨型。建造的过程就是一种自我创造力迸射和欣赏的过程。阎王塌子千斤榨啊，你这失而复得的神物，拥有你，我就拥有了一个完整的猎具博物馆了，就缺你了。过去我曾被你弄得神魂颠倒，夜不能寐，我想我之所以不能拥有你，是因为我这个卑微的乡警缺少了你胸中那横扫六合，高屋建瓴的气势，现在我已养了吾胸中浩然之气，借着猎野猪的战斗，我终于如愿以偿。

为试验自己独自完成的这个千斤榨，文寇所长找了条野狗放进去，狗没啦。文寇所长喜滋滋地拖着条死狗在大街上大摇大摆地行走，一路引来好多路人观看并给他让路。

“它中了所长您的枪啦？”

文所长也不说话，叼了根烟，仰着头朝餐馆走去，中午就是这条狗犒劳所里的兄弟们了。

那狗颈上被一根粗麻绳给勒着，两颗眼珠子已经给砸了出来，圆滚滚地拖在地上。狗舌头也拖在地上。身上的黄毛里浸着黑红的血水，肚子挤出了一坨肠子，像长着一个巨大的淋巴结核。一群苍蝇在这条狗的身上翩翩起落着。

“文所长！文所长！狗哩！”卖牛杂碎的巴东老板用巴东话恭迎出来说。

“这狗该死了！……”

巴东老板从里面拎了一把快刀出来，将那死狗吊在礓礤坎子的一棵楠树上，正准备下刀时，眼珠子滑溜溜一转，将刀朝文所长递过去道：

“请文所长剪彩。”

文所长有些自负又羞涩地接过刀子，在众目睽睽之下，一刀向那死狗的肚子划去，那狗的肚皮就分清出一条楚河汉界，一堆臭肠肚喧腾而出。看客们一阵叫好声：

“快刀！快刀！”

文所长正被这热火朝天的杀戮弄得亢奋飘然时，就见两个手下的警察张舞着一块豹皮过来，推下一个犯罪嫌疑人到脚前。文所长一看：血糊淌流的白中秋。

十三

“饶了我吧！饶了我吧文所长，是它撞进去的！”

“你说什么？”

“是它撞到我千斤榨里去的！”

“阎王塌子千斤榨？”

“是啊，是啊！饶了我吧文所长，我家里三个废人等着我呀！”

“呸！我饶了你共产党饶不了我！嘿嘿！”

等吃了狗肉，文寇所长就扯了白中秋脖子上的绳子往山里走去，指认犯罪现场。

既已反背双手上了铐子，为何脖子上还添根绳子呢？这就是乡警们在深山老林办案摸索出来的经验。山里头的犯罪分子都是亡命之徒，跟野兽一样凶猛，又熟悉地形，只要能跑，中途跳崖了也跑，往密林一钻，你也逮不着他了，所以勒根绳子在颈上，叫双保险。

“……咋不把你塌死呢？你这下还能出来？不跟你大哥一样吃一辈子牢饭？！”

“可我家里三个废人哪文所长……”

“你自作自受。想想吧，人你不做非要做鬼，你咋跑到山里头去当野兽吃豹子胆呢？你果真吃了豹子胆？瘟猪！什么狗鸡娃子打匠，都是瘟猪！大便！狗卵！不把咱整死不放过咱的……”

天气十分晴朗，太阳追着人的汗往下淌。空气里充斥着浆果成熟的甜味。

天一晴，甜味儿来了；天一雨，霉味儿来了。秋天就这两种味儿。今天还加上汗臭味。山高，天也高，黑鹰在天上翱翔，翅膀闪闪发光。森林静谧不语，蜃气疏朗散淡，红叶逼人眼窝，种子四处飞扬。

“……我要拉尿。”白中秋喊。

“往裤子里拉。”

“我憋不住啦文所长，做做好事。”

文所长向手下的合同警小王使了个眼色。小王就把白中秋的裤子往下一退，这家伙叉开双腿就往路坎边尿，顿时一股浓郁作呕的老陈尿味蹿进两个警察的鼻子，文所长和小王往后退了几步，忍住鼻息。

天色渐渐地暗了，啄木鸟发出“笃笃”的啄虫声，红腹锦鸡像一道晚霞滑过林隙，留下空旷的鸣叫。

“你有劲道啊！伟大啊！……你说你一到山里头就产生幻觉，像做梦一样，说你爹也是——那我咋不这样？那是你们父子被鬼缠身了，你们杀了太多生命，全是冤魂，你们不为它们超度脱离鬼道，它们那还不死死缠着你们……”

“那咋个超度啊？”

“到庙里求观音菩萨甘露法水，念经啊，念《心经》《大悲咒》。观音赞偈、六字大明咒……找鲁瞎子不得啦。”

“他是个荤人，不是菩萨的，菩萨不认得他。”

“菩萨哪认得你们这号人，白云坳的人菩萨齿都不齿！全是些杀生魔王。说你们是英雄，其实是魔鬼，比魔鬼坏一万倍……”

夜来临了，天突然冷了，森林像一个洞窟。好在有月亮，像一张金黄色的油饼。两个警察押一个犯罪嫌疑人在山里走着，山道上是脚底踏石和裤腿扫树枝的扑扑声。鸟在不安地惊梦，小兽在慌张地窜动，山林潮湿，手电的光线鬼鬼祟祟。

“呀！”那白中秋一声惊叫，“我背上痒得难受。”

小王就去照白中秋的背，掀开衣服，背上一串红山蚂蚁，正在撕扯他的肌肉。小王把蚂蚁扫了，白中秋背上已是层层红色丘疹。

路越走越深，山越走越高。一会儿，白中秋又一声尖喊起来：

“我要拉屎！”

不是假的，这家伙噼噼啪啪地放起了响屁，臭气熏天。小王只好将他裤子褪了，牵到石头旁边去。那家伙像条不安分的狗挣着脖子上的绳子，小王说：“行了，行了。”可白中秋还是一移再移，还说：“臭哩，臭哩！”

那家伙稀里哗啦一顿好拉，臭得小王快窒息，可手上的绳子又不能放，还得拽紧。但太臭啦，空气凝滞，哪儿都是臭。小王就把那绳子放到了尽头，手远远拽着，捂着鼻子。

文寇所长这时坐在远处想打个盹儿，头沉身乏，心想着犯人，就给小王说：“拉紧点儿啊！”可忽然小王一声“啊”，草丛一阵哗啦啦响动，就传来“姓白的跑了！”的惨叫。是惨叫，就像遭了大祸一样的，文寇所长一个激灵就蹿到崖边，揿着的两个手电筒照着那崖，少说一两丈高，底下是密腾腾的灌丛。

“白中秋畏罪潜逃，罪加一等，再不出来就开枪了！”文寇所长拍着枪朝崖下喊。

两人商量着往下去追赶，就寻路往崖下蹚去。找到一条可下的路，就听见底下灌丛里一阵窸窸窣窣的响动。那家伙还没摔死，在哩！

“站住，再不站住就开枪了！”

“叭——”枪声像一颗钉子钉进夜的深处，发出“啾儿啾儿”的不祥回声。

灌丛太大，枪子儿太小，再打了一枪，也没见个什么哼哼。两人连滚带落地下到了崖底，开始搜寻，哪还有个影子，白中秋逃脱啦！

十四

那个深夜，白云坳子的猎狗叫得凄惶，满村狗吠，又是兵荒马乱的日子。舒耳巴家的门一阵轰响，有人急切地拍他的门。舒耳巴手拿大棒打开门一看，是下身赤裸的白中秋站在门口，双手反剪着，进门就高声说：

“快给我砸铐子！”

背后的一双人民政府的亮铐子在那儿，死死锁着白中秋的双手。手腕上血迹斑斑，下身也血迹斑斑，身上爬满了山蚂蟥，一条条肥累累的，在奋力吸着白中秋的血。

“你敢进亲（村）啊，到处丢（都）在喳（抓）你。”舒耳巴迟迟不敢靠近白中秋。

“下了铐子就好说了，耳巴，快呀，拿锤子钳子来呀！”

“嘿嘿，裸体哩，好美哩！”舒耳巴嘿嘿地笑着，像个傻子。

“耳巴，我操你妈，快帮我下铐子呀！”白中秋气愤得血要冲出脑门子，就去踢舒耳巴。可舒耳巴躲闪着，还是一个劲儿地笑，止不住。

这时他儿子糟蛋也在一旁，披着衣陪他爹傻笑。白中秋狂怒道：

“笑什么！快砸铐子，我四天没吃喝啦！”

舒耳巴看了看，要糟蛋拿来一件裤子，先给白中秋穿上，又摆弄了一会儿那铐，说：

“中秋，这东西冬（捅）不开啊，你还希（是）找六指七（去），他那儿有锤和江（砧）子。”

“我去送死呀！”

“你回来就希送洗（死），晓得吧，希（师）傅用枪打大家鸡鸭鹅，连羊也打，都等着你回来赔哩。你一新（身）的债晓得啵？”

“你说什么？”

“你芹（成）了大债主啦，你在亲（村）里待不下去啦！”

白中秋急切切地跑到六指的铁匠铺，踢开门，要六指砸铐子。六指一脸泥塑的仇恨，牙齿咬得咯咯响。

“六指，旧账放一旁，你砸了我铐子我什么都依你！”

可六指一动不动。

去拍家里的门，门死活不开，像没人似的，只有两匹狗紫花和石头狂吠，猪在圈里蹦跳，吼吼的。白中秋撞着门喊：

“白椿，椿儿，老子都是为了你呀！”

白中秋绝望之中跳上杀坪的大石头，对着村里一遍喊骂：

“你们这些忘恩负义之徒，不看僧面看佛面，我爹可没亏你们呀！他带着你们，打了多少野牲口，有肉大家吃，有汤大家喝，让你们一次次度过饥荒，一次次保了秋收，你们如今墙倒众人推，就不救我一把呀？！……”

村民们都给吵醒了，像一块块黑石头挨了过来。

村主任毛普通说：

“中秋，只当我没看见的，走吧，走远些。”

“什么话啊！”白中秋说。

“白忠英，三只鸡；白贱，两只鸡；王大勇，三只鸭；二愣子，一只羊；宗七爹，五只鹅……”

“念，念啥哩！”

“罗大拐，一头猪……”

“我就算了。”罗大拐抢过话说。

“你赔呀！”毛村主任说，“村里不得安宁，下了铐子把你爹铐起来行啵？”

“行行！”白中秋立马应诺。

几个人就把白中秋扯去六指家里砸铐子。那铐子光溜溜的，双手卡在铁砧两边，不好砸，砸一下，白中秋杀猪样喊一下，砸得血淋淋的。砸了二十几锤，“当啷”一声，铐子才开了。

白中秋双手又回来了，一边一个圈还在手腕上，可生生地流着血。

“六指，你好狠啊，你报复我，不就丢了五颗子弹吗！”白中秋一亢奋，说走了嘴。

那话六指可听清了，“你炸了我？”回过神来就挥起锤要来砸白中秋的头。白中秋拔腿就跑。

六指挥着锤来到白中秋家里，对着那头发情的母猪就砸。门一打开，白秀端着枪，对准六指放了一枪，六指就倒在了血泊里，连哼也没哼一声。那母猪就势朝六指脑袋咬去，没几下，六指就成了无头鬼。

第七章　火光冲天

一

毛普通村主任将白秀家的那头母猪赶来，让镇领导一阵欢呼，野猪抓到啦，还是头活的。

这母野猪——怎么说呢？六指是个单身汉，五保户，无亲无友，死了也就死了。白秀神志不清，九十岁的老人了，你又能把他怎样？这事就闷处理了。毛普通昧着良心说：是白秀家的猪咬死的，睁着眼睛没看见枪眼里流出的血啊，这是一场带枪的屠戮。面对一个弱者，持枪人竟能下手啊，这些泯灭天理的杀人犯，白家！六指何辜啊？！

但是，六指的头确实是那猪咬吃了。去收尸的毛普通村主任看那啃过六指脑袋的母猪，我的天，分明是一头野猪！你看那猪：锐利的牙齿叼着一个人脑袋，坡形的长嘴上鲜血闪闪，满身尖毛如刺，一双厉眼似鹰。似猪非猪，似鬼非鬼，这不是在山野里成精的野猪是什么！就以白秀杀了人为由将此猪没收了，几个大汉将这猪抬到镇上，镇政府还放了一挂鞭炮，并为此猪披红，送到倒闭的木材加工厂又火速找来了高三驼子让其牵来大公猪，迅速进行配种。

毛普通村主任因为献野猪有功，被镇政府授予“和谐社会奔小康优秀村主任”的荣誉称号；白云坳也被评为“先进行政村”，这自是后话。

那一天，在白秀家母猪被抬到野猪繁殖场的大门口，毛普通村主任看到崔无际镇长头上紫气环绕，约有一尺的宽幅，就知道他要走两运：官运和桃花运了。“一定是县长的料儿！”毛普通村主任心里说。这一养殖任务成功，成为全县致富奔小康的示范乡镇，这为人滴水不漏的镇长还不飞黄腾达向上爬吗。

话说那母猪被人抬到镇上，在绳索里震天动地号叫挣扎，丢进猪圈后，竟一次次拿脑袋撞墙，撞得头破血流，惨不忍睹。这猪喝了人血，完全野了。高三驼子的公猪约有三百斤，见了这母猪就要爬，那母猪不让其近身，近了身，就张开血盆大口咬公猪。可怜高三驼子的那公猪，被咬得乱跑，哪还有配种的心思，躲都躲不赢。那个晚上，整个水布镇就飘来了白家母野猪撕心裂肺的号叫声，跟地狱里冲出来的声音一模一样，就像被锯身子、下油锅、剥皮掏心、上刀山下火海、铜汁灌口、碓臼磨骨……

值得交代的是，崔无际镇长的那老木楼宿舍，就在这木材加工厂即现在的野猪繁殖场旁边。崔无际镇长“拉郎配”不成，有些失意地回到家来，就见老婆黄一婵从天而降，横眉鼓眼出现在家候着他。

“……听说我儿老拔子成了全镇最有名的偷铁小偷？”黄护士长劈头就问。

“谁说的？”崔镇长吃惊地说。

“全镇人都知道，就你不知道。这事都传到县城里去了。”

“胡说！”

“这是你纵容、惯肆或是放任不管的结果。他一个四岁的娃儿，要这多铁偷去卖了干啥？”

“打电子游戏！”崔无际镇长猛然想到他好些次在电了游戏室里见过儿子，这才引起了警觉。

“那你请的这个小阿姨有何作用？是当摆设当花瓶的吗？白丫儿，是吗？你是我们崔镇长的小花瓶吗？”

一点儿不留情面的护士长这时硬是把白丫儿从厨房里喊出来质问，崔无际看到白丫儿眼湿湿的，显然已经哭过了，眼睛已经红肿了。

“我，我没招呼好老拔子，是我的错……”

“哼哼，崔无际，听说你要花一万多块钱准备把她送到三峡大学去深造？好大方啊！大方到让儿子到处去捡铁偷铁。崔无际，说，是不是想把她培养成才貌双全的新小夫人？”

崔无际听到这里心里惊叫：“完了！”到她嘴里去了，那一定也到县里去了。世界上怎没有秘密呢？一阵绝望，一阵寒彻。

“没有，没有，黄阿姨，没有啊，崔叔叔没有啊！”那小姑娘急忙否认。

“造谣！”崔无际从牙齿里蹦出这两个字。他的腿已经战抖虚脱了。

“无耻！”又蹦出了两个字。

那野母猪此时的惨嗥又像刀子一样飞进来。

“我无耻，还是你无耻？还是你——无耻？”护士长后是指着白丫儿说的，她的脸也白了，死白，整个浮胖的脸部都在抽动，浑身气得发抖。终于忍不住了，抬起右手，给了白丫儿那张小脸两个连续的耳光。

那白丫儿哪受过这等打击，当下就被打蒙了，好半天想哭哭不出来。崔无际上去就喝道：

“你打她干什么？”

护士长的手也不知往哪儿放，行过凶的手高抬在空中，愣愣地看着在场的人。这时，倒是那个偷铁犯老拔子从房里冲出来，照他妈护士长的屁股就狠狠地砍了一木刀。

“啊？！”护士长一声惊呼。

“呃嘿！……”白丫儿拔腿就往外跑去。估计踏虚了楼梯，一声重一声急。

崔无际见状急了，这小妮子该不会想不开寻短见吧？

“黄一婵，出了人命你可要负责啊！”崔无际踢翻了一把椅子就下楼去追赶白丫儿。

白丫儿捂着脸哭哭啼啼地在黑暗的街道上走着，羞愧难当，伤心欲绝。心里骂着你这毒妇，你打我，活该生出这样一个疯长的娃子，又大又蠢，活该让崔叔叔不喜欢你，讨厌你，想跟你离婚。可我冤枉啊，我小小年纪就受她这般欺辱，这么一传出去我名声不就完了？！我无脸见人了，爸、妈呀！我没了脸见你们，我只好投河去，一死了之。爸、妈呀，我不能孝顺你们了，我不想活了，这家女主人诬陷我掴我脸哩……

见到了那水布镇的流水，就要往下跳，却被后头赶来的崔无际一把抱住了。好在是夜里，没人看见。崔无际还是压低声音对她重重地说：

“白丫儿，你这是作甚哩？没你的事，啊，我家的事我去处理，我会教训她的，你千万别想不开哟。我待你不错吧？也没欺负你吧？你放心，你安心……”

那白丫儿衣裳已经湿了，崔无际把她抱上岸来，见这妮子身子直战抖，就紧紧抱着，脸贴着脸。那妮子哭着，崔无际就去舔她的脸和嘴唇，全是咸的，泪水到处流。

“……白丫儿，我要跟她离婚的，跟那个泼妇离婚的，连老拔子都讨厌她砍她，我喜欢你，我尊重你，我需要你，老拔子也需要你，别离开我啊，好不好？行吗？答应我，白丫儿，行吗？……”

这小女子被镇长亲得晕晕乎乎，人因为这一场风暴已筋疲力尽，只能任由这个主人亲抚，死了一样的。直到那野母猪的叫声再一次像鬼怪一样卷来。

“不行！”她说，白丫儿喊。

二

崔无际镇长那儿子老拔子的死是在第二天的晚上。

先说第二天。老婆黄一婵走了，白丫儿好说歹说，软说硬说坚持要走。崔无际只差给白丫儿下跪了，说：过去我说的话这就了了，以后绝不再提，那姓黄的不会再来了。你若一走，老拔子谁带呢？你已经带顺了。你就是要走，也得等到我找好了新保姆再走。等我忙完了这野猪的事再说。并且扇了自己的嘴巴，保证再不挨她的身，也保证她再不会挨黄一婵的教训。小姑娘，一吓就镇住了，只好含泪先留下来。

这一天，高三驼子给他的公猪吃了些鸡蛋，掺了淫羊藿草磨的粉，强赶着让它爬白秀家的母野猪。高三驼子的公猪是一头绝对的好种猪，长期随高三驼子走村串户，脚力非凡，是纯种的“鄂西黑”——这种猪本身有野性，卵包葫芦般大小，四蹄紫红，双耳高竖，腹大嘴长，脊鬃粗肆，腰凹胸宽，皮厚如牛，没有母猪不喜欢它的，在水布镇十里八村，它是儿孙满堂，情妇如云。可今天，硬是征服不了毛村主任牵来的这头野母猪。

广东人脚穿长筒雨靴，手拿大铁棍进圈里去拉野母猪，野母猪一口咬断了广东人的食指，广东人去找指头，哪儿还找得到，被猪几口就嚼吞了。广东人疼痛难忍，跳出猪圈，沿着水布镇主街跑了三圈才止住疼。后来，还是他想出办法，将野母猪赶进一个木头做的槽里，槽身刚好一个猪身宽，一个猪身高，做得很扎实，可承三百多斤重量，将野母猪固定，再将高三驼子的公猪赶到木架子上，这样野母猪咬公猪不着，公猪也能与野母猪交配。

架子很快就做成了，野母猪也赶进了木槽子里固定了，把公猪也抬上了架子。公猪不知是累了，还是吓了，竟然早泄，一上架，东西还未进去，就一顿乱射，射到那野母猪身上，野母猪闻到这东西就又爆了，在槽子里乱撞乱咬乱踢乱叫。镇里的几个领导包括崔镇长文所长给弄得脚瘫手软，就像自己射了精一样。

晚上，那野母猪还是叫，叫得比前一夜更加恐怖，整个镇子都笼罩在一种旷世的末日中。另外三头家母猪也叫，那是发情，可高三驼子的公猪已经无能为力。只好另等农民再捉一头公野猪来。广东人包扎着没了食指的手，好一会儿看了那野母猪，它也在发情呀，阴部红红的湿湿的。看着看着，怎么并不像野猪，反而有家猪相呢？可分明又是野猪，那毛，那嘴。还有我的一只手指呢，不是野猪能啃吃我的手指？！

广东人死活不明白这其中蹊跷。只是叹自己运气孬，叹神农架这地方的神怪，趁人不注意，朝那凶狠的野母猪暗暗使了几记闷棍，才解心头之恨。

三

那天夜里。

猪依然山呼海啸地叫。岂止这些！

——那一夜，月黑风高，镇上的狗一起狂吠，鸡吼鸭叫，餐馆里的巴东老板说，看见提前冬眠的蟑螂又抖擞着爬出来，在屋里乱窜，满屋都是；百货商店的人说二十几匹布那一夜让老鼠啃了，估计啃布的老鼠有三百多只，首尾相衔，被人瞧见了。还有人听见房屋发出咯吱吱乱响，像要翻身一样。

文寇所长是跟着狗吠声来到后院的。有人汇报说近来院子里的铁被偷去很多。派出所的院墙是很少有人敢翻进来的。可历年有收缴的破铜烂铁，吸引了盗贼，不足为奇。现在猪害一闹，农民歉收，盗贼增多，不足为奇。

文所长一个人借查看后院时欣赏着畏罪潜逃犯白中秋留下的那一架高大的阎王塌子千斤榨。这个他将要复制到以后他的全国首家私人猎具收藏馆中去，并且将成为巨大的广告标志。你看它：在这小镇山脚下的飒飒秋风中，像一尊巨虎，踞蹲在荒草丛中，剪影无比威猛绝情，要吞噬那世间万物。阎王塌子千斤榨，你是阴险的欲望，虚怀若谷的暗器，巨大的陷阱和诱子。看起来你如我一般，深陷围墙之中，犹如人人不齿的废墟，可你有啸傲山林之志，激荡云天之情。你这绝世无双的歹毒猎具，谁惹了你，你把它碎尸万段，碾成齑粉，让它魂飞魄散，身首异处。你看起来笨重如山，实则轻巧似风；你大智若愚，大巧若拙，大言稀声。你又有与猎物同归于尽的献身精神，对付那山中恶兽，甘愿粉身碎骨，灰飞烟灭。山中的禽兽虽被人类斩尽杀绝了，可总有漏网之鱼成精灵神怪，想与人类作最后一搏，譬如，当今横行山区的野猪。你就代表了人类，代表了人类对野兽的远古仇恨，将那最后的害人的野兽，悉数擒拿，置于死地！你可是人类最忠诚的帮凶啊，你外貌原始质朴，内心凶残野蛮。你有如火如荼的激情，敢作敢为的秉性。你这狩猎时代的尖峰英雄，百兽的克星，野兽的坟墓，最后的王者，山冈的奇景，让我向你跪拜吧。你点燃了我卑微的灵魂，焚烧尽我的怯懦和郁闷。当今之世，蝇营狗苟，趋炎附势，胁肩谄笑，醉生梦死，五心不守，谵语连连，吃喝嫖赌，人坏到极致，心黑到顶点。还有这造假烟假酒假食品，或拐卖妇孺，或拦路剪径，或偷盗成性，或哄骗为生，或卖淫当小姐，或贩毒吸白粉，到处是恶人，到处是陷阱，搞不完的专项斗争，办不完的杀人案件，道德分崩离析，人性滑向谷底，世界不仁不义，糜烂肮脏到这步田地，我们还不震醒?！阎王塌子千斤榨，让我的胸怀晴空万里，精神气壮山河。过去我是个蝼蚁，是条虫子，是只狗，现在我终于又是个人了……

文寇所长百感交集，泪如雨下地好生哭了一回，也好生笑了一回，笑自己诗人情怀，风云气短，回屋就睡了。

没睡多时，一声地震般地轰响，把他惊醒。所里的狼狗嗷嗷地叫着。文所长以为是下雨多时，山垮了，泥石流冲下山了。拿起手电筒就往外跑去查看，走到走廊里往后院看，如魅的山影并未有什么动静，倒是一股阴森的风却向他袭来，让他向后仰了那么一下，这风好大！一股不祥的预感在心头升起。两个先他而来的警察见了他就喊：

“所长，所长，大事不好！”

“怎么了？”

“你那个猎猪大屋（他们说的）倒了，狗在那儿刨哩！”

“砸到了野牲口！”文寇所长当时的反应就是这个。

几个人赶快跑到后院里。狼狗确把那一堆倒塌的瓦砾扒拉得哗哗直响，肯定砸着东西了，是什么东西呀！猪吗?！

几个手电筒一起照过去，狗分明拽着一件衣服的衣角。

几个人就去往下面刨。

搬开了一块又一块大石头，拖出个人来！

——崔镇长那疯长的儿子老拔子！

人已经砸扁了，一只手上还紧紧攥着那把木刀；另一只手上抓着一块派出所的废铁。文寇所长明显感到有一股很重的腥味，不像人的，是虎，是虎腥味。他猛然想到：老拔子老巴子，老巴子就是虎的俗称啊，这可怜的娃子，名字叫得孬哟！

四

埋葬了那个患有巨人症的儿子，崔无际镇长内心一阵轻松——他不能无视这个真实的感受。这全是真的。可自己的儿子啊，老婆黄一婵一点儿没管，自己一泡屎一泡尿把他带到四岁多快五岁的儿子啊！可我终于轻松了，我可以吐一口气了。他看着处理尸体的人把这四岁的巨人折叠着放进棺材，心想这个烦心事将一去不复返了。四岁，却没有镇上的一口棺材能装进去。阎王塌子千斤榨哟，砸下去把人抻成了面条，怪事！

尽管白丫儿这妮子因为自责，哭得泪人儿似的，哭得死去活来，可崔镇长没一点儿责怪她的意思。

“因为你要走了，因为他是去翻墙偷铁，这是老拔子罪有应得。”他说。

说是这么说。崔无际镇长回到那个曾有儿子跑来跑去让楼板快塌的家里，那个儿子手拿木刀大喊“杀杀杀”的家里，没有了儿子，屋里陡然显得衰败阴暗，好像无人居住一样。他开始一件件清理儿子的衣物。

白丫儿在自己的屋里，也在清理衣物，准备回家去。这个家不再需要她了，她的保姆任务到此结束。

过去，晚上清理、折叠着儿子的衣物时，会听到儿子呼噜呼噜的鼾声。现在没有了。他开始哭泣，无声地掉泪。

“老拔子呀……”

那肥大的成人样的内衣，女同事给帮忙织的毛衣，那穿得松松垮垮的橡筋裤子；橡筋因没时间更换，就打了个结，勉强能把裤子挂在腰上。还有——还留着的一两岁时尿骚味扑鼻的尿布、衣裤……这一切，都是我每次给他换，给他洗，给他烘干（此地雨多太阳少），给他缝补。每一件，什么季节穿，是冷是暖，都在我的心头啊！……

白丫儿的声音。她过来了。这妮子两天没有吃饭，饿得脸红红的。他望着她，发现自己眼睑冰凉，忙揩了一把残泪。

“什么事呀？”

“我……”

“别说了。去烧点儿水，你也洗一洗，我也洗一洗。”镇长手捧着那些衣物说。

“我来清吧？”

“不用清了。去烧火，我想喝水，还冷哩。”

那野母猪灰色的号叫声一浪高过一浪，持续顽强，不改初衷地充斥在小镇的上空，像是无休止的警告。

火点燃了，灶膛的火点燃了。

“白丫儿，过来。”镇长喊。

野母猪的叫声荒凉而痛苦，摇撼着窗子。

白丫儿迟迟疑疑地过来了，脚挪得很沉重。

“谢谢你。”他拉着她的手说，并让她坐到那放儿子衣物的藤椅上。他拣开了衣物。

“我对不起您……”白丫儿小声地说，又要哭了。

“别别。你别。”

他揽过她，给她揩眼睛，撩开她柔软的额发，看她。很陌生地看她。

白丫儿很紧张地看他，看镇长。

这不是一只羊，她是个女人。很好看的女人。我也许是一只野兽，可我要她。野兽也要女人，要小女人。他把脸靠近她，亲吻她，他知道她不会反抗。野兽也有心计。

他去抚摸她。

他决定今天要得到她。

他发现他的下身像弹簧刀一样跳了起来，挺拔不可摧，男人一切的精华表现都回到了体内，没有任何羁绊，他相信今天行，把她往里屋她的那小床上抱。

“火，火，崔叔！……”

可崔无际听不见了，他的欲火左右了他此刻的一切，男人挺拔起来时就是要刺穿什么的，这没有办法。

“白丫儿，白丫儿……”他喘着气，心跳如魔，浑身高温，像一架疯了的机器。

“火，火！那火！……”

可那枕头下有刀嘞，她要捶打着拼命着反抗嘞。可你面对着一个成了野兽的人是没有办法的。

一声尖锐的喊叫，鲜血几乎蹿上了崔无际的脸。那是女人的血，最珍贵的初血——他成功了！

他猛烈地动着，顺着一个窄窄的滑道。白丫儿喊叫着。窗外的野母猪嗥叫着。风越刮越响。屋里顿时明亮起来。是红艳，像许久不见的阳光突然涌进了屋子。

火烧起来了！火烧着了地板。

白丫儿被压在下面已经被那个男人运动得快散架了，她去摸那把刀子，那把白椿哥哥给她的刀子，就是摸不着。手时常被那个人给拽住，动弹不得。她东抓西抓，竟抓到了老拔子留下的一把旧木刀，那木刀沉哩。正待上面的那个人想玩什么花样换个姿势时，白丫儿猛地坐起来，朝那个脑袋狠狠砍去，连砍三下，稳、准、狠，那人就像喝醉了似的，倒在了她的床上。

白丫儿感到头沉，人被那男人欺散了，加上砍死了那个人（其实没死），一个人在那屋子里又惊又吓，头一晕，“咚”的一声，也倒在了地上。

不过她的头脑还是醒着的，还知道看那噼噼啪啪燃过来的火。她扶着东西想让自己站起来，终于站起来了，她要去扯衣服，从那昏死过去的男人身下扯出自己的衣服套上，再去灭火。她想喊，嗓子没了，喊不出。

火已经烧过来了。她慌乱得不知如何是好，她要唤醒那个男人。她要拖出那个男人。又拖又打，就是不醒。

烟雾已经涌进了屋子，黑暗沉沉，她被呛得不行，使劲去拖那个男人。男人沉啊，她身子薄啊。男人是吃惯了公款的身子，全身都是从禽兽身上吃下来的肉。她是吃青草的羊，只有山水的清气，就像一只蚂蚁搬运一条大虫子。

这样，总算把大虫子拖到了门口，拖不动了，自己没站稳，一个跟头就栽下了楼梯。

火已经蹿出了楼梯，她不能再上去了，就往外头跑，腿瘸了。一瘸一瘸地往河边跑，再过吊桥，往山上跑去……

五

深秋的雷声“叭叭”地在林子上空响着，冷雨飕飕，下冻雨啦，山上冷啊，鸟在冻雨里哀鸣着远去，人在冻雨里滑溜着奔跑。

“妈——妈呀，我还有脸见人哪！我现在已是崔镇长的人了，崔叔的人了。火烧起来了，他们还说是我放的火，火里还躺着个人！……那人烧死啦？那个该死的烧死了倒好咧！烧死他！烧死他！火再大些！再大些！……”

火就真的大了，透过林子，可以看到山下的小镇一片火光，火光熊熊，把整个夜空都烧红了，就像一片是白日，一片是黑夜。冻雨停，大火旺，烧！烧起来，把这世界烧了！把天烧穿！鸟扑棱棱从那小镇飞来了，不是躲冻雨，是躲火哪。火在烧，火弹在爆炸——每当失火，天上总有火弹，那不知是烧着了什么从火堆里腾起来，冲向空中，发出噼噼啪啪的声音，像放万字响的大爆竹；火弹升向了天空，划破了天空，消失了，又有一个一个高高低低大大小小的火弹往天上蹿去，划出明亮的红迹……我就是放火犯，他们要来抓我的，要我赔这烧的屋子和人……我可没了路，我被破了身，那还真不如死了好哩，崖，崖在哪儿呀，让我跳了崖就好了。

没有很高的崖。

白丫儿在黑暗里走着，树枝挂她的衣服和脸、头发，像有鬼在拉她，要她去坐牢，要拉她去枪毙。

雨，鬼，到处都是鬼，大鬼小鬼，绊脚的鬼。

五鬼五个头，

十个遇着九个愁，

金毛大虎五个爪，

十人遇着九个剐……

天上响起了一溜小娃子们的歌唱，嘈嘈杂杂，闹闹嚷嚷。一阵风一吹，声音又在空中消失了。

天上又有了拿梆鼓、火炮、镲子敲打的声音，鲁瞎子的声音，还有哥哥白椿的声音：

盘古奔波一路行，

往东方，东不明，

往北方，看不清，

往南方，雾沉沉，

往西方，黑森森，

黑黑暗暗四方连，

雾气腾腾骇煞人，

天地昏昏如何分？……

“哥呀，哥呀！你可要救我呀！……”

白丫儿木头树桩一样地在林中走着，摔倒了又爬起来，也没了眼睛，也没了路，摔摔跌跌地往山里走着。

“哥呀，哥呀，你带我走出去，咱们一起玩耍去，捡菌子去。捡松树身上的松菌去，捡朽木上的猴头菌去，捡路上的鸡油菌，草棵中的刷子菌，捡石缝里的重阳菌，腐土上的草菌、羊肚菌，捡箭竹林中的竹荪，牛脚窝的地茧皮……

黑暗混沌无史记，

盘古开天又辟地，

才有日月照九州，

才有三皇和五帝，

黑暗从此在梦中，

青天白日万民颂……

夜鸦子乱叫，娃娃鸡乱喊。树沉沉，山沉沉，雨沉沉，人昏昏。听爷爷说人有两个时辰是牲口，才会讨豺狼虎豹吃的。我不是牲口，我是人，我整夜都是人，从大火中逃出来，从镇长家逃出来我就是人了，野牲口就不敢吃我，鬼也不敢近我身的！

她死死地掐着中指——这是她妈教她的：走夜路掐着中指，鬼就不敢近你的身。

六

大火烧毁了小镇的房屋二十多栋。虽然镇里有两台人力水压式灭火机，后来又架了三台抗旱用的十二马力抽水机灭火，但火势还是难以控制。好在一场冻雨从天而降，救了小镇一驾，才没使这个镇从人们的记忆中抹去。

当人们冲上镇长的木楼将他从大火中背出来时，看到他已经烧得面目全非，满脸燎泡，人已窒息，拖到卫生院紧急抢救，才恢复了一切生命体征，并且发现，也仅仅是满脸燎泡而已。这镇长命大啊。

虽然崔无际镇长一再解释是白丫儿做饭不慎引着楼板，但没有找到这个小丫头的尸体，文寇所长分明记得，背镇长出来时，他竟光着下半截身子。这让具有浪漫主义气质的文所长引发了无穷联想，何况他还是一个具有敬业精神的警察呢。

追捕令当日晚上就发出了，文所长带领几名警察，根据有人提供的线索追上山去。狼狗在前，警察在后。

追踪了一天一夜，脚印倒是发现了不少，可那小妮子总是若隐若现，却又抓她不着。

“不能让神农架深山老林成为犯罪分子的乐园，”所长反复说，“这一次，说不定能一举逮俩——连她和她二伯白中秋也意外逮住哩！”

说是这么说，人拉着狗，山路泥泞，忽高忽低，可要了命了。那狗瞎叫唤，总是让警察们跑空。一会儿叫山洞，一会儿吠深潭。上得洞去，除了几只燕子、蝙蝠，啥也没有；下到深潭，只有冻得簌簌发抖的癞蛤蟆。可警察们爬上爬下，可费了力了，心血耗尽，气喘吁吁，就咒那狗：

“就是一堆狗屎！局里驯的狗，还抓犯人喽，抓鬼都不成，不如牵一条本地猎狗来还强些……”

有人控诉说：

“这狗前天还咬了我一口。”

“没打狂犬针吗？”有人问。

“打什么，死了还好些，做这等辛苦的警察，不如死了好呢！……”

文所长说：

“不准说丧气话。”

可另一个警察说：

“它还爱赶骚呢，昨天就强奸了一个……不，一只，卖茶叶蛋的叶老五的狗，人家是城里亲戚送的狮毛狗……”

“操城里的小狗为咱们解气呀，哈哈……”

正说着，那狗又不识趣地挣着铁链狂吠起来，声音异常警厉。

“前面跑的不像是个女的……”有人看清了，说。

“快追！兴许是盗贼或是偷猎分子！”

“站住！站住！”

“再不站住就开枪啦！我们是人民警察！……”

话音刚落，一块石头从崖顶滚下来，正好砸在这警察的头上，他便立马双腿不稳，一头栽倒在草丛里，像个垂死的大蚂蚱蹦跶起来，口里吐出几尺高的血水。

文所长等几个赶快围过去，看到那警察睁着两只惊恐的眼睛，嘴里的血水越吐越多。大家看伤情，受伤者的颅骨已经凹下去一块。

气愤的警察掏出枪就朝崖上一顿乱射，却没一点儿动静。文所长安排一人看护伤者，然后分两边向崖上爬去。

上得崖，崖上的林子里却迄无动静。他与另一名警察包抄过去，会合了也没见一个人影。底下的狗却又一阵狂吠。文所长高瞻远瞩，就看见了底下沟里有个红色的影子一闪，定是那个白丫儿！于是两人从崖上跳下去，便向目标追赶。

白丫儿深一脚浅一脚迷迷瞪瞪地在沟里乱窜，听见枪声，人就有了意识，可沉重的眼皮仍很难张开。就听见有人朝她喊：

"白丫儿，朝左手东南垭子跑啊！"

这声音熟，像是二伯的声音。白丫儿就醒了，辨别了方向，转个弯上了左边的垭子。这一口气往上爬，力气就全没了，爬上一个梁子，贴在石壁边，一阵晕眩，就什么也不知道了。

再说文寇所长一心要抓到他心中臆想的纵火犯，或者说纵火嫌疑人吧，倒不是因为砸死了镇长的儿子有什么歉疚，想表现一下给镇长算一次弥补，而是——他已经知道自己的所长要撸了且有牢狱之灾（过失杀人嘛），他清楚姓崔的正好就汤下面，顺坡下驴让他倒霉，堂而皇之一脚地就把他踢出水布镇，这才解恨啊。

"嗯，很好，我抓来白丫儿，倒想问问你是咋没穿裤子的。"文寇所长心里酸酸地乐着想。

追着那红衣裳穿过一片箭竹林的时候，听到一阵哗哗啦啦的声音，一抬头，一群猪截住了他们的去路。

文所长顿时心脏就麻了，脸上泼了一盆白蜡，五六头猪，一色阴森整齐的麻栗色，一色的翘角獠牙，一色的野腾之气。为首的那母猪咋就这么熟悉？脑袋飞速地回想，这不是繁殖场那头毛村主任送来的野母猪吗？但见那猪：遍身箭毛黑乎乎，满头烧疤癞稀稀，一块残耳，淌着黑红干血，两只火眼，烧着烈烈灶口，蹄叉子张牙舞爪，长嘴巴急急吼吼。分明是经过火场又恶斗而来，带着历险的诡谲与阴暗，那几只猪在它身后，一个个激情澎湃，耳摇尾晃，就像摇动着兵器要与面前遭遇的几个人决一死战。

两支五四手枪的枪管直愣愣地对着它们。

“从猪场跑出的，”文所长对身边的警察说。不解地在心里说：“咋又有一群了呢？”

“稳住！”文寇所长又说，意思是没他的命令不要开枪。

明明对方已摆出了一副搏斗的架势，还犹豫什么呢？但文寇所长知道：两支手枪对付这群野猪，远远不够。我只能稳住，如果真是天要灭我，那也没办法。……人心里可不能坏啊，我如今不就蛇蝎心肠？

两个警察与一群猪对峙着，比着镇定。文寇所长咬牙，屏息。心里想用意念退猪，向猪传言说：猪啊，我与你往日无怨，今日无仇，何必要与我过不去呢？可眼看到后面的猪，那野猪们，哪只不是在咕噜溪、清风寨、牛下水交过手的？我是其中一分子，今日被它们逮着了，那不是复仇的好时机，正好将我置于死地！

与猪们僵持着，不一会儿，那母猪见文寇们没有侵犯它们的意图，便向其他猪给了一个信息，那些猪就向箭竹丛隐去，往另一条兽道跑上山了。

好好，我放你们走吧，上山去享自由去吧！文寇所长一阵舒畅，真想跳起来。

七

其实文寇他们在山上搜捕，根本不知道镇上刚闹过一场惨烈的猪害。

大火烧到养猪场，见了火那野母猪更加癫狂，竟然咬死了高三驼子的公猪和另外三头家母猪，跃过三米高的圈栏——变成了一头真正的野猪！

那个广东人正打着美妙鼾声，忽见火光熊熊，推开门就见他合资的野猪繁殖场卷进了一片火海。不知从哪儿蹿出四五头野猪，正咬着那圈栏。广东人一时傻了，以为是看花了眼或是做梦呢，不知是救火还是去对付那猪。要是往常，要是有网，要是有猎枪，这群野猪不正是他梦寐以求的吗？

就在此时，一头猪凌空跃了出来，正是那头说不上是家猪还是野猪的猪。那猪一个呼哨，就与另几头猪扬长而去。广东人再回过头来，他那清贫的房里已流淌着火舌了。广东人揣上自己的身份证、暂住证和银行卡以及手机，拔腿就跑，边跑边喊：

"救火呀！救火呀！猪场着火了！"

岂止猪场，半条街都着火了。

几头野猪上了街，乱世英雄啊。广东人看到的四五头年轻力壮的野猪正是那野母猪生下的一窝崽，不知用什么神功找到了它们的母亲（也许是这些天来它的号叫吧），这一群猪集合在水布镇，向人畜发动了狂烈的攻势。

几匹野狗正在路坡上观看冲天的火光和噼啪的火弹，几头野猪上来了，野狗不知道野猪的厉害，就一阵狂吠，那第一次进入人烟稠密的街市的野猪，一点儿面子都不讲，就把那些野狗一顿狂咬。没几下就咬死了。猪转头上到中学的门口，咬死了一个初中生，咬伤了三个，将他们的自行车也摔扭成麻花。以致家长们闻讯赶来时，还不知道是什么野牲口所为。

野牲口下山一般都是在冬天，在大雪封山，山上没吃的之后，野牲口为生活所迫，才会窜到镇上。这事好多年没有了。离上一次一只麻羊子下山也有五六个年头了。

有人说是老熊。可不一会儿，就听到说是猪——野猪。镇上捉的一头野猪从烧塌的猪圈中跑了出来，疯了。提水灭火的人们看到五六头黑墩墩的野猪挥舞着獠牙穿过火海，如入无人之境，进入到巴东人的餐馆后院，紧靠水布河，那里有一头他准备连夜杀了卖牛杂碎的老牛。猪先是掀翻了巴东人的餐桌以及装臭豆腐的坛子，就去咬那匹老牛，咬死了，掀到河里流走了。巴东人听见牛叫唤就去看牛，见一群猪咬那即将挨宰的牛还掀翻进河中，提起一把洋锹就砍，那猪又咬断了他一条腿，也掀进河中。好在巴东人会水，爬了起来，抬头一看，猪又把邻家一家做卤菜的鸡笼子咬翻了，鸡鸭扑棱棱乱跑乱飞。被大火映红的河面上，到处是浮游扑腾的鸡鸭，也被那火光镀成了红通通的颜色。

巴东人拖着断腿上街喊“猪啊猪啊”。猪又冲进了旅社。那旅社的老板娘马姨抱着钱箱子大喊“娘啊娘啊”，一跤绊在台阶上，猪朝她一阵践踏，顷刻间马姨便被踏得没了声息。猪为何跑进旅社呢？旅社有许多外地人，都是来给城里超市收购高山蔬菜的，见一群野猪跑了进来，就纷纷躲避。有人说是从火场里跑出来的。有人想看野猪究竟是什么样子，结果被野猪伤了。

一部分救火的人听说有一群野猪闹事，就跑来打猪，拿着棒子、叉、长刀。野猪跳过旅社的围墙，就进入了镇卫生院。

先说说卫生院。卫生院也是一个年代久远的地主老宅，东厢房是中医，西厢房是西医，后面是一排住院病房。听说有野猪进了卫生院，一个待产的产妇当即就吓得早产了。猪们先是在中药房大闹了一通，将十几个老瓷坛掀翻打碎，又将熬膏药的炉子推倒，将铡药的铡刀、碾子等东西都扒拉了一地。一个坐堂的老先生吓得跑进天井大声呐喊，并且想关起门来叫人打猪。可猪还是冲了出来，又直奔西医。那时候——就要说到那时候了。在手术室，几个医生正给镇长崔无际进行心肺复苏，注射药水，进行心电监测。突然听到手术室的门一阵急促的打门声，副院长——一个女同志，姓屈，是崔无际老婆黄一婵在卫校的同学，就去开门，一开门，一群又脏又黑的野猪冲了进来，吼吼哼哼的。屈院长是参加过野猪繁殖场人工授精方案研究的，一看见就喊：“繁殖场的猪！”几个年轻的医生就各拿了手术室的仪器包括手术刀，与猪展开了肉搏。那猪在手术台腿缝里钻来钻去，但几个医生各使出了撒手锏，有的往猪身上泼福尔马林，有的泼酒精，猪许是怕闻这种气味，加上身上被那锐利的手术刀划得大口小口，又被心肺复苏的电击了，最后被驱逐出门。奇怪的是，崔镇长这时候竟一下复苏了生命体征，心电指示曲线又蹦跶得欢了。屈院长一看崔镇长怎么都没弄活的，让这猪一闹，大家一起大战了猪，把他也给激活过来，不禁脱口而出道：

“工夫在诗外啊！”

而这时，猪又雄赳赳地上了大街，浩浩荡荡地踏上摇摇晃晃的吊桥进入政府大院。大院里的人因为都去救火了，只有炊事员老王喂的两头肥猪，结果被悉数咬死。除了这，就是在政府留下一摊摊猪屎，也没造成多大的损失，猪就上了山，钻进了茂密的森林。白秀家的母猪成了地地道道的、不折不扣的野猪和山林客啦。

八

白丫儿昏倒在山壁前，一阵冷风把她吹醒，看看天，又是晚上，孤星冷月，萤火阵阵。她梦见了火，可火不是什么好东西，烫手还烫心呢。一想到火，她什么都想起来了，就开始哭。又怕哭出声。因为昏倒前听见了枪声，那定是来捉拿她的。

正感到一阵冷似一阵时，天上又飘起了雪花，一团一团停在脸上、脖子上，一摸就知道是雪花哩。

我要冻死了。我被人强奸了。我放了火吗？她忽然想到鲁瞎子给她算过命，说她要走火的。这就是走火吗？我凭什么走这种火？……这么胡乱地想着，天就无路了，就踌躇在山壁旁，山壁冷冷的，滑滑的，是冰水哩。雪越下越大，到哪儿躲去？就往山壁前摸，想摸到一个山洞就好了。摸到一团火就好了。火，火，害人的火啊……

这时候，听到消息的白椿来山里找她了。因为派出所有人去林场搜过。白丫儿的爹白端阳回白云坳子问事，白椿才知道因为镇上失火烧坏了镇长，白丫儿跑了。

白丫儿跑到哪儿去了呢？当然是在林场后面的山上。那山白椿眼睛没坏时，与白丫儿妹妹经常一起去采蘑菇，拾橡子和榛子，捡鸟蛋。

白椿拿着竿子四处喊着。

天上飘起了雪花，白椿没有停步。他要找到白丫儿，找到妹妹白丫儿，就是走遍神农架的山山水水，他也一定要找到她，要她不要怕，他要保护她，天塌下来要活下去，有哥她什么也不要怕。

白丫儿在迷迷糊糊间忽然听到了很亲切唤她名字的声音。那是在唤她的名字。有亲人来救她来了。白丫儿从泥浆里爬起来，手向前伸着，声音哑了，被冻哑了，饿哑了，心跳都快没有了。生命快要结束了。她想回答：“救救我啊！”可她只说了两个字“救救……”

“白丫儿！白丫儿，妹妹白丫儿——”

这声音在雪雾茫茫的老林子里是战栗的，热切的，固执的。白丫儿真的听见了，不是做梦，或者说是做梦。

“椿哥哥！椿哥哥！……”

她这么喊还真喊对了，心中只有那个盲哥哥的影子，在风雪弥漫的山林里，盲哥哥用带着三齿叉的竹竿探路，不分白天黑夜，四处喊着，找着，永不停下来。

“……是白丫儿妹妹吗？”

“哥！哥呀，椿哥哥！……”

有声音就有人，就不远了。就慢慢靠近了。找到了！

“白丫儿妹妹，你在这里？你？！……”

摸着白丫儿的手是冰凉的，身上湿漉漉的往下淌着泥浆儿，脸上淌着泪珠儿，泪是热的，可一下就被风吹冷了。

“椿哥哥，抱我……”

白椿解开他的棉衣，又解开白丫儿外面湿漉漉的外衣，将她揽进怀里，将她紧紧裹住，抱住，暖她。

“我冷，好冷啊哥，冷……”

“不冷了，有我，抱着你裹着你就不冷了，我们快回家去，回家就不冷了……”

“派出所要抓我的……”

“你为什么要逃跑，白丫儿妹妹？”

“我不知道，我不知道……”

“火是怎么烧的？”

“我不知道，我不知道……”

“那就回家去吧。”

“我不能回家，我怕……”

“有我哩，有家里人哩。走啊，现在是白天还是夜里白丫儿妹妹？”

“我不知道，我不知道……”

“往家里走，没事的。”

白椿搂着白丫儿抬脚往回走的时候，就听见一声喝令：

“不许动，举起手来！”

就见两声喝令：

“举起手来！”

就见三声五声喝令：

“不许动！不许动！不许动！……”

这时有了些手电筒的光，有了光亮。这时光亮照着白家的两个孙儿女——他们紧紧抱着，像两个白人，雪落在他们身上。他们抱得很紧，没有动。一动也没动。

白椿说：

“妹妹，不要怕，我们回家去。”

白椿又问警察道：

“警察叔叔，现在是白天还是黑夜呀？……”

九

现在，纵火嫌疑人白丫儿就坐在文寇所长的面前。文寇所长摇摇头，为她，我们重伤了一个警察。可她说她没有掀石头。文所长还有什么好说的呢？面对着这么一个迷迷糊糊、细皮白肉、腰窄乳大、哀哀怨怨的妮子，他连问也无法问了。

“我没有放火呀！我冤枉呀！放牛娃儿赔不起牯牛啊！”

“那你恨崔镇长吗？”

“我恨！我恨你们！我全恨，全恨！……”

“你晓得崔镇长是死了呢，还是活着？”

“我恨，我恨你们！恨你们！……”

“好。恨，很好。呵呵。他……他……我们发现崔镇长时，我们在大火中发现他时，你猜我们看到他……”

“我恨，我恨！”这娃子竟死命地摆着脑壳。她发疯了。

“你受惊了，”他说，文寇所长说。受惊，这词儿咋这难听。授精，这俩字。想起那逃跑的野母猪，要对它实施人工授精……这妮子为什么总说“我恨我恨”呢？她恨那个没穿裤子的镇长，镇长真让她受了“精”？……

“这几天你孤身一人在山上吓怕了，其实没什么，我们只想问问情况，你不要怕，好不好，白丫儿？你也不要恨我们。带你去卫生院打打镇静针，输输营养液——你几天没吃没喝，命大啊，是别人早冻死饿死在山里了，这冷的天，还有那么多野牲口……你命大啊，不愧是猎王的后代……”

说是给她输营养液葡萄糖的。可是，文寇所长进了医院就要医生给她检查处女膜。

白丫儿糊里糊涂地进了一个阴暗的房间，让她躺在一张床上，医生就要她脱裤子。这妮子被人脱怕了裤子，噩梦还在心中，又让她回忆起来，扯住自己的裤子不放。可医生说：

“是注射葡萄糖的啊。”

又是那个地方被侵入了。两个男医生把她摁着，就像摁一只待宰的羊。一个冰凉的东西就伸了进去。白丫儿哭喊道：

“不，不，不啊！”

“好了，好了，好了。”一个女医生安慰她说。

这个女医生就是屈院长。这个女医生看到这个小妮子处女膜有新鲜的撕裂的伤痕，就知道完了。因为从大火中拖出的崔镇长没穿裤子，并且私处还沾着血迹。她突然想起来了。那血迹，就是这小妮子的血。她也知道文所长与崔镇长之间的关系。她知道这个文所长居心何在。她都明白。作为崔无际镇长老婆的同学，她会怎么做呢？作为一个真正的、富有同情心和怜悯心的院长，女医生，女人，她会怎么做呢？

当文所长看到那份诊断结论时，上面这么写着：

处女膜完好红润，无撕裂伤痕……

“好，很好，谢谢。”文所长对屈院长说。

“她现在真需要打点滴。这妮子精神受到了刺激。”屈院长说。她把白丫儿留在了医院，亲自看护她。

她把白丫儿安排到了另一间病房，又在另一间病房叫来了已经恢复得差不多的崔无际镇长。

她让崔镇长从窗外看了看注射了镇静剂而睡着的白丫儿，叫到天井里，给了他一个耳光。那可是一只有力的手。她说：

“我保护了你。你这东西，下得手啊。我还是保护了你。我替黄一婵抽你一耳光——”

她又抽了他一耳光。

“你还是个人吗?！人家才十八岁啊！”女院长哭着走了。

两天以后，白丫儿从卫生院跑回了林场。

第八章　老　枪

一

冬荒。

饥饿袭击神农山区。

即将“双开”的文寇所长在白云坳看到的，除了满目被野猪蹂躏过的荒凉，就是鸡飞狗跳的狂乱。

想得到白秀那杆枪让其成为他猎具馆镇馆之宝的渴望像白蚁噬着他的心，让他夜不得寐，据他的判断，岂止“双开”，三五年的牢狱之灾也是极有可能的，必须在逮进去之前，弄到白秀的那杆老枪。一路想着各种对策，进了白云坳子的阴森峡谷，就听“嗵”的一声突发沉重的枪声，那枪声绕着梁子久久地回旋，山中黏稠的空气被残忍地切开了，人的惊呼，畜生的闷叫也夹杂在一起。就见一个农民跑过来惶惶地给他说：

“白秀又开杀戒了！”

“他现在什么都打。”他听见农民说。

这是一个泥泞的晴日，人畜行走的山道烂泥翻腾，就像走往地狱一样，郁闷霉毒的空气中飘来一缕火药的气味。枪声在无望地流淌着。就见几个农民从山上抬下来一头牛，几个人将那衰老的猎王白秀押着，有人高举着他那杆枪说：

“又是它！又是害人的它！”

“文所长，把他交给你！”

文寇退了几步，连连向他们摆手说：

“没见我没穿警服吗？我不是警察了，我不是所长了。”

“为什么？这样的人还不配给抓进去吗？咱们村天上飞的地上跑的除了人，几乎都要被白大爷枪杀干净了。”

“可这是为何呢？这又是为了啥呀？”

文寇问大伙。他看着那绑着双手，被村民们骂着的老头儿，那个可怜的老人，老得像一根干柴，两只眼像猴子机警地转动着，充满了不能动弹的痛苦。他挣扎着，想摆脱那些人。他满脸的无奈，身上稀泥缠裹，像一个疯子。那胸前的虎爪烟袋也沾满了泥巴，也装饰着加深着白秀的疯子样。已经没有了什么英气。

他就是疯子！

村里人就是把他当疯子搞的。

“他打死了一头牛。”有人说。

“猪！”白秀老人说。

“是猪！”他说，他喊，他委屈。

有人要给他掴嘴巴了，气愤不过。

“是猪是牛你也分不清啊！”有人给他的耳边喊吼着，那是被枪杀的牛主人。

稀泥和牛屎在他的踢打中飞溅着，有人去扯他的腿。有人抓他的上衣。

“看吧，看吧，造孽哟！”

可就在这时候，从人缝里冲进来一个人，与人拉扯着说：

“别动他，别沾他，你们不要沾他！……”

文寇一看，是瞎子白椿，手拿竹竿，背上的背篓里因拉扯时散落出一些漆树籽。他摸到他爷爷，就力排众人，要把他爷爷带走。可死了牛的主人不依，说：

“你赔牛啊，白椿？我家的牛咋办？”

“我赔，我赔。”白椿哭喊着，一伙人就扯成一团。

“你用什么赔？赔个哈欠！”

这时村主任也突然出现了，显然很不耐烦，不想管这臭事，一把将白秀的那杆老兮兮的枪夺过来，强行递到文寇手里：

“你要枪的，给你，给你，你缴了！”

文寇没有一点儿防备，那沉重的枪就把他推了个趔趄。加上溜滑，差一点儿坐在石头上。

瞎子白椿耳灵，一听说枪，就扑向文寇，差一点儿指甲挖翻了他的脸。那枪就被豹子一样压来的白椿给拿上了。

“爷爷，跟我回去吧，爷爷！”

白椿眼窝深眍，头发老长，脸窄瘦得像根刀豆，衣裳又单又破，膝盖有两个大洞，里面露出茄子一样的瘢痕——那是长久摔磕的。

“这一家不完了吗？”文寇在那儿自言自语地说，喃喃地说。

“那还不完了！”村主任在一旁说。

二

这一家。

文寇看着这一家。

即将“双开”且要走进牢房的派出所所长文寇看着这一家。

“我是来买您的枪的，白大爷。”他故意把“买”字说得很重。

“那肯定是卖马不卖缰，卖铳不卖绳啦！”毛村主任阴暗怪气地站在门口的棺材旁说。那棺材是老久就为白秀老人或者他老伴白娘子准备的，看谁先死，先死先睡。后来白秀睡过，可他又活了。现在，他被村人制伏后，坐在火塘边，眼珠子直发呆，一副失魂落魄景象。他的老伴白娘子也只是一具干尸了。“这样的长寿又有什么意义呢？与其这么活着，不如在汉口宜昌活二十岁也比这强啊！”文寇想，“一棵树可能比他们更幸运。”

“滚！”

白秀老人从牙齿缝里射出了这个字。

“已经到两百五了，不好听，再加一十，两百六！”文寇不死心，他说，一只手伸出食指中指，一只手伸出大拇指小指。

“他把他命根子卖给你啊，命根子给你了，他就没命了。”毛村主任说。

“那总比他害人好呀。”文寇所长说。

“你还能打什么？白大爷，你不能这么打了。猪去了哪儿您知道吗？猪去了……”

“猪去了该去的地方。”白秀说，他好像突然清醒了。

“还会来吗？”

“没个准儿。”

“按你以往的经验？”

“那会来，一定会。”

“您还能不能见着啊？”

“我不晓得。”白秀说，他现在真正清醒了。

白椿摸索着做饭，一个瞎子伺候两个比瞎子更糟的老人。

毛村主任说：

“所长，到我那儿吃去吧。”

文寇说：

“我就在这儿吃。”

他去给灶口添火。

“你给你爷爷说说。”文寇给白椿说。

白椿用刀削洋芋，那刀刃在他手指上擦来擦去。削了，他丢进锅里。

“他不会答应的。”

“收了枪你爷爷就安定了，村里就安定了。我不强行，我用钱收。”

文寇又问：“你爹就没回来吗？”

白椿没说话。

“我只问问，我不会抓他的，我不是警察了。”文寇说。

他们吃着洋芋，喝着酒。

后来他们又坐回火塘，喝茶。一切像没事的，白秀没射杀人的牛犊子。

白秀说：

“这枪啊，我每天都要上油的。刀和这枪，我每天都要晒的，刀枪吃阳光，不吃就没力了，就咬不动野牲口。”

“您卖给我好了。您知道您射杀了牛犊子和鸡鸭猪，还有二愣子的羊吗？”

“这叫捆枪，”白秀说，“它就叫捆枪，捆了以后钻的。”

“人家问你卖不卖枪，”毛村主任在白秀的耳朵前吼说，“你家还有几十斤粮几斤油了？”

“没了。”白椿说。

“所以你就捡漆树籽。”

“我那六十块钱呢？”

“鬼！你杀了多少鸡鸭猪羊牲口？你说说，你快死了还手痒啊？”村主任又对文寇说：“做了它吧，把他的枪缴了它！”

白椿给他爷爷将脸与脚洗了，白秀就在火塘边打起盹儿来，但嘴里还嘀咕说：

“它叫捆枪。”

管它叫什么枪，文寇确已爱上了它，疯狂地爱上了它，那种如火如荼的渴望已让他不能遏制。暗红色的枪托，连疤疖都磨得像镜子一样明亮了。粗糙的铁管也黝黑透亮——这枪管就是白秀所说捆扎起来钻的，在一百年前，房县的铁匠钻的，那就是金刚钻，可这么长的管子，稍钻歪一点儿，枪膛厚薄不匀，那就会炸膛。可事实证明，这膛钻得非常正，喷吐了一百年的炸药和滚珠子弹，也没有出现过爆炸的意外，这真是奇迹啊！他说的捆枪：就是三个铜箍捆扎了枪管与枪柄。有一根铜箍松弛了。松弛也就是先衰老了。松弛的空间填满了野牲口们的油脂。就是这些油脂，累积成白秀们的传说。那夹香的香签夹子也衰老了——三颗固定的铁钉摇摇欲出，它们钉在已有了裂纹的枪柄中间，弹一下，就发出老年人喉咙的哑音，它已经中气不足。令人触目惊心的是，在枪柄那提着以平衡的部位，清清楚楚地印着几个捏进去的手指印，就像刀刻的一样。可这是年复一年地捏出来的，这柄却是比铁还坚硬的枸骨过冬青木。伟大的杰作，伟大的人的杰作！在离枪柄两尺远的地方，那原来穿背绳的孔，现在只剩下一根百年的绳头——断了。这绳子是他的父亲背断的，是一百年前的故事，只剩下这一点点绳头了。这枪沉，再坚韧的背绳也会断的。十三斤半，沉的枪才能打沉的兽。后来，在这个孔旁，又钻了一个眼，这定是白秀所为，是三股芝麻绳，再系上如今这根废机器皮带——这就是村主任说的卖铳不卖绳的家伙，它打着死结，毛毛刺刺，肮脏不堪，充满着人汗和动物油脂的光滑，就像一个叫花子背的枪！

但是，枪，枪啊，老枪啊，百年老铳！嗅一嗅，那枪管里奔流着深厚的火药味，好闻啊，这英雄灵魂萦绕的枪膛，火药的魂魄总是充沛的、高亢的，它警惕地躲在里面，在汹涌澎湃着、呼号着，只待泡子点燃，你就是让群山打战的神物。一个猎王正是用你的简陋和直接来成全，并且完成了人对山冈的野心，让人的威力发出冲天的光芒，让回声在山林里，在夜半久久回荡，像那经久不息的林骚，像民歌，在这块神秘无比，寂静深远的土地上奔窜！

文寇抱着那杆枪陪着白秀在火塘边打了一夜盹儿。早晨醒来，不是被鸟和鸡吵醒的，死了牛犊的那家人又找上门来了，要白秀赔牛犊子。文寇已管不了这多了，他去村里转转。听说舒耳巴的儿子糟蛋因为不能当兵，自己戳破了一颗卵蛋，他想去看看这个娃子后就离开。哪知被白椿拦住了，对他说：

“我卖了。”

“什么？”

“枪啊。”

“你做不了主，是你爷爷的。他不是说，谁拿了他的枪他就要跟人拼命吗？毛村主任都不敢拿。”

“我卖了。”白椿说。

白椿说：

“不肯给钱？那你就拿了走吧，不要钱，你带走。”

"不行。我不能干这种事。"

"这枪害了我啊。"

"你说什么？"

"它害了我们。"白椿说，瞎眼里滚出了泪珠。他哭了。

"我不能干这种事。"文寇觉得他很卑鄙。觉得他这些年，小半辈子，真是太卑鄙了，干过太卑鄙的事。对白家，他刚刚干过忒卑鄙的事。那枪像火一样烫他的手，他决定不能要这把枪了。他甚至有一种预感，谁得到了这杆枪，谁就会有灾难。

他走了。他听见糟蛋因为损失了一颗卵子在那低矮的垛壁子屋里号叫。听说破卵皮是他爹舒耳巴用缝衣针烧红了缝的，就像缝一个火药囊。

三

文寇回去是与白椿一起走的，白椿要到镇上卖漆树籽。作为即将卸任的派出所所长，总算他为白云坳子最后干了一件好事，处理了以后白秀不再乱开枪的事——这便是将六指铁水缸里存放的枪子儿监督全化成了铁水，不给白秀滚珠、子弹的便利，又没了火药，一个空枪，想害人也害不了了；继承六指老铁铺的他的一个侄儿给写下保证书，签字画押：只能制造农具。

一路走白椿坚持要将那枪偷出来送给文寇。可文寇坚持不要。说到最后，白椿说出条件：只要文寇所长说的真的不再抓他爹白中秋了。文寇说："别人抓我。"他的神色顿时阴沉下来。他拿出一个册子，点了点唾沫翻开，说：

"你爹那阎王塌子千斤榨也害了我。别再打牲口了，都不要再打了。我这里有一个神农山区历年猎获的数量——"

白椿听到他翻书本纸页的声音。他说：

"这是我们县收购门市部的权威统计……先说虎豹骨……1973 年是六十七斤，1974 年四十五斤，到了 1978 年，有二十二斤，1981 年只有六斤了，1983 年只有两斤；麝香，1971 年一百五十七两，1972 年三百三十五两，1978 年还有二百七十八两，到了 1982 年只有一百六十九两，到了 1984 年只有二十两了；野生动物毛皮，1970 年六千四百四十三张，1972 年七千六百六十七张，1978 年收了有七千零七十四张，1980 年达到八千八百三十张，到了 1984 年只有三千七百三十七张了，1985 年竟只有一百五十九张……如今，没啦。不准打。就是打，又能收到多少？菜狗子皮、竹溜子（鼠）皮，还有山羊皮，这算皮吗？不值钱啊！”

“山上什么也没有啦。没啦……”白椿听文寇喃喃地说。

“一说有，就会有成群凶猛的野猪，不正常啊，这世界疯了。这是世界疯狂的象征。我们生活的这个世界，无论城市还是乡村，无论平原还是高山，都疯狂了。都接近疯狂的边缘。谁知道哪天猪又会汹涌下山，像山洪暴发……不过，我已管不了啦，我走啦。再见，神农架，再见，猎人峰……”

这个人可能在向那高耸入云的猎人峰敬礼呢。白椿想。

文寇看到的是：猎人峰在雪线之上，被冰雪覆盖着。

白椿听到文寇所长用哽咽的声音对他说：

“等你爹回来，你与他商议，喂几头牛犊子，好好侍弄它们。牲口也有思想有感情，牲口就跟人一样。你们不是相信人有两个时辰是牲口吗？牲口一天也有两个时辰是人啊。你活着，得让山上的野牲口也活着。人的内心不可有兽性。你反复与野牲口作对，欺凌它们，山也会发怒的，山也会反抗的，瞧瞧吧，今年的冬荒，不就是后果吗？”

那个人说：

“让马放南山，刀枪入库！……”

白椿感到这人的话此刻特别亲切，他不再是一个与民作对的派出所所长，倒像个兄长。白椿想着他的话，天空一阵呼啸的鸟叫，太阳突然射到他的脸上。天晴了。

四

白椿去山里找他爹白中秋。

文寇所长说了，他不会再抓爹了，爹可以安然回家了。白椿相信文所长的话，这话令人惊喜。爹肯定在山上，他相信。他要赶快告诉爹这个消息，让爹快回来。家里要爹啊。爹有一天晚上来过村里，并且拿去了挂在屋门口墙壁上的背叉子和开山刀，并且扒走了放在牛栏屋竹楼上的半簸箕洋芋。有人说看见白椿爹在山上的坡田里出现过，掰人家的向日葵。还有人不见了棉袄，估计也是白中秋偷走了。反正，说他爹没死的信息很多。只是因为他爹怕再被抓到，就没敢回家，没敢见白椿。难说哩，白椿眼睛不好，爹在暗地里注视他，也不是不可能的。

白椿急切地去了山里，他到处呼唤，并且问有人看见他爹没有。

他爹真的在山上。

藏在一个山洞里。

因昼伏夜出，几个月躲着，全身就长满了白毛，加上他又深又长的白发，跑跳起来飘飘欲仙，疾如野鬼。

他专门偷吃人家山上放养的鸡，也偷吃山里的毛锦鸡、苦恶鸟，抓到后就生吃，用牙齿拔毛。后来他又下套子，套到了一些山鼠、竹溜子，也就生吃鼠肉。因为在山里披风沐雨，与树木山石为伍，渐渐就有了些苔气，而且跟树木一样，渐渐地就生了苍苔，脸是绿的，手脚爬满了青色的苔藓，有时候身上缠着云雾草——就是松萝，与那古老的松树一样，站在山顶上，就是一棵树，就是个树精。

这样他就不怕野牲口了，人长期在山里与黑夜和鬼怪为伍，胆就大了，或者说人就不是人，无所谓胆，一块石头怕不怕鬼？一棵树怕不怕兽？有一次，实在饿昏不过的白中秋就去土蜂洞逮蜂蛹吃。他无师自通地把土蜂的两个进出洞用泥巴一堵，就伸进手去搅蜂子。因为几个月在山中皮越来越厚，蜂蜇他他竟没有反应。等蜂子撞向了稀泥巴，一个个动弹不得后，他挖开蜂洞，里面一窝窝白生生的蜂蛹，抓到口里就吃，就像吃豆腐一样的感觉和味道，入口即化。蜂蛹的香味引来了一头白熊。这白熊不冬眠，白熊又温驯，白中秋就与白熊打起了架来。白熊也想吃蜂蛹，吃着吃着，白中秋记起自己有刀，就抽出刀一刀朝白熊砍去。白熊见这“野人”伤它，就怒了，一巴掌打过来，白中秋差一点儿被打闭了气，肩头的衣裳撕烂一块，露出了红瘆瘆的肉来。白中秋这才记起自己是个人，不是个野物，拔腿就跑。因在山里攀缘奔跑，身手敏捷，爬上一棵大树，朝白熊一阵恶吼，吼出的声音也像野牲口的声音，白熊有几次想去扒树，但被白中秋那可怕的吼声吓住了，只好跑掉。

白中秋想起他是有家的，有父母，有孩儿。父亲还有一杆打死过九头老熊的枪，如果把那枪偷来就好了。可是，他晚上溜回去过几次，都没能偷到那杆枪。那枪他爹白秀总是背在身上，晚上都枕着睡觉的。

白熊还会来的，来吃蜂蛹。白中秋把阎王塌子千斤榨忘了，记不起自己鼓捣过那玩意儿。有一天走在山坡上，在一块田里寻到了一把别人忘了拿回去的锹。于是就想着挖一个陷阱——绝后窖。

他来到与熊打架的地方，土石松软，正好挖窖。于是挖了起来。挖了两天，挖出一人多深的坑来。挖着挖着，白中秋感到他比野牲口还是强多了，还下了十几根竹桩。就是把竹子砍来削尖了钉在坑底。这时他突然想起了竹桩穿着一个冬瓜的场景。他后来又回忆起来是在一个关他的派出所看到的，绝后窖里的竹桩穿冬瓜这事儿是一个派出所所长干的，姓什么他实在记不起了。白白胖胖的冬瓜，就是白白胖胖的白熊！白中秋在窖上盖了树枝，并把挖到的蜂蛹放在上面，少说有一斤。白中秋忍着饥饿，想把白熊抓到。

第二天就抓到了。

他在山洞里正睡着，突然听到熊的号叫，就跑出去看，绝后窖掀开了盖子，那头白熊正在里面挣扎着，身上都在往外喷血，就像一个漏斗。那熊凄惨地号叫了一会儿，血流尽了，白熊变成了湿漉漉的赤熊，就成了一团肉。

白中秋下去将那熊取出来就开膛破肚吃肝。吃了一些，想起自己有个老娘是爱这口的，娘也不知怎么了，就把肝留着了，就想，何不把这熊肉背一半偷偷送回去。

白中秋藏好了另一半熊肉，背着另一半，就往家里走。走着想着，把这些肉送回家，一定要把爹的那杆老枪偷出来，在山里有枪就有个胆，有枪就有个伴儿。

走到半道上，就有人喊他“爹”。一看，是自己的儿子白椿。白中秋机警地躲在灌丛里，看他后边有没有其他人。一看到自己跌得鼻青脸肿的瞎儿子，泪就下来了，就说：

“椿儿，你也不怕野牲口吃了？”

白椿对他说：

“爹，快回去吧，文所长不抓你了，他塌死了崔镇长的儿子，要‘双开’了，还要吃牢饭。”

白中秋这就想起是有个派出所所长姓文的，他正是在他手上逃脱的。他听说不抓自己了，就问：

“是真的吗？不再有人抓我吗？”

想到塌死了崔镇长儿子，那儿子也砍过他一刀的，便觉得这事一定与自己有关。一问，果然。是阎王塌子千斤榨塌死的，他这下全部想起来了：他是做过阎王塌子千斤榨的，在派出所关他的后院里。

“老拔子呀老拔子，我那东西塌死了一只老虎，也是为民除害。”

就与白椿一起兴冲冲地回到坳子里。

浑身长着白毛的白中秋像一个正常人回到了村里。天气又矮又冷，许多人家都很安静，炊烟在那个傍晚正混混沌沌地升起，蔓延，狗在含混而幸福地吠。一些邻居见白中秋像一个雪人回来了，都在大门里张着黑幽幽的眼睛看着他。他分明与他的儿子白椿背着一块新鲜的牲口肉回来的，并且面带着微笑。

他没有受到阻挡，这和他想象的一样，和他期望的也一样。这使他十分轻松。回到久别的家，且昂首挺胸，这种感觉真好。不过他忘了，那天傍晚有些阴暗，因为寒冷，许多人都在火塘边打盹儿，那些想撕碎他的人，想找他算账的人并未发现他的归来。

爹清醒着。那一天他爹白秀意外地清醒着。等他进屋后就对他说：

“你妈走了，还不替她洗洗。”

白中秋听到这话，一下人就硬了，怀里揣着的那副熊肝，“哗啦”一声掉了下来。

还有呢，清醒的他爹白秀正在喘气，身上沾着猪屎，手拿着那枪对儿子和孙子说：

“我把刘细娃家的老母猪砸死了。”

五

白秀是用枪托把猪砸死的。

那天他又爬上了山梁，在山坡上，看见了刘细娃的那头老母猪，可幻觉中，这头老母猪变成了一头满嘴獠牙的野猪。老母猪哼哼唧唧地在山坡上吃草，白秀却看见的是它要向他攻击。于是用香签啄燃引信，枪却不响，才知自己的枪管里是空的，于是挥起枪托就砸。这老母猪正怀着崽——它已是第五次怀崽了，每次下崽不下十五只，是个挺有能耐的“英雄母亲”。那母亲怀有身孕行走不便，三八两下就被白秀砸得七窍喷血，屎尿失禁，悲惨死去。

刘细娃就上门来阻止白家发丧，点名要那口棺材。棺材葬猪，也是奇事。可刘家非要如此，他家的母猪是他家的生活来源，今年收成全无，猪就更金贵了。再者母猪死了也不能剥了吃，谁敢吃母猪肉？吃了就会犯“母猪风”，母猪风就是癫痫，一犯病就口吐白沫，突然倒地。神农架人都说犯这病的是不小心误吃了母猪肉的。

刘家不仅要棺，还要白家给赔八百斤苞谷。

就在四更发丧入殓之时，鲁瞎子高唱着“古往今来，厚土之葬。扫场，扫场，化为吉昌”，他拿着钉锤，被绑在树上的白椿和白丫儿大喊：“奶奶，躲钉！”刘家的人就出现在丧场上，两个刘家的亲戚一把掀开来不及钉棺的棺盖，将里面死气沉沉的白娘子拖出来，就将那棺材往外抬去。这时候，不仅是白家第二代白中秋、白端阳，第三代白椿和白丫儿也从那被绑的树上挣脱出来，与刘家抢棺的展开了抢夺。白丫儿横躺在门口，白椿一头扎进棺材中去，白中秋本是从山野回来，又加上吃了熊肉，浑身摇晃着长长的白毛就与刘细娃厮打在一起。

有人喊来了村主任，村主任见那死人扔在地上，一口棺材在双方的打斗下滚来滚去，也没见过这阵势，有些傻愣，还是鼓足勇气恶吼着去拉两边，让大家坐下来好生商议。

那死人被拉拉扯扯地快踩成了烂泥，好不容易快把现场平息了，只见六指的侄儿也打来了，一边跑一边咒骂着：

"白中秋，我替我叔找你报仇来了！"

这六指侄儿也是个不讲道理的呆铁匠，听说白中秋回了村，牢记着叔叔的仇恨，便拿着铁家伙打上门来。半路又杀出个程咬精！大家又去拉六指侄儿。那家伙一身铁匠肉，哪拉得住，先把门口的灵屋、纸幡砸得稀烂，就要来杀白中秋。白中秋手拿着他爹的那杆老枪，别人以为里面有子弹，就去抢他的枪。六指侄儿说："嘿嘿，没有了，只有老子清楚，中秋，有种朝老子放一枪。"白中秋放不出，六指侄儿就不顾一切地奔向他，有人就要白中秋快跑。可白中秋不跑。人像山墙一样，往哪儿跑啊。白中秋迟疑了片刻，六指侄儿的一把铁钎就下来了，直击头上。白中秋雪白的头发倏地被自己的血染成了烂漫山花。众人把六指侄儿拉住。六指侄儿已打红了眼，见了白家的人就打，并踢了死尸白娘子几脚。

刘细娃家这时正好趁火打劫，几个人抬起那口好杉木棺，一声"啊嗬"就跑。等白家人后来赶去，已经连同棺材将那母猪埋掉了。

白家的母亲白娘子总要下葬的，就找人临时做了口薄棺，很小。反正白娘子只剩下一副骨架子，轻得像块树皮，没有刘家的死猪重，也没有死猪长。就这么把白家母亲草草下葬了。

白中秋将吃剩的熊肉送给他爹打死了禽畜的人家，可没一个人要，那些人家看见他来了就关门，像避瘟疫地避他。

"我给你们赔熊肉来了，开门呀！熊肉啊！"

“喂，我是来替我爹赔你们家鸡鸭的，用肉赔！”

白中秋背着熊肉，站在村口杀坪的大青石上，百思不解，浑身的白毛一阵阵发痒。村里人不接纳他，他是个逃犯。他背着熊肉返回家里，爹的几个徒弟在坡上拉住他，将他叫到树林里。

罗大拐要他坐下来，包胜用没了手指的手给他卸熊肉，说：“你别打了，会玩水的水上死，会玩刀的刀上亡，我这不是教训吗？自己害自己。”

舒耳巴将一口臭气喷到白中秋脸上，算是叹息，又不说话，看了看其他几个师兄，交换了一下眼神。白中秋知道他们有话说，就说了：

“有屁就放。”

舒耳巴抓着自己胸前的涎兜儿，欲言又止，却对罗大拐说：

“大拐，你说吧。”

罗大拐说：

“你是大徒弟啊，这事咱们商量好了的啊！”

舒耳巴一阵不自在，几个人沉默在那儿，还是他说话了：

“中秋，借（这）样的。希傅借样几（子），记（治）不能记，好不能好了，在清（村）里，希（是）一大祸害了。人老就希借样，讨人厌啊，几（只）有暂且在外清（村）避避……”

白中秋大脑里一片嗡嗡，有似山崩地裂之后的感觉。他终于听清了，这几个家伙是要急切地想把他们师傅也是他的爹白秀除掉哩。白中秋看着他们，看着这几个笑眯眯的禽兽。禽兽不如哩，我爹是你们师傅啊，你们跟他学了一门养家的艺，把你们喂肥了，你们今日要将他一脚踢出去。

“我来说，耳巴讲话费劲，”包胜接过去说，“村里再也受不住啦，村里全光啦，苦哇，都被师傅打完啦，村里是念着师傅几十年的好，过去为咱们村打兽赚了吃喝还除了害，现在……说白了吧，他成了村里的一大害……”

“就是要我大义灭亲。”白中秋说。

“哪能这么说呢。师傅要昏过去嘛，不醒来也好，在村里乱搞，村里没法平安啊。”罗大拐说。

“是啊是啊。”那几个说。那几个人，一个没了下巴，一个没了手，一个像只秧鸡。三张鬼脸，笼罩着山林里的霉藓气。

“扼死他？”白中秋狠狠地问，还做了一个双手掐喉咙的动作。

“哪能这么做呢？”

“下毒？”

“哪能，哪能。”

“刀捅？”

“瞎说！”

“反正，你把希傅弄出清（村）弃（去）……”舒耳巴阴险地笑着指点说。

“要开杀戒了……”白中秋喃喃地说。

“不是的！”他们说。

“你要村里人原谅你的啊！”他们说。

他们期待着。

这基本是全村人想好的想法了，让我把爹弃了，然后就接纳我，这也可能是这几个爹的徒弟给我解套，拿爹做牺牲品……世道险恶啊！

六

白中秋像醉汉一样地回到了家里。

他的娘在油灯下闪闪烁烁。那是一张画像。他爹又糊涂过去了。爹躺在床上，像一堆杂物。杂物中露出个枯树蔸样的脸，衰老的喉结像只鸟喙，鼻子呼吸着乱气流。虎爪烟袋像一件从坟墓里挖出来的古物，闪烁着荧荧的磷光，胸腔里是咕咕哝哝的声音。

“爹，不怪我了，我要把你背走了。”白中秋扯着自己身上的白毛，心里说。

“爹，他们说，我要在这村里过，你就不能过。”他说。

他倒出了最后一壶金钗酒。

他又烤了些火烧粑粑。

第二天早晨，他背着昏昏沉沉的爹就动身了。他给白椿说趁天气好，到山里走走，让爷爷散散心。枪挎在他的肩上，他爹挎着虎爪烟袋。天气可能会好，有薄雾，还有霜。霜在路上。

进了山，太阳出来了，气流平缓，云淡风轻，常绿树林中，岩花子、黄杨、虎皮楠、马醉木都一派生机，简直像夏天，荚迷果、膀胱果和火漆果，都挂着耀眼的红色，像燃烧的木炭。

一只鹰叼起一只兔子，在天空中滑翔。

“看，爹——”他指给他爹看。

他爹白秀睁开眼睛，又闭上了，他爹白秀老人还在昏睡中，没有清醒。

汗直从腋下、后背往外淌，他能闻见腋下爆发的狐臭。他爹打了一个类似牲口的响鼻，把他吓了一跳。再一侧耳细听，灌丛哗哗乱响。白中秋就停下了脚，往腰里抽刀。

“哪个？！”

一点亮闪闪的光从灌丛里射出来，对着太阳。一张人的脸，一张女人嘴。一颗金牙。金牙女人。在这样的地方见到这女人，比见到一头野牲口还让他惊吓。

“你女人去了宜昌。”那女人说。

“你咋知道？”

“瞒不过我，我就是那边的人，我见过她。”

白中秋看着她，像看一个妖怪。这女人敢在这山里窜啊，这女人是啥精怪？还拿着一把刀。满脸山野之色。

“你可是猎王的儿子，你现在背着枪，你成了新猎王？”那妇人盯着他挎着的那枪说。

白中秋总是找不到话说。

“我就要一副猪心肺救我儿子，他现在真快死了。吃了几副还没有效，我还想弄几副……”

白中秋一听说猪心肺，过去的许多事就翻腾出来，愤怒也就无由冲出脑门：

“你不是要猪心肺，你是要我的命！要村里人的命！你要了鲁瞎子的命，要了糟蛋的命，现在又跟上我要我的命！”

他把他爹放在石头上，与她对峙着。

“大哥，你别这么说啊！你家里缺个女人，如果你不嫌弃，我会好好伺候你们父子的，等你把你爹处理了咱们一起……”

“我不是处理，我是背他来山里散散心晒太阳的！”白中秋心虚地高声说。

“嘿嘿，鬼才相信。我是什么也不信了。”

那女人说着，从腰里抽出村里人见过的那把大刀，嗖嗖地甩了几把，一刀剁进树干上，说：

“实话跟你说了吧，我原是想，来投靠你老爹，跟他扯杆子上猎人峰造反去的。我们村的村主任可是个恶棍，把我丈夫打死，霸占了我又强占了我女儿。这世界没理了，没王法，我逃出来，只想落草为寇，与山中好汉一起，杀尽天下的恶人，杀死我们村主任！……”

“你想杀人才到这儿？！”白中秋看着面前这个臬首鹄面、失魂落魄的女人，背脊一阵阵发凉。

“正是，杀人！杀人！杀人！人比畜生还不如哩。可如今，你爹已不是什么猎王了，背在你身上，不过是堆马上就要被你遗弃喂野兽的骨头。可悲可怜啊，猎王有这么可悲的下场！……哇嘿嘿！……”这女人大哭着就往林子深处跑。白中秋像截腐烂的木头看着她的背影消失在树木背后。他把他爹重新背起来。扭头看他爹，他爹白秀依然半闭着眼睛，依然还没有清醒过来。

一会儿，那女人又跑回来了，说：

“我还是愿意跟你过，谁叫你是猎王的儿子，有条狗熊的胆哩！”

那女人狠毒的眼光淫荡地盯着他，又盯着他背上那个昏迷不醒的人。白中秋感到这女人的话是在讽刺他，是在刻薄他。

“不，你不要胡说！他是我爹！我背他散心！我不要你，你这个害人精，天下女人没一个好的！”

他用椎心泣血的声音狂呼。那女人吓得簌簌发抖，往一边退去。可那女人的身子还是勾住了他。他陡然想起了苦荞，恨她，但苦荞的好又翻上了心海，温温热热的。想起女人，总是会被温热覆盖。

“你回来！”

他把他爹和枪，一股脑儿地扔在了草丛里，赶上前去一把抓住那个女人。那女人抱着浑身长满白毛的白中秋像一匹冬日的落水狗那么颤抖。白中秋扯开女人的衣裳，就像饥饿的土匪。

后面的草丛里传来了响动。白中秋红汗白流地抬起头一看，他爹从梦中醒来了，睁着两只红淌淌的眼睛看着儿子和金牙女人白花花的身子在草地上翻动。

“他快死了。”白中秋在上头说，他相信他爹看不见，什么都看不见，爹快死的人了。

身子下的女人也没了声响。他一摸，女人身子冰凉。女人被寒冷的山风给浸泡得四肢僵硬不能动弹了。

七

天气确实有些冷。越往上去，山越高越冷。猎人峰顶已经白头了——那是在雪线之上，那儿总在十月即要飘雪。

“小子，你做了什么呀？”他爹白秀梦呓般地问，仍闭着眼。

“我没做什么。”白中秋答。

爹在他背上，像坐着驴车一样慢慢颠腾着，晃晃悠悠，太阳虽然远，可景色还是令人沉醉。

“咱们这是在哪儿？”

“在山里让您散心不是，爹。”他说。

“若是牲口来了呢？没有了子弹啊。”

“哪来的牲口，不都是被你打干净了吗？”

“猪呢？”

说着猪，天气就变了，突然一阵雨，把父子两个驱赶得像猴子跑着寻躲雨的地方。雨来，又一阵青雾，把路给迷住了，天就提前黑了。

“苦荞呢？”他爹白秀问。

“哪来的苦荞？”他说。那女人走了。走时抽了白中秋一嘴巴，打得他满嘴是血。女人的手重，一看就是习过武的。

可他品咂着幸福，没有被雨和夜晚吓倒。

他点火，给他爹烤粑粑吃。

那天晚上他爹不吃，也不喝那金钗酒。他爹手抓着虎爪烟袋，也不抽。山里传来了深沉警告的吼潮声。

“山在吼，地在哼呢。”他爹白秀闭着眼靠在石壁上，说。

“活久了也累，山活得太久了。”白中秋啃着粑粑说。

“它有苦说不出……”

亲爱的读者，就是在这时候，山洞口出现了我们常听说的神农架野人！

——一个高高大大的野人披着三尺长的头发在洞口一闪！

白中秋不相信有野人，野人就是山魈，山魈就是山混子。山混子是专给人脑袋里装筋的，装些邪筋，大哥白大年不就是让山混子给装了根邪筋，把自己儿子的眼给抠瞎了吗？这一闪而过的山混子盯着我了，要在今日给我装根邪筋？！

白中秋拿着枪，又没有子弹，只好把刀握着，不让自己睡。把火加大一些。

夜，你快过去。白天，快快来到！金牙女人，你为什么不陪我，还是要跑？怎么办？……不是山混子，就是匹野牲口！……五鬼五个头，十个遇着九个愁……

人就快疯了，就挥舞着刀跳到洞口，对着黑黝黝的森林和山冈狂吼：

“山混子！来呀，给我装筋呀！山混子，我日你死娘！”

白中秋咆哮着，像狗一样咆哮着，像狼一样咆哮着。人有两个时辰是牲口，我现在就是牲口，我剩下的半夜就全是牲口了，什么也不怕了！

白中秋声嘶力竭地大喊大叫，狂砍乱剁，天就亮了，人也全泄了。有了与女人交欢的结果，人有了活下去反抗一切的冲动。

天亮了，他坐在熹微的洞口，他想今天他就把爹丢掉算了。

他要结束一件事件，再去找那金牙女人。

可这一天，他爹白秀紧紧抓着他的肩胛，两只手像两只鹰爪，抓得他肉像锥子扎，生生地疼痛。

“好景致啊。”他爹白秀说。他爹眼睁开了，精神好了，彻底清醒了。白中秋暗暗叫苦。

“上了清风寨吗？……好景致。”他爹白秀说。

他们在清风峡谷里转悠。

清风徐徐，人生哀哀。

他爹白秀将两只手绞在一起，缠在他脖子上，就像一个胆小怕事的小孩子，紧紧抓着大人……白中秋突然想到了自己的儿时，紧紧趴在他爹的身上……有一年，他突然得了浮肿病，是爹将他背到镇上去求医……还有一次，他跟爹进山打猎，脚崴了——是自己上树掏鸟窝摔下来崴的，脚背肿得像浆粑馍，是爹将他背回家的，到家时已是四更……还有一次……

“下雨啦？”

“没没，爹。”白中秋腾出一只手来揩了满眼的泪，泪珠子吧嗒吧嗒掉在了爹绞着的手上。

“一点儿冒纱雨。”他搪塞说。

有一次……

可我得狠心啊，我不能想那过去的事，我要活哪，村里没我的立足之地，我要活下去，爹，就不能让您活下去了……可爹紧紧箍着他，箍着他的脖子……

前面是一个天坑。天坑张开着血盆大口，坑沿的灌丛黄黄红红，怪好看的，坑底一片葱茏，仿佛是一个地狱中的森林——它就是地狱中的森林啊！白中秋想我怎么才能把爹甩脱……他一个前摔，往前一冲，想把爹掼进深不见底的深坑。他在摔倒时飞快抓到了一根树根，身子往前狠狠送去。

爹没有甩掉。爹依然像壁虎一样贴在他身上，双手绞着他脖子，双腿紧紧夹着他的腰。

“我儿，摔着你了。”他爹白秀在他背上说。

“没事，没事……”白中秋要顽强爬起来，他的脚在发颤，他不敢看，眼前，就是天坑沿，风像绳子一样拽他。他只好一点点后爬着，一点点站起来。

“嗯，”他爹说，“就差一点儿咱爷儿俩就同归于尽了。儿啊，难为你了……”他爹这么说。

黄昏的天空里充满着悲壮的黄，黄得有些壮丽，有些动人心弦。寒鸦在向世界尖叫着，山冈僵得像个脊椎炎患者，森林低着头。

“猎人峰。”他爹说。

猎人峰沉浸在晚霞里，像一块大海中的嶙峋礁石。它高仰着头，好像在吃着自己的泪。它伤心着哪。

就在这时，在爹傻傻地向猎人峰呆望着放松警惕时，白中秋突然掰开他爹绞在脖子上的双手，旁边就是个悬崖……

一个长发飘飘的野人这时候从一块石头后冲了上来，在白秀老人即将被甩出时一把抓住了他，并将他顺势逮过来，三个人一起倒在了悬崖边。

“大年！”白中秋对着那个“野人”突然喊出来。

“中秋你好狠心，你要杀爹哪！”“野人”说话了。

“大年！”白秀也认出了“野人”。

“野人”白大年满手上长的苍苔，指甲有三寸长，头发上缠满了果球，两只眼睛闪着荒野的寒光，牙齿锉得咯咯直响。

“中秋你好黑心！”白大年抓住白中秋的衣领，把他抵到石头上。

“你放屁！你这个野鬼！你还没死哩！你抠瞎我儿的眼睛政府没打死你，你逃出来了？”

白中秋抓他哥白大年的手臂，手臂是空的，左手臂。

“我，我不是逃出来的，我手在干活时残了，放出来了，不敢回家，只好在山里做了野人……”白大年跟他爹和弟弟说。

“我打不死你！打不死你这个狗东西，抠我儿眼的野牲口！”

“中秋，别打我，中秋！……”

“好了！别在这儿打了！”他们的爹把两个打成一团的儿子拉开，“大年，背着我，把枪也挎上。”爹白秀说。

“看着中秋点儿，他头有些发昏。”爹又说。

白大年背起枪，又背上爹。

“爹，爹呀，我跟着你哩，中秋没安好心。”白大年说。

“胡说！杂种！不许这么说你弟弟。你这个东西才没安好心，世上能找出第二个像你这么没人性的哥哥吗？”白秀老人恶声喝道。

“天黑了，咱还往哪儿走呀？”白大年说。

“只管走，黑夜有黑夜的景致哩，中秋领路。”白秀老人说。

流水哗哗，像是哭泣。娃娃鸡像死了无数亲人，在号丧。

“我妈还好吗？”白大年问。

“你妈走啦。”

“哇……”

白大年就扯开被磨子压出的喉咙唱起来：

人生阳世有什么好？
好比南山一蔸草，
十冬腊月霜打到。
草死年年根还在，
人死永世不转来，
永远不吃阳间饭，
而今上了望乡台。
望乡台上拜三拜，
舍不得阳间花世界……

找到了个山洞。白秀老人要他们拾柴生火，说：

“火伴火伴，有火就有个伴儿，走到牛下水啦。”

八

晚上睡觉发生了许许多多的事情。

这天有月光。白中秋将三块石头烧热了，分发给他爹、他哥，自己也抱了一块睡觉。睡着睡着他哥白大年就惊叫起来，说有个人压在他身上。闹腾一会儿后等都睡了，白中秋闭上眼睛一打盹儿就看见眼前一群人在洞里又是跺脚又是操练又是唱歌，睁开眼睛又没了。石头在怀里冷却了，冰凉冰凉。他以为是石头作的怪，将石头丢了。刚睡着又听见他爹在梦里喊起来：

“他们来了，在唱歌！”

两兄弟醒过来问他们的爹咋呼的啥，他们的爹白秀说看见舅舅和刘锄子兄弟大葫芦二山龟了。白中秋一回忆起来，梦里看到的全是些鬼和唱阴间歌曲的人。白大年也说，他也听到唱歌了。

他们把火拨大，看到他们的爹白秀靠在洞壁上，像截木头呆愣。

“他们真的走来了。”白秀老人说。他旁若无人地叨念着，攥着虎爪烟袋，又沉沉地闭上眼去。不一会儿，白大年也昏昏地靠着他爹躺了下来。

白中秋想睡却无法睡进去，一迷糊耳边就是那些稀奇古怪的歌声和纸片一样在眼际晃来飘去的人，全穿着草鞋、破棉袄，拿着汉阳造、老套筒、大刀。唱的尽是杀气腾腾的什么“我们辛苦的农友们，大家振精神，杀尽压迫我们的人，死里去逃生……”白中秋知道自己被鬼魇住了，就死命掐住中指，并念起避鬼咒语：“观请红煞得到呀……不正之鬼，不正之神，天精、地精、古木妖精，吊死鬼、饿死鬼、迷魂鬼、落崖鬼、山混子、车辗马踏枪崩刀砍死鬼，虎豹虫蛇糟啃之鬼，弟子恭请你们莫动莫动！……”

念了几遍，依然不行，干脆大咳两声，掴了自己两耳光，出外小解。忽见黄澄澄的月光里，两头黑毛高竖的野猪向他挑着白呲呲的獠牙瞪着他！白中秋以为还是延续刚才迷糊间的幻觉——这牛下水的山洞里到处生些幻觉。可猪分明是猪，猪如炬的眼光直射着他，似有千年的仇恨与敌意，是准备将他撕扯得七零八落的。白中秋一下想到今年正月背回无头野猪的事，心想，莫不是那两头野猪堵住我了，找我要它们的那头无头野猪呢。

“猪啊，猪啊，也不是我一个人吃掉了的，我……我到哪儿给你们还一头猪呢？……”

白中秋左瞄右看，四处无助，苦胆都破了，还是在心里给猪递话：

“猪啊，猪啊，有人吃得比我多，那就是洞里的两个人，我爹白秀和我哥大年。他们两个可是你们山兽的死对头哩！我爹白秀，神农山区一百零八座山头最有名的打匠，凡天上飞的，地上跑的，水中游的，没有不被他斩尽杀绝的，他枪法忒准，心地歹毒，狡猾无比，被神农山区的打匠称为‘九眼狼’。这九眼狼收了徒弟成百上千，数不胜数，专干伤天害理之事，教他们打豺狼虎豹，野猪老熊，还总结出了一套一套口诀，凡按照他的口诀去打的，野牲口纵有八条腿六对翅膀，也难逃他们的枪口。他们一个个握着百年前传下的老铳，连准星都没有，全凭一种感觉，闭上眼睛也能把猎物击毙，人人身手不凡，百步穿杨。我爹白秀那九眼狼犯下了累累血债，滔滔罪孽，杀生就是他的生活，剐肉剥皮就是他的爱好。你们的血海深仇可要对着他啊，莫认错人了！你们是不是就是对着他来的？他死老头子如今成了咱村里一大祸害，人人恨得他入骨入髓，天天烧他的纸人，扎他的木像，咒他早死早托生，落入畜生道。这个人绝对不得好死，我今天背他出来就是要把他解决的，我跟你们是一个战壕的战友，目标一致的兄弟。我就算造了几个阎王塌子千斤榨，挖了几个陷阱绝后窖，那也不是对着你们猪来的，我是对着金丝猴，对着豹子，对着老熊，对着比你们更坏更值钱的家伙来的！苍天在上，我没有打杀你们之心，不想夹断你们的胯子绝了你们的后代，前些天，我分明搞死的是一头老熊，也是你们的生死对头，你们应该感谢我才是呀！……再说我爹九眼狼旁边的那个人，我亲哥，也是个猪狗不如的禽兽，心比毒蛇还毒，手比青鼬还辣，这狗东西整天想着在山里找罕物给政府献宝，结果向我的儿子白椿下了毒手，将他一双明晃晃乌溜溜的眼珠子抠掉了，让他成了可怜的瞎子，我儿是神农山区有名的苞谷制种专家，现在却只好瞎着一双眼给人说福消灾，掐指算命，干些骗人钱财的勾当，现在已经改邪归正，在家里养牛捡漆树籽度日，一辈子就这么毁了。我哥这狗东西也遭到了报应，在牢里断了一只膀子，现在只剩下一只手啦，你们进去啃吃时，啃吃一只手膀的，就是那个狗东西！……我且让开一条路，你们进去复仇啊，趁他们现在梦见周公，云山雾罩，人世不醒之时，一口一个，不就报了你们的仇吗？……”

“中秋！”

后面一声喊，中秋三魂吓掉了两魂加一魂，人差一点儿跳起五丈高。

“你个死狗杂、杂……”

猪也受了惊吓，两头猪在灌丛里跳了几跳，就急吼吼地逼了过来。可白大年这时猛然从黑暗里掷出一块大石头，这石头又沉又猛，将一头猪的坡嘴砸中了，或者砸中了眼睛，猪哀叫一声就跑；另一头猪瞪着眼没走，可那头猪跑了，一头猪也没了趣，就飒飒地跑了。

“哈哈，中秋，我盯着你哩，你想搞死我和爹。”白大年说。

猪都怕他，一块石头就砸走两头猪。白中秋转过头来看他哥，他哥披着齐腰的乱头发，在黄澄澄的月光里，青面獠牙，双眼鬼闪，就是个无常鬼！

白中秋有些畏惧了，说：

“哥，我这是在洞口替你们退猪哩，猪缠上了咱们。”

“狗屁！分明是想暗算我们！”

“刚才不是猪吗？”

“猪被我打跑了。”

“是两头野猪啊！”

“野猪咋的，我在山里三年了，见过的猪比见过的人多。”

“那明天再碰见猪咋办？今年的猪凶哩。猪是对着爹来的，找爹报仇的。”

“你借刀杀人，故意引到这里的。”

“不是，猪碰上了，”白中秋说，“明天你背着爹，猪来了，你跟爹一起死；我背爹我跟爹一起死。都是爹死，你是孝子，哥，你说咋办？”白中秋老奸巨滑地绕圈子，让白大年钻。

白大年果真钻进去了，说：

“我在前头引猪，把猪引开啰。”

“孝子，孝子！”白中秋夸奖说。

天就渐渐亮了。

爹还没醒。白中秋就背起爹，让白大年在前开道。

白大年手舞足蹈，大呼小叫，走到一个山坳，猪却没有出现。白中秋往四周一看，这不是我挖陷阱跌死老熊的地方吗！

天气突然阴晦，雨下了起来，白中秋因为晚上没睡好，心跳慌浮，四肢乏力，喊他哥大年，要大年背爹。白大年手拿那杆老枪咋咋呼呼的，白中秋要他背，就只好将枪给了白中秋，背上他们还似乎在梦魇中的爹。

这白大年因为在荒野中待了两三年，步履矫健，不吁不喘，仅有的一只手揽着他爹的屁股，依然兴冲冲地走在前面——他们是在寻路下山。

白中秋刚拾起那无用的枪来，抬起头就看到林子里钻出了昨夜遭遇到的那两头野鬼般的猪。

“哥，猪！”白中秋失声惊叫。

那白大年还在兴冲冲往前蹚，白中秋又大喊了一声，白大年才听见，机警地转过头去，也看见了远处山林边的那两头猪，那两个恶兽。白大年随即招呼白中秋快过去，他将爹放到地上，对白中秋说：

“我把它们引走，引到那边去……”

那声音飘飘曳曳的，白中秋甚至没听清后面的话，但意思已经明确了。这个“野人”，几乎不怕猪，不怕山野之兽。这几年，他在山里蹿来蹿去，也有了一股山野滋养的霸气。他就走了。

他在那儿挥舞着树枝大喊小叫，还唤着猪：“喏喏喏喏……喏喏喏喏……”

白中秋护着他爹（他没把爹背起来，他留了一手，待猪若回头来追他，他就可以单刷刷地跑了），看着他那“野人”兄长白大年逗撩着两头黑煞煞、恶沉沉的野猪。白大年东走几步，西窜几步，一会儿没入灌丛深处，一会儿又跳上一块石头。长发飘飘，身如鬼影，活脱脱是个野人，山混子。那雾蒙蒙的山间，山混子白大年时隐时现，又唱又跳。白中秋看得有点贪婪，看得雷打痴了一般。再也没见过如此之潇洒的山中身影，就像梦中，而且这山混子身后还有两条紧紧跟随的野猪……正呆看着，就见他哥的前头出现了一个屋子……这儿哪有什么屋子，这深山老林、野兽出没之地，除了鬼和山混子，还会有什么人家？正觉诧异时，突然看那房子很熟悉，好像是……是自己搭建的啊，咱搭造了两个，一个砸死了两只金丝猴，还剩下这一个。这就是咱复制出的那神农山区失传的巨型猎具，精巧的、阴险的、机关算尽的猎具阎王塌子千斤榨啊！

一切都想起来了，这儿。白中秋一阵兴奋，却见他哥白大年径直朝那“棚子”走去。他去干什么？！他要钻进去？他好像要钻进去！他以为那一定是采药人搭的药棚子哩（可以住可以烤药的）。

“哥！”

他想喊，想制止他，制止那个疯疯癫癫的哥哥白大年。可他只是在心里喊，并没有喊出口。嘴巴紧紧拦住了那个冲动，那个提醒的冲动。他捂住嘴，看着他的哥哥钻了进去。他想干什么？不，不，那是因为两头猪已被他激怒了，正在没命追赶他，他慌不择路，前头一个棚子，就顺势钻了进去。马上，两头猪也冲了进去，再马上，一阵轰隆的山石铿动声，好像整个山都炸裂垮塌了！白中秋看到石头树木溅到半空中，看到野草灌木突然伏地，雾气沉浓的空气被爆破了，刺穿了，一股粉尘夹杂着人与兽的尖叫夹杂着血腥味朝他扑来，朝四面八方激荡而来。白中秋看到他爹白秀突然惊醒了，睁开了死尸般的眼皮，望着那撼天动地的声音爆发处。

“中秋，咋的了？”

“哥被野牲口吃了，”白中秋说，“哈哈！报应啊！苍天在上，苍天有眼啊！苍天有眼啊！白椿，我报了仇啦！……”他喊。

忽然，他的头上遭到了一记猛击——他爹白秀老人挥起那杆没有子弹的老铳，朝白中秋头上砸来。白中秋浑身一软，就不省人事了。

九

清醒过来的白秀老人唱道：

唱起神农来出世，
生下三天能说话，
五天之中能行走，
七天牙齿俱长齐，
便问父母名和姓。
神农出世生得丑，
头上长角牛首形。
父母一见心不喜，
把他丢在深山里……

他依然伏在白中秋背上。白中秋头上淌着血——可是已经干了，搅他爹的一双手也十指流血——他爹要他硬是用双手在山中刨了个坑，将被阎王塌子千斤榨砸成扁肉的白大年埋了。而且这一天他们迷路了。白中秋再也记不起出山的路，他爹白秀老人在他背上高声唱着，转到下午时，突然发现一只全身雪白的麻羊子。麻羊子哪会雪白呢？可神农架山里有许多白化动物，这也不稀奇。稀奇的是，这白麻羊子在他们前头走着，他们快，它快；他们慢，它慢。一部长长的白胡子，与白秀老人的白胡子极像，也像个老人，口里含着一绺马胡骚，转过头似在等待他们，白秀父子都看到那羊的眼晶莹、纯净，像用山溪水洗过一般。

“这羊子亲人哩。”白秀老人说。

“我们且跟着它看看。”白秀老人说。

“心凉哩，它什么也不怕我们了。”白秀老人说。

“枪是空的。”他说。

父子俩跟着那羊。

“前面是烂船岭吗？”白秀老人问。

猎人峰在它的后面，高耸入云。

那羊一头钻进了一个山缝，不见了，无影无踪了。白秀老人用脚踢儿子白中秋，要他快跟上去看个究竟。

白中秋爬上一个陡岩，钻进灌丛中，再上了一个陡岩，到那白羊消失的地方扒寻，就是个山缝。

“扒。”白秀指挥说。

白中秋两手已经血肉模糊了，只好再扒。那缝越扒越大，越扒越大，人就能钻进去了。白中秋扯了些树枝扎了个火把，点燃，把他爹白秀老人扶进去。

等眼能看清那隐蔽的山洞，正在搜寻那只白羊时，一排十几个人的黑洞洞的眼睛正看着他们!

白中秋一声“哎呀”，白秀老人也看到了，十几个骨架子人坐在洞里，排成一排，十几个骷髅无声地支撑在骨架子上，骨架子们个个怀里抱着家伙，白秀父子铆着胆子上前去看，那些家伙全是武器：汉阳造、老套筒、猎叉、挠钩……十二个，整整齐齐的十二个。

白中秋看到他爹白秀老人浑身都在颤抖着，手在颤抖，嘴在颤抖，胡子在颤抖。他看见爹走近一个骨架子，从那骷髅嘴里取下一个东西——一支蓝玉石嘴的烟袋，拿在手上，仔细端详着，摩挲着，突然一声说：

“舅舅，我可找到你们了！”

这白秀老人抱着白森森的骨架子就号啕大哭，骨架子訇然倒塌。

他抱一个，倒一个，说一个：“……大葫芦……刘锄子……赵子贵……二山龟……谢山狗……”他把那些骨架子里的枪啊刀啊捡过来，让白中秋也捡，竟从一个保存完好的牛卵子皮火药囊里倾倒出了黑爽爽的火药，又从一个子弹袋里，倒出一颗颗铁砂子。让白中秋把他自己的那杆枪给他，颤颤抖抖地灌进膛口，走出山洞，点燃信子，朝天就是一枪——“嗵——嗵——嗵——嗵……”

那火药竟是蹦脆响的。

“七十多年啦！”他喃喃地说，“七十多年了，我可找到你们了！……”

悲凉的尾声一　冤　魂

白中秋要去宜昌找他的两个女人：苦荞和那个要当土匪杀村主任的金牙女人。

现在我们可以轻轻松松地叙述了。

白中秋偷出了他爹白秀老人的枪卖给了“双开”并判刑三年缓刑三年的警察败类文寇，筹到了一笔盘缠去宜昌。而他的爹白秀老人呢？白秀老人因找到了他十二个战友的尸骨，被收进水布镇福利院，由国家养了起来。不过他的老年痴呆症时好时坏。病好一些后，白端阳唤来了他亲妈也就是白秀表妹杨丫儿，来照顾白秀老人。

这是一个春天的夜晚，夜色像新茶一样浓酽清香。白中秋在宜昌靠江边的一个小旅社里，耳中可以听到葛洲坝电厂发电机转动的声音。江水响着早汛的信息，夜涛拍岸，激荡人心。室内的蟑螂开始活跃了，正在灯光下重新练习振翅。一条壁虎爬进来，瞅着墙上的飞蚊。

春天无比美好，他却黯然神伤。他一路找来，从郊区找到城区，两个女人总要找到一个吧。不过他最想找到的当然是苦荞，还有那个从宜昌背去的、差一点儿当活口烧了的软骨人。他心疼的是，竟给自己背回去了一个第三者，一个情敌。这怎么可能呢？这令人不敢相信，那个家伙连骨头都没有，就跟条狗似的，充其量不过三五十斤，怎么可能做苦荞的丈夫呢？苦荞怎么会看上他呢？就因为他是个城里人？白中秋在他依稀记得的捡到软骨人的地方转悠了三天，再由此扩大到宜昌市的大街小巷、角角落落，都没有一点儿结果。城市太大，一个山里人一走进来就被它淹没了。白中秋遇上了一些坏人，坏人对他恶声恶气，还想骗取他的钱财。白中秋把山里的一切东西与城里的进行比照——那么，这种人就是恶兽了；城市里的女人香喷喷的，那就是爹和爹的徒弟们打死的香獐魂跑到城里来了；她们穿着花花绿绿的美丽衣服，花枝招展地闪烁在街头，她们就是那些有着五颜六色羽毛的彩鸟了，如红腹锦鸡、长尾雉、蓝喉太阳鸟、山椒鸟、戴胜，还有像金丝猴、花面狸……；晚上那些未眠人，在街头上走来走去的人，在练歌房大喊小叫的，喝酒的，吸毒的，就是些夜鸦子、娃娃鸡、枭鸟、鬼瞪哥、山混子……；也有一些憨厚的、本分的、安静的人，如旅社的大妈、妮子、守门的老倌子，他们就是些温驯的禽兽，如珍珠鸟、老岩羊子、小黄麂、青麂、梅花鹿。白中秋这么比照看城里人，渐渐就看出了城里人确是咱神农架山里的野物变的。怪不得山里的野物越来越少，城里的人越来越多呢，原来他们都托生到城里由畜生道轮回到人鬼道了。鬼鬼祟祟的人真是很多，他们在街头的每个角落东张西望，游手好闲，窜来窜去，干些打打杀杀，偷偷抢抢，坑蒙拐骗的勾当。接着白中秋就能一眼看清谁是虎，谁是狼，谁是豹，谁是老熊，谁是野猪、灵鬃羊、麻羊子、蛇、叽溜子（蝉）、大癞嘟（癞蛤蟆）、扒狗子、大青猴、狸、山猫、灵猫……他吃惊地看着这一街一街的禽兽，甚至能回忆起哪个是被爹打死，哪个是被舒耳巴打死，哪个是被扈三板、罗大拐、包胜打死，哪个是被自己下的铁猫子夹死（夹断了腿的）、陷阱刺死、绝后窖跌死的。会跑的，善走的，瘸的，拐的，痴笨的，灵巧的，各式人物，都有似曾相识的感觉。

有一天晚上，白中秋在一个江边的小酒馆里喝了点儿散装酒出来，在一条没有路灯的街道上走着走着，一脚踩进了一个无盖的窨井——盖子让捡破烂的小偷给偷走了。白中秋感到自己失重了，往下一坠，跌入一个深坑，许多汹涌的臭水把他吞没了。那水他咕噜咕噜地吞咽着，还没有闻见过这么臭的臭水哩，就像野牲口腐烂了的肠肚。山里人又不识水性，他就那么扑扑打打了几下，连喊都来不及，就淹死了。就算他识水性，那么深的窨井，比他下的那些陷阱又深又窄得多，他纵有天大本事也难爬出来。

第二天，路人才发现了他的尸体，打捞上来，臭不可闻。搜遍他的全身，也没能找到证明他身份的东西包括身份证。这具无名尸的照片就登在了《宜昌晚报》上。认尸启事说：此人在五十岁到七十岁之间。

苦荞的丈夫那软骨人在修表店正翻阅着报纸，一眼就认出了这具无名尸是背走他的那个白中秋，就要老婆苦荞来看，苦荞也看到了死者有点像白中秋，但不知他为何跑到宜昌来，死在了城里。有些疑惑，就去殡仪馆看，一看，果然是白中秋。就想法联系到了白中秋林场的弟弟白端阳。

第二天，白端阳带着白丫儿和白中秋的瞎儿子白椿三个人就赶到了宜昌。那时候，白丫儿决定了一定要嫁给她的哥哥白椿，白椿也等于是白端阳的女婿娃子了。

三人来后将白中秋的尸体火化。在办了领取骨灰的手续后，苦荞带着他们三个人去三峡大坝和三峡库区玩了一天，坐着大轮船。所有的开销都是苦荞出的。当得知白中秋是来宜昌找她之后，苦荞还是流了一些泪，红了半天鼻子和眼圈。她只有对白椿好了。听说白椿和白丫儿马上要办结婚，就给他们一人买了一套衣服，是在宜昌最大的商场国贸大厦买的。

玩了一天，白椿捧着他爹的骨灰盒与即将的老婆和丈人一起回了神农架。

就在那个后来补好了盖子的窨井那儿，苦荞叫了三十五天饭——每天端一碗饭放在窨井旁边；三十五天就是“五七”。死人的“五七”之祭。

美丽的尾声二　情　归

白椿和白丫儿结婚的那天，已经是成熟的春天了，春天轰轰烈烈而有理性。野桃花和峨眉蔷薇正在灿烂开放，杜鹃在山头已呈如火如荼之势。松脂、香椿、花椒、秃疮花的芳香令人意荡神迷。还有一些混合的、浓烈的、持久的、得意扬扬的香味像蛇一样到处爬动，弄得大地痒痒的。植物正在蓊蓊地生长，太阳鸟正寻找着杓兰的花蜜；一阵雨后，茶叶的香气沉郁地飘过来，让人不禁有些伤感。是的，春天是令人莫名愉悦也莫名伤感的季节。春天无比美好，阳光无比灿烂，雨水无比心烦。

山里的春天当然来得迟一些，因为山高寒冷嘛。但是春天还是悄悄地、不可遏制地来了，男人和女人充满了生命的汁液，一起与春天交媾，孕育秋天。白椿的师傅鲁瞎子告诉他，女人要有见红的时候，见了红，那才是忠于你的女人，棒打不散的女人。送走了客人，关上房门，两人的缱绻和上苍赋予他们繁殖的重任开始了，上苍给予他们做一个人应享受的快乐也开始了，肉体的接触、摩擦、纠缠、搅动、进入、融化、哼叫也开始了，升华了。可是，白椿没感受到那种疼痛的排斥，鲁瞎子告诉他的没有出现。白椿感到白丫儿显得很顺从，顺利，并且很快地进入了美妙的高潮。结束后白丫儿在黑暗中感觉到白椿用手伸进被窝深处，在卧单上摸着，好像摸什么东西。白丫儿完全明白了。她之所以决定嫁给这位称哥的白椿，正因为他是个瞎子，什么也看不见，这样，过去的屈辱就会掩饰过去。如果嫁给另一个明眼人，她可能要经受一辈子的身心苦刑，在神农山区就是这样的。可白椿哥哥在里面摸着，甚至在她的私处摸着，并拿到鼻子下。血和其他的一些液体瞎子是能闻到的，也许闻不到。白丫儿就慌了，她害怕了，心虚，仿佛被白椿发现了巨大的秘密，她在黑暗中一口咬破了手指，放进自己的下身和卧单上，血在涓涓地往外流着，那种深邃的疼痛像从一条巷子里卷来，完全覆盖了刚才与白椿的交欢。

“椿哥哥，你在弄啥哩？”她说。她把白椿的手引导到那些沾有自己指血的地方，让血糊满他的手。

血腥味传来了，白丫儿都闻到了那种带着一丝甜味的血腥味儿。她疼痛着，可是她快乐着；她流泪着，可是她幸福着。她挤压着自己的指血，紧紧抱着白椿哥哥。她发现白椿哥哥身强力壮，每一个地方都紧凑、坚挺、宽大。她感觉白椿哥哥是她完全可以托付的人。

那一天晚上，白丫儿就怀孕了。

后来，她生了儿子。

后来，她跟着白椿学制苞谷种，学成了。这种杂交的苞谷种产量甚高，并且煮出来还有一股女人或者婴儿的乳香味。大家都知道是白丫儿跟着她瞎眼的丈夫白椿制出来的。听说制种授粉时，她将那些粉放在怀里——因为白丫儿在哺乳期间，奶水充足，如山泉一样暴涨，儿子吸不完，乳汁就流了一怀，这乳汁就浸入了苞谷种中。这种苞谷就叫“奶苞谷”。籽粒也饱满得像奶头，生吃水汁四溅。这种苞谷就生吃了。最宜生吃。

他们的生活非常幸福。

深沉的尾声三　绝　唱

一个初夏的晚上，私营神农县野猪繁殖场的文寇经理正在他的场里呼呼大睡，忽然在梦中听见一阵奇怪的声音，那声音在他耳畔、脑子和房子里嗡嗡直响，神秘深邃，仿佛发自山洞或地底，忽大忽小，如暴雨前的远雷。他以为是要下雨了，爬起来看天，却感到胸口一阵揪心的疼痛。他坐卧不宁，心悸怔忡，他捂着胸仔细倾听声源，一切就在房子中。他循着那奇怪的声音走上二楼。空旷的二楼正是他自办的国内首家私人猎具收藏馆，馆名为新上任的县长崔无际所题。因为少有人参观，已灰尘满屋，蛛网遍梁。枪、弓箭、钩、叉、脚码子、子弹袋、香签筒、杙筒、刀、禽兽的骨架、爪子、标本，都静静地、乖张地悬挂在墙上，安放在玻璃柜里，木板台上；在电灯那冰凉的光晕里，镶嵌着玻璃眼珠的鹰张着巨大的翅膀做飞翔的姿势，那眼里是凶猛但虚幻的光。还有豪猪的眼、鼬獾的眼、猴子的眼、小野猪的眼、山猫的眼，诡诈的扒狗子的眼、温顺的白鹿的眼、狡猾的灰狼的眼……这些标本因制作工艺的粗糙和无人管理，皮枯毛落，填充物歪歪瘪瘪，嘴脸怪异，身体畸形，站姿僵硬，仿佛是被一个蹩脚的导演指挥的一出闹剧中的难看亮相。又仿佛是一群饥饿的禽兽死后的样子，全被饥饿折磨得龇牙咧嘴，失了光泽，共同死在某一个悲惨的瞬间。

他走过这些标本与猎具，依然追撵着那一直不停的嗡嗡鸣叫声而去，胸口的疼痛无可遏制，好似有一万把猎刀在搅动他的心脏，像一万只虎爪在抓挠他的肺腑。

他在一杆老枪面前停住了——那声音竟是从这杆枪里发出的。他陡然想起来：这就是那神农架猎王白秀的那杆老枪，他的镇馆之宝哩！

枪，枪管里嗡嗡直响。这让人好生奇怪。文寇把耳朵贴近去，枪膛里有如北风呼号，万马嘶鸣，千乘轰响，急切高亢，充沛骇然！……文寇飞快地思想着，他记起了有一种传说中的龙吟剑，好像在古诗里也有提到过的——夜半龙吟：那久经沙场征战回来的利剑，会在夜深人静时，发出虎啸龙吟之声。因为刀剑也是有灵魂的，那是英雄之气在呼啸，在吟唱，在回忆着自己热血澎湃，金戈铁马，悲壮厮杀的过去……这就是龙吟之枪啊！这就是一个老猎人的精魂，一个森林和山冈的精魂，萦绕在枪膛里，回荡在枪口间，久久地、久久地呼喊着！……

他猛然感到：白秀老人死了。

因为他听到，这是一支枪的绝唱。

事实正是这样。

几天以后他打听到，白秀真的死了。

那几天，白秀老人有些清醒，就回到了白云坳小住，发现自己的枪不见了，向老表妹杨丫儿和孙子、孙媳妇要枪。白椿只好说出实情：枪早让他爹给卖了。白秀老人就去白中秋坟头讨枪。叩遍坟头，白中秋不理。白秀老人又去山里找大儿子白大年讨枪。

没有了枪，魂就没了。

正是苞谷拔节的时候，白秀老人从山里回来，蓬头垢面，倦怠至极，就在白椿夫妻制种的种苞谷地里睡了一觉，发现有头野猪也在苞谷地里睡觉。可他没觉得那是野猪在睡觉，以为是头被铁猫子夹死或中了垫枪的野猪，就踢了一脚，那野猪腾起来就咬白秀。等人们发现老人时，老人已被野猪咬死，全身有六十多处伤。白秀老人死时，猎人峰挂了三条彩虹，这是那天的奇异天象和异兆。白秀老人给咬得百孔千疮，体无完肤，惨不忍睹。

白秀老人就埋在了猎人峰下，镇里给了一口棺材的钱。坟前有一块小小的墓碑，上刻着：

白秀同志永垂不朽

是水布镇委、镇人民政府立的。这片高山密林默默地收藏了他，就像收藏他的先辈和后代，就像收藏所有衰老死去或无辜死去的人。

山冈一成不变，生活一如既往。鹞鹰在天空中紧盯着河谷的动静，依然把它们的巢穴筑在悬崖的最高处；啮齿类动物在地底下掘进着；草食类动物在人迹罕至的高山上啃吃着坚硬的野草；肉食类动物依然在漫无目的地行走，寻找着所剩无几的食物。

一切都在那块土地上默然无声地生存着，生命在悄悄繁衍，偶尔把他（它）们的信息透露给山外的人或者走近这部小说的人们，告诉他们山里活着的真相。

有一天，文寇将那杆老枪灌满了钢筋头、铁钉和火药，将枪头对准他场里那头野种猪，轰的一声，将那野种猪丑陋的头打没了。第二天，那折磨得他死去活来的心痛病就奇迹般地好了。他知道，他必须这样，才能给那位老人的英灵以慰藉，才能解除他自己生命中的凶险——这本来就是一把凶枪啊！

2005 年 10 月 28 日写于神农架——武昌东湖

2007 年 10 月 28 日改于武昌东湖——神农架

附录：文寇在《神农县报》副刊上发表的《论狩猎》（摘录）

狩猎是人类最古老的职业，它比制陶、雕刻、屠宰都应该更古老，人为了生存，第一要义就是狩猎，猎杀生灵，茹毛饮血。因此人类自诞生之初就学会了残暴，但狩猎也使人类学会了一些优秀的品质，如英雄气质、征服的心态、狂傲；使人健壮、机智、狡猾、善于隐蔽、伪装、奔跑、算计、忍耐——比如，耐心地等待猎物上钩，忍受着埋伏和寻找的饥渴与失败，还学会疗伤、认识草药。狩猎也诞生了神话和传说——只有要英雄的地方，就有神话和传说；狩猎还使人更加向着现代的人类进化，是狩猎加快了人类进化的速度。

狩猎是人类进步的阶梯，枪声是社会前进的鼓点。人类踏着无数野兽的鲜血，从胜利走向胜利。

猎杀是舐血者们残酷的游戏。一个叫海恩斯的美国人说：那些长时间的狩猎、动物的屠宰，都是这个地球上最深刻的人类经验的一部分。可是我无法凭意愿回到某些经验、心灵状态和生活方式之中。我们与动物分享的世界，其实并不平等，散发着血腥和被宰割血肉的气味，混合着分时不等的恐惧、危险和喜悦。我们必须屈服，虽然很少人会喜欢这种屈服。可是世界就是这个鸟样子，它分清了泾渭分明的界线：这世界只有猎杀与被猎杀；强者与弱者；吃肉的野兽和被吃的野兽；放血与被放血；掌握枪和害怕枪的动物。如今的美国就像猎杀野兽一样猎杀着弱小的民族，他们制造着更加庞大的、精密的猎具，动用无数人，无数国家的人，一起参加他们的猎杀……这是现代最野蛮的、最惨无人道的狩猎，它假模假样地保护了一些野生动物，却把人类的脑袋摁在了案板上。人成了这个时代最不值钱的、无皮毛割取价值和烹食价值的低等动物。可他们竟还打着人类发明的最堂皇的文明理由，什么自由、平等、博爱。全是扯。

狩猎的本质是浪漫的，充满了热爱生命和自然的情调，俄罗斯有个作家叫屠格涅夫的写过一本《猎人笔记》，他说：扛着枪带着狗出去打猎，正如古话所说，fursich，确是一种其乐无穷的美事；即使您生来不喜欢打猎，可是您总归喜爱大自然和悠然自得吧；所以您不会不羡慕这些打猎的人……这是一个悖论，热爱大自然的人却在猎杀自然……美国人不说他热爱自由吗？他却在猎杀他人的自由乃至生命。

这个世界充满着强盗逻辑。

可是没有狩猎，人类不能进入到未知的危险的领域，这是人类疯狂的求知欲决定的。人类对美丽的追求必须以野蛮为先导。人类发明了兽骨的饰品，将动物的牙齿串成项链，然后奉献给他亲爱的女人；人用兽皮遮挡了羞处；用野兽和敌人的头骨挂在门楣上，炫耀胜利。如今的美术家们爱用一只牛的头骨和双角装饰他们雅致的客厅，这就是人类狩猎性格的返祖现象，美丽和丑陋、诗意与残忍同时迸现在我们的生活当中。当一颗子弹在这样的夕阳下划出明亮的弧线穿透动物的身体，那水晶般的血液飞溅成一道道晚霞，像流动的花朵，像黑暗时代的火光，荒野中的人会得到温暖——那是来自心灵的、感恩般的晚照……

人类因为过于聪明而在这个星球上变得分外孤独，于是变态成为嗜血狂，人类变态的心理加重了狩猎的美感，或者说装饰吧，或者说渲染吧，或者说恶狠狠的暗示吧。枪、机关，是改变世界也毁灭世界的人类童年时期的玩具。我一再把狩猎说成是一种游戏，因为这世界没有真理可言。没有真理。最后没有斩尽杀绝、侥幸逃脱的就是真理，等人们发现这是真理，可是已经悔之晚矣。

那时候，我们的地球上到处生活着剑齿象和犀牛，人们为了对付这些庞然大物，组织起来，用手中的各种猎具来猎杀，这就有了一个群体，然后就是部落，然后就是民族，然后就有了国家。国家也是组织所有的人，手拿着猎具去对付另一个它想啮啃的庞然大物。它动用了枪、警察、笔杆、官吏、间谍等等各种各样稀奇古怪的猎具，将对方置于死地。

狩猎是人类狂热时代的象征。人们充满着活力和高贵的气质，生命闪闪发光。在那种无所顾忌的状态中，人类是愚蠢而狂妄的，于是英雄主义诞生了。

孤独使人类变成了神灵和野兽的混合体，一种怪物。因为人类是由不停地喝兽类的血成长壮大的，他们的血液里混流着野兽的血，因此其血性必有了兽性。咱们中国因是古国，狩猎的历史漫长，于是兽性也了得。北宋靖康之乱时，因人饿了，只好人吃人。岳飞还说壮志饥餐胡虏肉呢。古时打起仗来，不兴带军粮，杀了敌人就是军粮。……那外国更十分了得，欧洲人，非洲人，美洲人，澳洲人，没有不吃人的。古希腊哲学家亚里士多德就写到黑海一带的食人部落。达尔文在他的《一个自然科学家在贝格尔舰上的环球旅行记》中，记载了火地岛杀吃老年人的悲惨情景。据恩格斯《劳动在从猿到人转变过程中的作用》一文记载："柏林人的祖先，韦累塔比人和维尔茨人，在十世纪还吃他们的父母。"斐济群岛 1890 年才废除食人风俗。印度尼西亚有科罗威人，他们吃人肉就像吃野猪肉一样，把人肉放在香蕉叶子上，包了用火烤。印度尼西亚的加里曼丹岛也就是婆罗洲丛林里的达雅克人，被称为"猎头族"，他们常将砍马都拉人的头为乐事，他们拿着专取人头的"曼道"利剑、毒箭吹管和镰刀等五花八门的猎具去砍马都拉人的头颅，提在手里，炫耀自己。这事不是发生在远古，就发生在与我们相同的时代……人们，要警惕呀！在最文明的时代有可能有最野蛮的事发生，这就是祖先的狩猎带给我们的无穷后患。我们今天的一切，说到底，都是狩猎的延续，逃不脱这个宿命……

后　记

第一天开始写这部小说时，我焚了三炷香，并把我在神农架得到的那个老猎人的全套猎具拿出来——百年老铳、猎刀、牤筒、香签筒、子弹袋、牛卵子皮火药囊——放在前面，遥对着神农架。我心里默念着：神农架，请允许我写这部小说。没有回答，那就算是应了。我把该做的事做了。在我写完这部小说的时候，我又焚了三炷香。我发现，那铿亮的枪膛在我这三年的写作时间里悄悄锈蚀了。

我对神农架说：对于你，我只有崇敬，没有亵渎。我像一条山谷的喉咙——如果我的喉咙有这么深的话，我要向你致敬，永远，永远。那里有我这一辈子寻了多少地方将准备着向你倾吐的所有赞歌，那里也有我这辈子经受过风霜雨雪后对人生的所有经验性总结。

我激情澎湃，心情优美。主要的是，一旦书写起你来，我就不再像一个城市的卑士，没有多少狂妄，也不再无耻，走上了山的高处和深处，我的心中奔流的全是晶莹的山涛，充满着童贞般地歌颂和了解愿望。这是多么美妙！

铳、猎刀、牤筒、香签筒、子弹袋、火药囊，如今你们都像一群衣衫褴褛的山里人，一旦进入城里，你们就不合时宜，灰头土脸。可你们在我这里不必自卑，用不着我来美化你们，你们也是英雄时代的莽器。现在，你们依然如此——谁又敢藐视你们？你们是与整座山、山上的植物、人、禽兽相关联的，一座山千百年的面目凝固在你们的形象或传说中。一座山可以是一杆老铳，一棵草，一块石头。

这个二十多万字的小说又怎能承载得起你们的伟大业绩？你们这些粗陋、

怪异、勇猛、智慧的英雄，卷起一阵阵腥风血雨，山冈上一片片哀号悲嗥。声音终于消失了，山冈平静了，你们也平静了。可是，任何对你们的指责都是肤浅的，都是不够资格的。

小说写完的时候，一切都似乎结束了。那个猎人家族的悲剧在最后显现出了一些前所未有的温暖来——它可能代表了一座山的本质，一种生存的巨大诗意，像夕阳的暖照，又像朝暾的清冽。如果这座山峰在我们的文学中可以继续存在的话——它叫“猎人峰”，我的文字不过是它山腰间的一道烟岚，装饰了它，或者依恋着它。我将甚感欣慰。我的全部的幸福都将向它飞去……

这样的小说是十分难写的，但是我冒着风险将它完成了，并且相信人们会产生兴趣。原因在于，我或许超常地发挥了我的写作才能，它或许是一个饶有趣味的故事和传说，或者，它是一个巨大的寓言。我的野心也在此。

陈应松

2007年10月28日于神农架

图书在版编目（CIP）数据

猎人峰 / 陈应松著 . -- 南京 : 江苏凤凰文艺出版社 , 2019.12
（陈应松文集）
ISBN 978-7-5594-1746-6

Ⅰ . ①猎… Ⅱ . ①陈… Ⅲ . ①长篇小说 - 中国 - 当代
Ⅳ . ① I247.5

中国版本图书馆 CIP 数据核字 (2019) 第 191543 号

猎人峰

陈应松 著

出版人　张在健
责任编辑　张　倩　王　青
特约编辑　王美元
装帧设计　WONDERLAND Book design 仙境 QQ:344581934
出版发行　江苏凤凰文艺出版社
南京市中央路 165 号，邮编：210009
网　　址　http://www.jswenyi.com
印　　刷　三河市人民印务有限公司
开　　本　650 毫米 ×920 毫米 1/16
印　　张　17
字　　数　255 千字
版　　次　2020 年 1 月第 1 版　2020 年 1 月第 1 次印刷
书　　号　ISBN 978 - 7 - 5594 - 1746 - 6
定　　价　55.00 元